作家榜经典名著

读经典名著,认准作家榜

本书译自
1907年纽约 CHARLES SCRIBNER'S SONS 出版社
HANS BRINKER OR THE SILVER SKATES

目录

导读　冬日的温暖童话　　01
前言　　　　　　　　　　10

第 1 章	汉斯和格蕾泰尔	001
第 2 章	荷兰	007
第 3 章	银色溜冰鞋	020
第 4 章	交了一位朋友	027
第 5 章	家中的阴影	036
第 6 章	阳光	046
第 7 章	汉斯有办法	052
第 8 章	雅各布·普特和他表弟	058
第 9 章	欢乐的节日	066
第 10 章	阿姆斯特丹之旅	080
第 11 章	大狂热和小怪癖	092
第 12 章	去哈勒姆的路上	102

第 13 章	一场灾难	106
第 14 章	汉斯	111
第 15 章	家	120
第 16 章	孩子们听到了声音	130
第 17 章	有四个脑袋的男人	137
第 18 章	患难时的朋友	144
第 19 章	在运河上	154
第 20 章	雅各布·普特改变计划	165
第 21 章	克勒夫先生和他的菜单	175

第 22 章	危险的红狮旅店	181
第 23 章	法庭之上	197
第 24 章	受到围困的城市	201
第 25 章	莱顿	210
第 26 章	林中宫殿	218
第 27 章	商界王子和公主姐姐	225
第 28 章	游历海牙	243
第 29 章	休息的一天	254
第 30 章	回家之路	259

第 31 章	男孩们和女孩们	265
第 32 章	危机	275
第 33 章	格蕾泰尔和希尔达	285
第 34 章	苏醒	295
第 35 章	骨头和舌头	302
第 36 章	新的警报	307
第 37 章	父亲回归	314
第 38 章	上千荷兰盾	322
第 39 章	动人一瞥	329
第 40 章	找工作	335

第 41 章	仙女教母	342
第 42 章	神秘的怀表	352
第 43 章	一个发现	362
第 44 章	比赛	374
第 45 章	小屋中的欢乐	398
第 46 章	神秘失踪的外国人	410
第 47 章	阳光普照	414
第 48 章	尾声	423

玛丽·梅普斯·道奇大事记　　　　430

谨怀感激与爱

将此书献给我父亲詹姆斯·杰·梅普斯

导读

冬日的温暖童话

人生中总有些奇妙的缘分

《银色溜冰鞋》的翻译过程是一段给我留下了美好余韵的时光,不仅在于这个故事本身温馨感人,作者笔调幽默动人,还在于我对此书故事发生地——荷兰怀着非常美好而又深厚的情感。

21世纪初,我曾和一位荷兰剧作家有过合作,翻译了他的一部歌剧作品。在合作期间,他数次访问中国,以非常认真严谨的态度又创作了一部现代歌剧。在我翻译这部剧作期间,我们共同坐在电脑前边交流边翻译。有不清晰的地方，我便会随时请教他，而我的一些意见也被他采纳，在作品中使用。

这实在是一段很难得的翻译经历，我们也在这一过程中结下了深厚的友谊。在创作和翻译工作完成数月后，他邀请我去荷兰参加了这部作品在阿姆斯特丹的首演，并陪同我参观游览了阿姆斯特丹及周边的几个小镇，令我对荷兰的风土人情留下了非常美好的印象。

所以，我在接到这本书的翻译工作并通读了原稿后，立刻产生了一种熟悉而又温暖的感觉，几乎是毫不犹豫地开始工作。

藏在名著背后的故事

本书作者是美国著名的儿童文学作家玛丽·梅普斯·道奇，她创作的这个故事也是世界儿童文学史上的著名经典。作者讲述了一个温暖感人的故事，同时还深度介绍了荷兰的历史、风物、习俗和景点。

可是各位读者你们知道吗，当作者在创作这本书的时候，她从来没有踏足过荷兰。她了解的所有关于荷兰的知识，都是通过到图书馆查资料和采访身边去过荷兰的朋友而得来的。

那么，她为什么要创作这样一本以自己从未去过的地方为

背景的小说呢?

原来,当时一位名叫约翰·罗斯洛浦·莫特利的美国历史学家出版了两本关于荷兰的历史学著作,《荷兰共和国的崛起》和《统一的荷兰史》。这两本书出版后让美国人民对荷兰产生了极大兴趣,玛丽在看过这两本书之后也马上产生了一个冲动,想要写一个以荷兰为背景的儿童故事。

玛丽很小的时候就展现出了在文学上,尤其是在儿童文学创作上的天赋,堪称一个讲儿童故事的高手。这本书最初的故事框架是她用来哄两个儿子睡觉的,在产生了创作冲动后,她便不断搜集资料,把荷兰元素巧妙地融到故事框架中去,使其日渐完善。她采访身边去过荷兰的朋友,用他们的见闻不断丰富自己的故事。书写完后,她还请几位相关的权威人士通读书稿,找问题、提意见,经过反复锤炼后,终于打造出了这样一本由从未去过荷兰的人把荷兰介绍得头头是道、令人信服的"童书神作"。

然而,在世界文学史上,很少有靠创作题材而成为经典的作品。如果这本书只是因为以荷兰为背景,迎合了当时美国读者对荷兰的兴趣,那么它也定会随着人们对荷兰的兴趣的淡去而失去其魅力。

这本书在其后的岁月里一直受到各国少儿读者的喜爱,并成为儿童文学殿堂中无可争议的经典作品,可见其在其他方面也一定有着独特的魅力和闪光点。

写作是由人创造的艺术

那么,这本书在哪些方面有着独特的魅力呢?

要想回答这个问题,请允许我先介绍一下作者玛丽·梅普斯·道奇其人。

玛丽诞生在一个幸福的家庭。父亲詹姆斯·杰·梅普斯是美国一位致力于研究科学耕作法的著名教授,他非常开明,也很重视对子女的教育,专门延聘了各科教师到家中给他们上课。所以玛丽不仅接受了全面的教育,而且很小的时候就在模型制作、绘画、音乐和文学等多个领域展露出了才华。后来,父亲还和她一起创办杂志,鼓励她发挥自己的文学特长,对她成为一名文学家起到了重要的推动作用。

从玛丽把《银色溜冰鞋》一书题献给自己的父亲便可以看出她对父亲的感激之情。

玛丽的文学之路可以称得上一帆风顺,她首次给伦敦的《康希尔》杂志投去的一篇名为《美国的假贵族们》的讽刺文章便获录用,得到了五十英镑的稿费和一封热情的约稿函。这篇文章后来还出口转内销,被美国许多大报转载或选登。

玛丽在文中所展露出的对人性的细致刻画和良好的幽默感立即引起了文坛的关注。当时英美文坛中,盛行风趣幽默的小

品文，许多文学名家都是个中高手，他们往往凭借对生活和人性的细致观察，只用寥寥数笔，便能把一个人物或一个事件描绘得惟妙惟肖、栩栩如生，而且还能直指人心，发人深思。

在《银色溜冰鞋》一书中我们也可以在多处看到玛丽对这种艺术手法的娴熟运用。

有了这样一个良好的开端后，玛丽的文学之路越走越宽，她随后发表的一些短故事和小品文都大受好评，约稿也越来越多。正当出版商们等着她趁热打铁，继续写出更多短篇作品时，玛丽却起了写一部长篇儿童小说的念头，这部作品便是《银色溜冰鞋》。此书成稿后还一度令出版商感到为难，因为他们期待的是短篇故事集，只是考虑到作者之前的热度，才勉为其难地收下了这部意料之外的作品。孰料，此书一经出版便取得了惊人的成功，也成就了一部不朽的儿童文学经典。

玛丽后来参与创办了《圣尼古拉斯》杂志，并长期担任该杂志的编辑，使其成为当时最成功、名气最大的儿童文学杂志之一。

一字一句，妙笔生花

现在我们再来讲讲《银色溜冰鞋》的闪光点。

首先，此书字里行间都蕴含着对真善美的坚定信念和对美好生活的向往与追求。故事中没有反派角色，没有激烈的善恶冲突，许多时候主人公们所要面对的是生活中的苦难和人性中的脆弱，这其实更接近大多数人的生活现实，因此也更能打动人，使人产生很强的代入感。玛丽在讲故事的过程中对书中人物都怀着很深的爱与同情，即便是对人格略有缺陷的角色，也只是略加戏谑与调侃，指出他们的缺点，却依旧带着宽容与悲悯对他们的未来生活给予祝福。

  作者这种温润宽厚的情怀赋予了全书一种温暖、治愈的调性，无疑能为青少年培育和巩固正确的价值观。书中人物所展现的各种优秀品质，如汉斯的诚实与勤劳，汉斯母亲对丈夫的忠诚，格蕾泰尔的忍耐与坚韧，彼得、希尔达和安妮的善良，都是永远也不会过时的，它们将跨越时空对一代代青少年读者产生积极的影响。

  虽说书中没有极富戏剧性的情节，但整个故事读来却一点也不闷，这实在是有赖于玛丽于细微处见精神的精妙笔法。

  整部小说讲述了主人公汉斯一家的生活和汉斯与他的伙伴们之间的友谊，其中包括汉斯的父亲恢复健康、小伙伴们的假日旅行、滑冰大赛、医生找到失散的儿子这几个主要事件。玛丽把这几个事件进行了错落有致的精巧编排，把主要人物的命运交织到了一起，相互映衬、相互影响，读来有峰回路转的奇妙感觉。

  比如汉斯家有一笔父母辛苦积攒下来的上千荷兰盾不知去

向，这条线索在全书中若隐若现，在不同的阶段对情节的推进起到了不同的作用，也对汉斯一家人构成了不同的考验。读者们看着汉斯和母亲离目标越来越近，正要为他们高兴，却又在他们夜半挖宝无果后与他们共同体会失望和沮丧，然后又随着仙女教母的无心插柳和他们一起登上失而复得的狂喜巅峰。

这种过山车式的叙述节奏让故事在平淡中生出悬念，给读者带来美妙的阅读体验。

玛丽还非常善于铺排线索，埋下伏笔。比如书中有个重要的道具——怀表，它其实是将汉斯一家和医生父子的命运连缀起来的关键物品。但在怀表的秘密被揭示前，玛丽不断围绕怀表营造悬念，汉斯一家还在不同阶段数次想把怀表卖掉，令读者在谜底揭晓后再回想时唏嘘不已，细想之下又为玛丽对读者情绪的精准拿捏而赞叹。

有的读者或许会对此不以为然，认为这些只不过是写作中的套路。那么姑且不论这些套路在玛丽写作的年代里是否具有新意，便是全然抛开这些，也依然有其能展现艺术功力的地方存在，那便是玛丽堪称一笔入魂的白描笔法。

书中有几处处理得很精彩的"大场面"描写，读者们在阅读此书的时候不妨细细品鉴一下。这些所谓的大场面通常是环境描写，偌大的场面原本千头万绪，但玛丽有条不紊地娓娓道来，寥寥数笔便把场面写得妙趣横生。

比如，玛丽对运河上滑冰的场面一共描写了三次：一次是汉斯的伙伴们登场时，一次是小伙伴们在旅行途中，还有一次是在最后的滑冰大赛前。

妙的是三次描写各不相同，各有侧重和妙趣。第一次侧重写的是上班途中各色人物的动作与神态，第二次侧重写的是人们对各种冰上交通工具的驾驭以及人们在冰面上的各种互动，第三次注重的是人们的衣着特色和各个职业人群之间的差异。

此外，玛丽对小伙伴们旅行所到之处的街景，尤其是对海牙街头小狗拉车的那几段描写都非常精彩。在这些描写中，她以冷静的观察、戏谑的笔调以及细腻的描摹为我们展现了一幅幅有关荷兰风土人情的"清明上河图"。

玛丽精妙文笔的另一处体现便是对人物的成功塑造。玛丽写作之时，福斯特的圆形人物理论尚未问世，《银色溜冰鞋》中的人物严格说来都是扁平人物，但不可否认的是，他们绝对不失精彩。

在富有个性的对话、动作和神态的帮助下，书中的人物，甚至是那些戏份并不太多的次要人物，也个个都有着清晰的面貌和很高的辨识度，能让读者在读完本书后相当长的一段时间内依然对书中人物留有深刻的印象。

一本能在文学史上留名的经典儿童文学作品应当具有积极健康的主题、高远的思想境界、精彩动人的故事和独具一格的文学魅力，《银色溜冰鞋》在这些方面都是无愧于经典之名的。

带着微笑的翻译

最后再来简单聊几句此书的翻译。在我的翻译生涯中，儿童文学所占分量可谓举足轻重。整本书我翻译得很投入和认真，不少地方都做了反复的推敲，为的是把属于此书的多层次的精彩，尤其是文字中的幽默尽可能地呈现给读者。我自信这个目的是能够基本达到的。

这本书的翻译过程让我很是享受。在翻译本书中的不少段落时，我脸上都挂着笑容，既为书中人物的命运感到宽慰，也为作者精彩的文字而称羡。书翻译完的那天晚上，我跟自己十六岁的双胞胎儿子思遥、思远分享了工作完成的喜悦，并向他们郑重推荐了此书。期待着从他们，还有你们——此书未来的读者们那里得到良好的回应。

吴　刚[*]
2022 年 8 月于上海

---

[*] 本书译者，2024 年 12 月 5 日当选上海翻译家协会第八届会长。

前言

  我写这本小书,既想让它如亲身游历外国那样能帮助大家增长见识,又想令其不失一个本国故事的趣味。

  本书中对荷兰当地风土人情的描摹都极其用心,许多事件都来源于生活,拉夫·布林克尔的故事则是完全依据事实。

  能写成此书,我不仅要感谢许多就荷兰的历史、文学和艺术展开写作的知名作家,还要感谢那些好心的荷兰朋友们。他们为了我,带着慷慨的热情回望他们的祖国,回忆其二十年前的景象,那正是布林克尔一家默默无闻地栖身于阳光与阴影下的岁月。

  如果这个简单而又朴实的故事能令年轻读者们对荷兰的风土人情及其物产有客观公允的了解,能向他们真实呈现住在这

片土地上的人以及他们的日常生活，或是令他们摆脱当下某些针对高尚而又富有进取心的荷兰人民的偏见，那么我写作此书最重要的目的便达到了。

如果它能让人们的一颗心对上天的善意与仁爱多一点信任，或如一缕金线那般，借着它的联结与缠绕，为任何人在编织生活时带来帮助，那么这缕金线便永不会绷断或失去光彩，在这缕金线肇(zhào)始与终结时所许下的祝福便得到了回应。

玛丽·梅普斯·道奇

第1章
汉斯和格蕾泰尔

很久以前,在 12 月的一个明媚的早晨,两个衣衫单薄的孩子跪在荷兰一条结冰的运河的河岸上。

太阳还没出来,但在靠近地平线的地方,灰蒙蒙的天空已经出现了分野,曙色令其边缘闪耀着一抹深红。大多数健康的荷兰人此刻正享受着宁静的晨睡。即便是斯托佩尔诺兹先生,那位值得尊敬的荷兰老人,也依然"沉醉在梦乡之中"。

时不时地,会有一个农妇头上顶着装得满满的篮子滑过运河那玻璃一样光滑的河面;或是一个健壮的男孩溜着冰进城去干他当天的活计,在掠过两个瑟瑟发抖的孩子时朝他们扮一个善意的鬼脸。

在这段时间里,这两个孩子——他们是一对兄妹——口中一个劲儿喷着热气，手上一直在拉拽着，似乎正在把什么东西往脚上绑。那东西当然不是溜冰鞋，而是很粗糙的木片，木片的下缘被削窄、打磨过，还打了洞，洞里穿了生牛皮绳。

这模样古怪的东西是哥哥汉斯做的。他们的母亲是一位贫穷的农妇，穷得根本不会想到要给她的孩子买溜冰鞋。这怪东西虽然粗糙，却让两个孩子在冰上度过了许多欢乐时光。现在，我们这两个荷兰孩子用他们冻得红通通的手指拽着牛皮绳，严肃的小脸跟膝盖凑得很近。虽然脚下不可能有铁制的冰刀，但丝毫看不出他们的满足有打折扣的迹象。

过了一会儿，男孩直起身，装模作样地抡了抡胳膊，口中随意地喊了声"来吧，格蕾泰尔"，就轻松地朝着运河对岸滑去。

"啊，汉斯，"他的妹妹哀恳地喊道，"我这只脚还没好呢。上次赶集时，这些绳子把我勒得好痛，这次我不能再系在原来的地方了。"

"那就再系高一点儿。"汉斯回答道，眼睛却没有看向她，自顾自地在冰上做了一个翻花绳般的优美跳步。

"也得办得到才行啊！绳子太短了。"

哥哥温和地吹了一声口哨，朝她滑了过来。倘若将这声荷兰口哨翻译成语言，便是在嫌女孩子真麻烦。

"你已经有一双结实的皮革鞋了，还要穿这样一双鞋，真傻。就连你的木屐都比这双要好。"

"怎么啦，汉斯！你难道忘了吗？爸爸把我那双漂亮的新鞋扔进了火里。我还没弄明白他做了什么，那双鞋就已经在燃烧的泥煤里卷成一团了。我可以用这双鞋溜冰，用木屐可没法儿溜冰。小心点儿。"

汉斯从口袋里掏出一根带子，在妹妹身边蹲了下来，一边哼着曲儿，一边用他那结实的臂膀使出全力系紧格蕾泰尔的冰鞋。

"哎哟！哎哟！"妹妹这回是真的痛得叫了起来。

汉斯不耐烦了，他猛的一下解开了带子，差点儿就端着做大哥的架子要把带子往地上一扔了，可就在这时，他看见一滴眼泪从妹妹的脸颊上滚落下来。

"我会搞定的，别怕。"他的语气突然变温柔了，"可我们得快点儿了。再过一会儿，妈妈就会要我们帮忙了。"

说着，他带着探寻的目光朝四周望去，先是看向地面，然后看向头顶那几根光秃秃的柳树枝条，最后把目光投向了天空。此时天空中现出蓝色、深红色和金色的带状彩纹，绚丽无比。

他在这些地方都没有找到自己想要的东西。突然，他的眼睛一亮，那神情是知道了该怎么做的样子。只见他摘下头上的帽子，撕下已经破破烂烂的衬里，把它调整成一个柔软的垫子，铺在格蕾泰尔穿破了的鞋上面。

"好了，"他一边得意扬扬地说道，一边用他那冻僵的手指尽可能灵活地系着带子，"现在再拽不疼了吧？"

格蕾泰尔翘起嘴唇，仿佛在说"不疼了"，但没有做出更多的回应。

又过了没多久，两人已是笑声可闻。只见他们手拉着手，沿着运河飞掠，一点儿也没去想冰面是否能承载住他们，因为在荷兰，冰冻通常贯穿整个冬季。冰层坚定地盘踞在水面上方，哪怕太阳有时候会晒得稍稍厉害些，也根本不用担心它们会变薄、变得不结实。它们的力量在冬季里一天天增强，用晶莹的亮光表达着对每缕阳光的轻蔑。

很快，汉斯的双脚下传来嘎吱嘎吱的声响，接着，他滑冰的动作幅度小了下来，时常停顿得有些突兀。最后，他摊开四肢在冰面上躺了下来，双脚朝天踢着，动作夸张。

"哈！哈！"格蕾泰尔笑道，"这一跤摔得可真漂亮！"但在她粗粝的蓝色外衣下跳动的是一颗温柔的心，所以尽管她笑着，在滑出一道优雅的弧线之后，她还是停到了躺卧在地的哥哥身边。

"你没受伤吧，汉斯？啊，你在笑！来抓我吧！"说罢她飞快地滑开了，刚才她笑得浑身打战，这会儿已经停了下来，但脸颊泛光，双眼中闪动着开心的光芒。

汉斯一跃而起，快步追赶起妹妹来，但要想抓住格蕾泰尔也不是一件容易的事情。没等她滑出多远，她的溜冰鞋也开始发出了嘎吱嘎

吱的声响。

她相信小心即大勇，于是突然转过身来，滑进了追赶者的怀抱。

"哈！哈！抓住你啦！"汉斯叫道。

"哈！哈！是我抓住你啦！"她反驳道，一边努力挣脱着。

正在这时，他们听到一个声音急促地叫道："汉斯！格蕾泰尔！"

"是妈妈。"汉斯的表情一下子恢复了严肃。

这会儿，运河已然镀上了一层阳光，晨间那纯净的空气十分令人舒畅，来河面上溜冰的人逐渐增多，真叫人很难一听到召唤就乖乖回去。不过格蕾泰尔和汉斯是好孩子，他们一点儿都没想着要屈从于诱惑，再多逗留一会儿，而是在绳子还没解开一半时就利索地脱下了冰鞋。汉斯长着宽阔的方肩膀，顶着一头浓密的黄头发。他的小妹妹长

着一双蓝色的眼睛,比哥哥矮了一大截,两人拖着冰鞋朝家中走去。

汉斯今年十五岁,格蕾泰尔只有十二岁。汉斯身材健壮结实,眉眼间显得诚恳真挚(zhēn),仿佛贴着一块"心地善良"的牌子,就像那些荷兰避暑别墅的门上挂的箴言牌子。格蕾泰尔灵活敏捷,眸子里似乎藏着跳跃的光芒,你若盯着她粉嫩的脸颊看上一会儿,那忽而苍白忽而红润的样子就像是风儿吹过一片粉色与白色花朵混种的花圃。

两个孩子从运河的方向转过弯来,就能看见他们父母所住的小屋了。他们的母亲穿着外套和衬裙,头戴帽子,高高的身子站在弯曲的门框里,就像是一幅图画。就算那小屋位于一英里[1]之外,依然显得很近。在那片平坦的乡野,远处的每样东西都显得很清晰,小鸡也跟风车一样能被看得清清楚楚。真的,要是没有堤坝和运河边那高高的河岸,人们几乎可以站在荷兰任何一个地方极目四望,在他们和"世界的尽头"之间看不到小丘或山脊。

没有谁能比布林克尔太太和这两个在她的呼唤下气喘吁吁奔来的孩子更有理由去了解这些堤坝的用场。不过在解释原因之前,且先请你们和我一起进行一趟冰上滑椅旅行,去往那片遥远的乡野。在那里,你们可以看到某些奇妙的事物,这些东西对汉斯和格蕾泰尔来说天天都能见到,而对你们来说,或许还是平生第一次看见。

---

[1] 英里:英美制长度单位,1英里约等于1.6千米。(本书注释如无特殊说明,均为译者注)

第 2 章
荷兰

　　荷兰是天底下最奇怪的国度之一。它应当被称作"奇怪之地"或"相反之地",因为这儿几乎每样东西都跟世界其他地方不一样。

　　首先,这个国家的大部分地区都低于海平面。人们费了好多钱,花了好多力气修建了高大的堤坝,或者说防护堤,让大海待在它该待的地方。在海岸线的某些地方,堤坝是紧贴着陆地的,这个可怜的国家便是这般尽其所能地承受着来自海洋的压力。有时候堤坝垮了或是有了裂缝,便会带来灾难性的后果。这些堤坝高大宽阔,有些堤坝的顶端会有建筑和树木。堤坝上甚至有修得很好的公共道路,跑在这些路上的马儿可以俯瞰(kàn)路边的小屋。海面上船只的龙骨常常会高过那些住宅的屋顶。

　　在房子的最高处对着幼鸟叽叽喳喳说话的鹳(guàn),也许觉得自己筑巢的地方已经远离危险,但近旁芦苇丛中呱呱叫着的青蛙其实比它更接近天上的星星。水蟑螂在水中前前后后地弹游着,所处的高度比把窝建在废旧烟囱里的燕子还要高。柳树仿佛羞惭地垂下了枝条，因为它们没有近旁的芦苇高。

　　沟渠、运河、池塘、河流、湖泊随处可见。虽位于高处，却并不干涸，而是在阳光下泛着粼粼的波光，几乎汇集了所有的熙攘与繁忙，颇有点儿瞧不上从它们身边延伸出去的那些驯顺的、湿漉漉的田地。人们往往忍不住想问："到底哪个才是荷兰——岸上还是水里？"那些本应待在陆地上的青葱草木却错在鱼塘边安了家。事实上，整个国家有点儿像吸饱了水的海绵，或者如英国诗人巴特勒所说的：

　　　　一片抛锚停泊的土地，泊于水之上，
　　　　不是为长久生活，而是为登船起航。

　　在运河的船上，人们出生，生活，又死去，甚至还在船上建了花园。那些农舍的屋顶就像是从眉梢上耷拉下来的大帽子，用木头脚站在地上，一副挽起裤腿的样子，仿佛在说："我们这是想尽力保持干燥呢。"就连马儿的每只蹄子上都蹬着一条宽阔的凳子，仿佛这能将它们托出泥潭。简言之，每处风景都证明，这里是鸭子们的天堂。到了夏天，这个国家对于那些光脚的男孩和女孩来说，就成了一片乐土。他们可以畅快地涉水！畅快地在水中玩驾船航行的游戏！可以划小船、钓鱼、游泳！地上会有成串的坑洼，把小木片做成的船儿放进去就能玩上一整天，这些小船儿根本不用走回头路。光是想想就能令人兴奋不已。不过，这些描述就足够了。若真把好玩儿的东西都报上一遍，岂不让所有的读者趋之若鹜地拥向荷兰的须德海[1]了！

　　荷兰的城镇第一眼看上去是一片令人眼花缭乱的由房屋、桥梁、教堂和船舶组成的丛林，到处是嫩芽般的桅杆、尖顶和树木。在某些城市中，小船如马儿一般拴在主人家的门柱上，接收从高处的窗口中搬出的货物。母亲们高声唤着"罗德维克"和"凯茜"[2]，让他们别在院子门口晃悠，怕他们失足落水！水路比普通的土石路和铁路更多见；碧波荡漾的壕沟成了水做的篱笆，把游乐场、农田和花园围在其中。

　　有时候也能看到精致的树篱，但像美国的那种木篱在荷兰则很少见到。至于石头围栏，荷兰人会举起双手，对这样的想法表示惊诧。那里没有石头，除了从其他陆地上运来用以加固与保护海岸的大块岩石。所有的小石头或鹅卵石，如果有的话，似乎也都被"禁锢"到了人行道中，或是被熔化了。也许拥有健壮、敏捷臂膀的男孩子从戴着围嘴时开始一直长到满脸大胡子，都找不到一粒小石子儿可以让他们打水漂，他们也没法儿用石子儿把兔子撵得四处乱窜。水道就跟运河一样，在这个国度里纵横交错，四通八达。它们有大有小，大到如著名的世界奇观北荷兰运河，小到一个男孩也能一跃而过。水上公共马车[3]往返于这些水道上运送乘客。还有一种水上运货马车，是用来运

---

1 须德海：荷兰西北部的一个海湾。
2 "罗德维克"和"凯茜"是常见的荷兰人名，如中国人称呼的"张三""李四"。
3 水上公共马车：行驶在运河上的一种船。最早获此名称的一些船长度超过三十英尺。它们看着就像固定在驳船上的绿色房子，由马儿在运河的河岸上拖拽着前行。

送燃料和商品的。这里没有绿色的乡间小径，却有绿色的运河从田头延伸到粮仓，再从粮仓蜿蜒到菜园；而农田，或者是荷兰人所谓的圩田，不过是抽干了水的大湖罢了。某些最繁华的大街其实是水流，许多乡下的道路倒是铺上了砖。在城市的河流中游荡的船有圆圆的船尾、装饰过的船头，船身两侧漆着鲜艳的色彩，跟天底下任何一处的船都长得不一样；荷兰的水上运货马车，配上那根样子滑稽的弯弯小篙，实在是天底下最令人不解的东西。

"那么有一件事是再确定不过的了，"大聪明先生会说，"住在那里的人一辈子都不会感到口渴。"可事实却并非如此，这片"古怪之地"怪就怪在，尽管外面的海水拼命想灌进来，里面的湖水拼命想淌出去，还有着各种各样的运河、河流和沟渠，可很多地区还是没有饮用水。可怜的荷兰人民必须忍着干渴，或是喝葡萄酒和啤酒，或是远赴乌得勒支[1]那样的内陆深处和其他受老天眷顾的地方，才能弄到那比"人类始祖"还要古老，却又比晨露还要新鲜的玉液琼浆。有时候，真的，天上若是飘过一场阵雨，那里的人也会想法儿去喝，只要他们有办法能将其抓住。但总的说来，他们就像柯勒律治[2]的著名长诗《古舟子咏》中所写的，那些因为杀死了信天翁而遭受诅咒的水手一样。他们见到的是：

　　水，水，到处都是水，

---

1 乌得勒支：荷兰中部城市。
2 柯勒律治：英国诗人，英国浪漫主义文学的奠基人之一。

却没有一滴可以喝!

荷兰到处都有庞大的风车在转动,仿佛成群的巨大海鸟正降落、栖息到这片土地上。走到哪儿都可以看到世上最好笑的树——它们被修剪成奇怪的形状,树干刷了耀眼的白色、黄色或红色。马儿经常三匹并排套在车架上。男女老少趿拉着没有后跟的木屐噼里啪啦地走来走去;夫妻们则情意绵绵地并肩套着纤绳走在运河的河岸上,一路拖着他们的水上货车前往集市。

荷兰的另一个奇特之处是沙丘。海岸的某些地段上有无数的沙丘。在人们播种生命力顽强的芦苇等植物来保持水土之前,它们造就过卷向内陆的巨大沙尘暴。因此,更古怪的是,这里的农夫们有时候要刨开地表才能见到土壤。而在有风的日子里,往往会有由沙子构成的干雨落在经历一周的晴好天气后变得潮湿的田地上。

简而言之,美国人在荷兰能遇见的唯一一样熟悉的东西是一首丰收歌,这首歌在那里相当流行,尽管没有哪个语言学家能把歌词翻译过来。即便如此,我们闭上眼睛只听曲调,来猜上一猜。

汤克——迪迪——杜德尔——当,

迪迪——杜德尔——郎塔;

扬基——伏伊瓦,伏瓦,伏昂,

波特梅尔克和唐塔!

据说,荷兰至少有九千九百座大风车,其翼板长度在八十英尺[1]到一百二十英尺之间。这些风车被用来锯木、捶打大麻籽、碾磨东西以及做许多其他工作，但它们最主要的工作是把水从低地抽到运河中去，并防御能把整个国家变成一片汪洋的内陆洪水。据说荷兰每年花在风车上的开销有将近一千万美元。那些巨大的风车能

提供强大的动力。风车巨大的圆形塔楼有时候从工厂的建筑群中兀然而起，其顶部是一个小一点儿的塔楼，逐渐变细，形成一个帽子一样的顶。上层塔楼的底部有一圈阳台，阳台上方是突出的转轴，转动这根轴的便是那四块背后装着梯子的巨大翼板。

---

1 英尺：英美制长度单位，1英尺约等于0.3米。

许多风车都相当原始，不过有些新式的风车却令人叹服。这些新式风车在建造时加入了一些极其精巧的发明，使得它们的扇叶或翼板能对准正确的方向，以获得工作所必需的动力。换言之，磨坊主即便跑去小睡一阵也大可放心，他的风车自会钻研风向并最大限度地加以利用，直到他醒来。但凡空中有一丝气流，每片翼板便会张开，把最微量的风都给捕捉到；如果来的是一阵强风，翼板一接触便会像含羞草那般收缩，只让它有一半的机会来推动自己。

阿姆斯特丹有一家旧监狱叫打磨屋，因为关在那里的小偷和乞丐都要从事木材打磨的活计，干活儿偷懒的犯人会被关到一间特别的监房中接受惩罚。在这间监房的一角有一个水泵，另一角的墙上则开了个洞，有稳定的水流从这个洞里灌入房中。犯人可以自己做出选择，要么站在那儿一动不动等着被淹死，要么为了拯救自己可贵的生命而一直按动水泵，不让水漫上来，直到看守放过他。在我看来，在整个荷兰，大自然全面推广了这种小小的消遣。荷兰人为了生存一直在被迫往外泵水，也许得到时间的尽头才能歇手。

每年都会有相当于数百万美元的钱花费在维修堤坝和调节水位上。如果忽视了这些重要的工作，这个国家就没法儿再住下去了。如我之前所说，堤坝的溃决曾酿成过可怕的后果，几百个村子时不时地会被洪水吞噬，将近一百万人已经在洪水中丧生。迄今为止最可怕的洪水之一发生在1570年的秋季。在这之前，有二十八场洪水在荷兰的局部地区肆虐过，但这次格外可怕。这个不幸的国家长久以来一直在西班牙的暴政下经受着折磨，当这次洪水来临时，其苦难似乎达到了顶点。当我们阅读莫特利[1]所著的《荷兰共和国的崛起》时，不禁对这个经历过那么多苦难却无惧任何挑战的勇敢民族生出由衷的敬意。

莫特利先生对这次大洪水的精彩记述告诉我们，一场持续时间久、程度强烈的暴风把大西洋的海水卷进了北海之中，将它们推向了荷兰各省的海岸。在承受超出了它们限度的风浪后，那些堤坝出现了

---

[1] 约翰·莫特利：美国外交官，历史学家。

全面的崩溃；即便是防波堤——那是一座由橡木构成的堡垒，外面用铁进行加固，用很重的锚加以固定，又用砾石和花岗岩加以护卫——也在巨浪来袭时被冲击得如片片风絮；泊进国土内部的小渔船和大船被风浪冲击得卡在了树间，或撞到了住宅的屋顶和墙体，直到最后，弗里斯兰省全境变成了一片愤怒的大海。

　　大量的男人、女人、孩子、马、牛、羊，以及其他所有家养的动物，放眼望去全都在波涛中挣扎。每一只小船和每一件能当船用的东西都用上了。每栋房屋都被水淹了，就连墓地里的死人都被水给冲了出来。摇篮中还活着的婴儿与棺材中被掩埋许久的尸体并排漂浮在一起。远古时期的大洪水似乎就要在今世重演了。树梢上，房子的尖顶上……每个地方都聚集了一堆又一堆的人，祈祷上天大发慈悲，救助他们的同胞。待到暴风雨渐趋平息，小船开始在周围往返，拯救那些还在水中挣扎的人，人们把逃到屋顶和树梢的人给接下来，打捞那些已经淹死的人的尸体。

短短几小时里就有超过十万人丧生。水中漂浮着成千上万头牲畜的尸体，财产损失不可计数。

西班牙总督罗夫莱斯在努力拯救生命，他在降低灾害造成的损失方面厥(jué)功至伟。在此之前，他因为外国血统而遭到荷兰人的仇视，但他凭借在灾难时刻所展现的善意和行动，赢得了荷兰人的感激。不久以后，他引入了一种经过改良的修筑堤坝的方法，还通过了一项法律：在未来，这些堤坝交由土地所有人来维护和保养。自此以后，洪水便不再像以前那样多了。尽管在不到三百年的时间里，仍有六次可怕的洪水席卷了整片国土。

在春季，内陆洪水总会存在巨大危险，特别是在冰雪融化的时候，河流被大块的冰阻塞，急剧上涨的河水来不及流入海洋就会外溢。除此之外，海水一直都在冲击着堤坝，因此荷兰常常会处于紧急状态便不足为奇。人们把最多的精力投入到防止事故发生当中。在受到威胁的地方一直有工程师和工人们驻守，日夜小心巡视。当危险信号发出时，居民们都会跑来救援，齐心协力地对付他们共同的敌人。在世界上所有其他地方，人们都认为草在水里是最没用的东西，而在荷兰，它却成了抵挡潮水的主力。人们把巨大的草垫贴到堤岸上，再用黏土和大石头加固。采取了这样一番措施后，海水再拍打到堤岸上便无力造成破坏了。

汉斯和格蕾泰尔的父亲拉夫·布林克尔有好些年一直受雇在堤坝上干活。有一年的汛期，来了一场很猛烈的暴风雨，黑暗中雨夹着雪，人们正在维尔马克水闸附近一处堤防薄弱点上干活时，他从脚手架上掉下来，失去了知觉。尽管后来活了下来，但自那时起，他就丧失了工作能力，脑子糊涂，也不记事了。

格蕾泰尔记不得他过去的样子了，只记得他是一个陌生、沉默的男人，无论她转向哪边，他的眼睛都会空洞地跟随着她。不过汉斯对过去的父亲还有记忆，那是一个健壮、热诚、声音中透着愉快的父亲，他把汉斯驮在肩头，永远也不喊累。当汉斯晚上睡不着并凝神谛听的时候，父亲那随口哼唱的歌声仿佛还在他的耳畔回响。

第 3 章
银色溜冰鞋

布林克尔太太靠着种菜、纺纱和编织获得一点儿微薄的收入，艰难地支撑着这个家。她曾经在运河的驳船上工作，偶尔也跟其他女人一起套上纤绳，给往来于布鲁克和阿姆斯特丹之间的水上运货马车拉纤。不过在汉斯长高变壮后，他便硬是从母亲手里接下了这些苦活儿累活儿。再说，她丈夫最近变得越来越不能自理，也需要她一直在身边照顾着。尽管布林克尔先生的智力还赶不上一个小孩子，但他的胳膊依旧结实，身体依旧健壮，布林克尔太太有时候要费好一番力气才能控制住他。

"唉！孩子们，他曾经那么善良、稳重，"她有时候会说，"还跟律师一样聪明，就连市长都会跑来向他问上一个问题。可现在，唉！他连自己的老婆和儿女都认不得了。汉斯，你还记得你父亲，记得他正常时的样子——一个了不起的勇敢的人——对吗？"

"对，我记得，母亲。他什么都知道，这世上就没有他不会做的事情——他唱歌唱得多好听啊！对了，你还曾经笑着说他的歌声能让风车听了都跟着跳舞。"

"对，我说过。天哪！这孩子什么都记得！格蕾泰尔，快把毛衣针从你爸手上夺下来，快！他说不定会戳了自己的眼睛。把那只鞋给他穿上。他那双可怜的脚有一半的时间冷得像冰，可我也没办法让它们都有鞋穿，我只能——"说到这里，布林克尔太太哭了起来，声音渐渐低不可闻。她坐了下来，转动起纺车，一时间低矮的小室内充满了嗡嗡的声响。

这个家现在里里外外的活计几乎都是汉斯和格蕾泰尔在做。在一年里的某些季节，两个孩子会天天跑出去捡泥煤，把泥煤压得像砖那样四四方方的，用作燃料。其他时候，如果家里的活计不多，汉斯就会去运河边赶拉纤的马，一天挣上几个斯蒂弗[1]，而格蕾泰尔则替附近的农夫们放鹅。

汉斯在做木雕上颇有天分，他和格蕾泰尔都很擅长养花种草。格蕾泰尔能唱歌、擅缝纫，踩上那种家里自制的大大的高跷，比方圆几英里范围内任何一个女孩子走得都要好。她五分钟就能学会唱一首民谣，而且只要是你能报上名来的应季的花草，她都能给你找到。但她害怕书本，一看见乡村学校里的写字板就眼晕。汉斯则相反，他动作没那么敏捷，为人却很是稳重。无论是学习还是做家务，要做的事越难，他反倒越喜欢。那些在学校外面因为他那打补丁的衣服和寒酸的皮马裤而嘲笑他的男孩们，在学校的每门功课上却只能对他甘拜下

---

[1] 斯蒂弗：荷兰货币单位。

风。没过多久，他就成了学校里唯一的一次都没有在恐怖角里站过的人了。恐怖角的墙上挂着一条可怕的鞭子，鞭子下方用荷兰文写着这样一行警句：

学习！学习！你这个爱偷懒的家伙，不然这条鞭子会来教你的。

只有在冬天，格蕾泰尔和汉斯才可以不去上学。在刚刚过去的一个月里，他们被留在家中，因为母亲需要他们帮忙干活。拉夫·布林克尔一直要有人看着，黑面包得有人做，屋子需要打扫，长筒袜之类的东西得织好再拿到集市上去卖掉。

在这样一个寒冷的12月的早晨，正当他们帮母亲干活忙得不可开交时，一队开开心心的少男少女下到运河上来溜冰了。他们中有人溜得相当不错，花花绿绿的衣服在冰面上飞来掠去，从远处看上去就好像冰突然融化了，一蓬蓬鲜艳的郁金香正随着水流漂来漂去。

那位是家境富裕的市长千金希尔达·范·格莱克，她穿着昂贵的毛皮大衣和宽松的天鹅绒长外套。在她旁边的是漂亮的农家少女安妮·博曼，穿着件深红色的粗布外套，显得那么喜庆，下面配了条蓝裙子，裙子的长短恰到好处地让她那双灰色的家纺长筒袜露出来。接下来是骄傲的里奇·柯比斯，她父亲范·柯比斯先生是阿姆斯特丹身家最殷实的人之一。像一群小鸟一般围在她身边的有卡尔·舒美尔、彼得·范·霍普和路德维希·范·霍普，还有雅各布·普特和一个颇高兴自己有个巨长名字的小男孩福斯腾沃尔巴特·施米尔潘尼克。这一堆人里另外还有差不多二十个少男少女，每一个都在兴高采烈地嬉闹着。

他们在沿运河上下一英里的范围内溜着冰，尽全力追赶竞逐着。经常可以看到滑得最快的那一个，躲闪着从某个高傲的议员或医生的鼻子底下一掠而过，这些大人物正交叉着臂膀，气定神闲地朝着城里滑去；又或是前后相连的一队女孩子被某位胖胖的老市长撞了一下，突然断开了，那位市长先生手中抓着金头手杖，正气喘吁吁地往阿姆斯特丹赶去。他脚上的溜冰鞋可真是好看，华美的衬套和炫目的搭扣弯过脚背，顶端还挂着镀金的小球。如果有哪个女孩子碰巧向他行了个屈膝礼，他会微微睁一下那胖胖的眼睛，不过他不敢欠身还礼，怕失去平衡。

运河上不光有来寻乐子的人和举止庄严的大人物，还有双眼疲惫、匆匆赶往商店和工厂的工人；有头顶货物去市场摆摊的妇女，还有被袋子坠弯了腰的小贩们，以及顶着蓬乱的头发、脸上一副还没睡醒的样子的货船船员们，在上班路上没好气儿地跟人推推挤挤；慈眉善目的牧师也行色匆忙，也许正在赶往濒死之人的床边；再稍过一会儿，会有成群挎着书包的孩童呼啸而过，奔向远处的学校。所有的人都穿着溜冰鞋，所有人，只有一个裹得严严实实的农夫除外，他坐着一辆样子奇怪的马车在运河边沿颠簸(diān bǒ)而行。

没过多久，我们这群快活的少男少女就几乎消失在了一大片明艳的色彩中、毫无止歇的运动中和亮锃(zèng)锃的溜冰鞋所反射的阳光中。我们原本可能再也没有机会认识他们了，若不是这伙人忽然全都停了下来，然后从路人们跟前穿过，聚成一堆，同时对着一个漂亮的小女生说起话来，那个小女生是被他们从进城去的人流中给拽出来的。

"哦，卡特琳卡！"他们异口同声地喊道，"听说了吗？比赛的事——我们要你来参加！"

"什么比赛？"卡特琳卡笑着问道，"别同时说话，拜托，我根本听不清你们在说什么。"

大家都喘着粗气看着里奇·柯比斯，她是他们公认的女发言人。

"是这么回事，"里奇说，"二十号的时候，范·格莱克太太庆生那天，我们将举办一场盛大的溜冰比赛。这都是希尔达的主意。滑得最好的人能得到一份非常棒的奖品。"

"对，"若干个声音附和道，"一双漂亮的银色溜冰鞋——简直漂亮极了——上面还有，哦，漂亮的皮带、银铃铛和搭扣！"

"谁说那上面有铃铛的？"一个细细的声音插嘴，是那个名字特别长的小男孩。

"我说的，福斯腾少爷。"里奇回答道。

"有铃铛。""不，肯定没有。""你怎么能这么说？""那是一支银箭。""是范·柯比斯先生跟我母亲说鞋上有铃铛的。"——一群兴奋的人七嘴八舌地说道，但福斯腾沃尔巴特·施米尔潘尼克少爷试图用一句肯定的话来结束争议："好了，你们当中没有一个人知道关于这双鞋的任何事情。那上面根本连铃铛的影子都没有，那里——"

"哦！我！"话音未落，争论声又轰然而起。

"女孩的那双鞋会有铃铛的。"希尔达平静地打断他们，"但还会有一双给男孩子的，会在两边刻上一支箭。"

"瞧！我跟你们说过的吧！"几乎所有的少男少女异口同声地叫道。

卡特琳卡望着他们，眼中全是迷茫。

"谁要去试试身手？"她问。

"我们都去。"里奇答道，"这多带劲啊！你也一定要去，卡特琳卡。不过现在要上学了，我们下午再细聊吧。哦！你肯定要参加。"

卡特琳卡没有回答，而是做了一个芭蕾舞中优雅的单脚旋转，故意用妩媚的姿态笑着说道："你们没听到最后一遍铃声吗？来抓我呀！"说着，她便像箭一般朝着半英里之外那运河边上的学校蹿了出去。

所有的人接到挑战后，全都手忙脚乱地滑了起来，可无论如何都赶不上那个明眸善睐、笑意盈盈的女孩。只见她顶着一头如瀑的金发，一边娴熟优雅地滑着，一边还屡屡向追赶者们报以胜利的回眸。

这就是美丽的卡特琳卡！她的脸上泛着青春与健康的红晕，充满着生机、欢乐和活力。多么美妙的身形，始终优雅地滑在前方，直冲进一个男孩当晚的梦中！而数年之后，当她从他身边永远地滑开后，又是怎样地令他仿佛坠入了最黑暗的时刻。

第4章
交了一位朋友

到了中午,我们那班年轻的朋友从学校里一拥而出,急切地想到运河上去滑冰,再练上一小时。

他们才滑了没多久,卡尔·舒美尔便用讥笑的口吻对希尔达说:"有一对'漂亮'的人儿也到冰上来了!这两个捡破烂的!他们的溜冰鞋肯定是从国王那儿得来的礼物。"

"他们很有耐心,"希尔达很温柔地说道,"能用这么怪的东西溜冰肯定很不容易。要知道,他们是很穷的农民。那双溜冰鞋说不定是那个男孩自己做的。"

她这样一说,让卡尔感到有点儿羞愧。

"他们也许的确很耐心,说到溜冰,他们的起步相当好,就是结束得有点儿突然。我觉得,他们这种滑法倒是很配你新练的那首断奏曲。"

希尔达和蔼地笑了笑,离开了他。在加入了一小队比赛的人并潇洒地超越了他们每个人之后,她停在了格蕾泰尔的身边,后者正津津有味地看着别人溜冰。

"你叫什么名字,小姑娘?"

"格蕾泰尔,小姐。"她多少有点儿被希尔达的身份给镇住了,忘了她们其实年纪差不多,"我哥哥叫汉斯。"

"汉斯长得可真结实,"希尔达快活地说,"而且看着就像是身体里面有个小暖炉似的。不过你看上去有点儿冷,你应该多穿点儿衣服,小家伙。"

格蕾泰尔没别的衣服可穿了,她尽力挤出一丝笑容答道:"我没那么小。我已经满十二岁了。"

"哦,请原谅。我快十四岁了,相对我的年龄来说个子偏大,所以看别的女孩子都觉得小。不过这不要紧,也许你将来会蹿得比我还高呢。但你得穿得暖和些才行,瑟瑟发抖的女孩子可不会长个儿。"

看到格蕾泰尔的眼眶中泛起了泪光,汉斯的脸不禁红了起来。

"我妹妹没有嫌冷,不过这天气是挺冷的,大家都这么说。"他用忧伤的目光望向格蕾泰尔。

"没事儿。"格蕾泰尔说,"我经常都是挺暖和的——溜冰的时候还觉得有些热呢。小姐,您能这么想可真是好心肠。"

"不,不,"希尔达有点儿生自己的气,"我说话不周全,没轻没重,不过我没有恶意。我是想请你们——我是说,如果——"到了要道明来意的时候,面对着这两个衣着寒酸、神态却颇为高贵的孩子,本来是想帮忙的希尔达却不禁支支吾吾。

"什么事,小姐?"汉斯殷勤地问道,"有什么事能为您效劳吗,任何——"

"哦，不是，不是，"希尔达笑了起来，随即也感到不那么尴尬了，"我只是想跟你们说说大赛的事。你们要参加吗？你们俩都滑得很好，比赛也没有资格限制，谁都可以参加比赛，争夺奖品。"

格蕾泰尔有点儿期待地望着汉斯，汉斯一把扯下头上的帽子，毕恭毕敬地回答道："啊，小姐，就算我们能参加，我们也只能跟着大队滑上几下而已。我们的溜冰鞋其实是用硬木头做的，"他把鞋底翘了起来，"过不了多久它就会变湿，然后就会粘上东西，把我们给绊倒。"

格蕾泰尔想到汉斯今天早上的不幸，满含笑意地眨了眨眼睛，开口时却紧张地涨红了脸："哦，不，我们不能参加，但我们在比赛那天可以到现场来看吗，小姐？"

"当然。"希尔达充满善意地望着这两张真诚的脸庞，发自内心地希望自己以前没有每月把那么多的零花钱都花在蕾丝织品和华美的衣服上。她现在只剩八个克瓦恰[1]了，这点儿钱充其量只够买一双溜冰鞋。

她低下头，看着眼前尺寸相差很多的两双脚，叹了口气问道："你们俩谁滑得更好些？"

"格蕾泰尔。"汉斯脱口而出。

"汉斯。"格蕾泰尔回答得几乎和他同样快。

希尔达脸上现出了笑容。

"我不能给你们俩各买一双溜冰鞋，就连一双好一点儿的也买不

---

[1] 克瓦恰：荷兰的一种小的银质硬币。

了,但这里有八个克瓦恰。你们俩自己拿主意,看谁更有可能赢得比赛,就给谁买双溜冰鞋。我真希望自己的钱再多点儿,能帮你们买更好的。再见!"希尔达把钱塞给像触了电一样的汉斯后,微笑着点了点头,便飞快地滑开,加入了她的伙伴。

"小姐!范·格莱克小姐!"汉斯一边大声叫道,一边磕磕绊绊地朝她追去,因为他一只溜冰鞋上的带子没系上。

希尔达回转身来,举起一只手来遮挡刺目的阳光。在汉斯看来,她像是飘浮在空中那样,越来越靠近他了。

"我们不能接受这钱。"汉斯喘着气说道,"虽然我们知道您是出于好意。"

"那为什么不收下呢?"希尔达红着脸问道。

"因为,"汉斯回答的时候像马戏团小丑那样弯腰鞠了一躬,却用王子般的目光望着面前这个女王般的姑娘,"这不是我们自己挣来的。"

希尔达是个思维敏捷的姑娘,她注意到格蕾泰尔的脖子上挂着一条漂亮的木头项链。

"帮我刻一条项链吧,汉斯,就像你妹妹戴的那条。"

"我会帮您刻的,小姐,全心全意地刻。我们家里有白木,细腻得像象牙一样。明天就能给您。"说罢,汉斯还是着急忙慌地要把钱退回给她。

"不，不，"希尔达断然拒绝道，"那钱对于买项链来说只是个小数目。"说完她转身而去，滑得比冰面上最快的溜冰者还要快。

汉斯不知所措地久久望着她的背影，他觉得再怎么推来推去也没用了。

"没事儿。"他喃喃道，半是对自己，半是对自己忠诚的"影子"格蕾泰尔，"我得好好干，不浪费每一分钟。如果母亲允许我点蜡烛我就干到半夜，一定要把项链给做好，那样我们就可以把这钱留下了，格蕾泰尔。"

"真是位好心的小姐！"格蕾泰尔闻言高兴地拍手说道，"哦！汉斯，那只鹳去年夏天在我们家屋顶做窝，不会没有任何意义吧？还记得吗？母亲说这会给我们带来好运。扬森·科尔普拿猎枪打它的时候，母亲是怎样对他好一通大叫？她很肯定地说这会给他带来麻烦。不过好运终于降临到我们头上了！对了，汉斯，如果母亲明天让我们到城里去，你可以到集市上去买溜冰鞋。"

汉斯摇了摇头，说："那位小姐本意是要给我们钱买溜冰鞋的，可如果这钱是我自己挣的，格蕾泰尔，那就该用来买羊毛。你得有件暖和的外套。"

"哦！"格蕾泰尔大叫一声，这回她真的是失望至极，"不买溜冰鞋？可我并没有经常觉得冷啊！母亲说，穷人家孩子的血一边在血管里跑，一边还会哼着'我一定要让身子暖和！我一定要让身子暖和！'"

"哦，汉斯，"她像是抽泣了一声后接着说道，"别说你不买溜冰鞋了，我听了这话就想哭。而且我正好想要冷一点儿呢，我是说，我真的浑身热得要命——就这会儿！"

汉斯焦虑地望着她。他是个真正的荷兰人，怕见到眼泪，或是任何让人动感情的场面，而其中最见不得的，就是妹妹那双蓝色的眼睛盈出眼泪。

"记住，"格蕾泰尔看到自己占了上风后接着说道，"如果你不要溜冰鞋的话我会很难过。我不想要溜冰鞋。我没那么小气。不过我想让你有一双溜冰鞋，那样等我长大了，这鞋我还能穿——哦——数数这些钱，汉斯。你见到过这么多钱吗？"

汉斯一边沉思一边摆弄着掌心里的钱。在他的生命中从没有像现在这样渴望得到一双溜冰鞋，因为他已经知道了比赛的事，很盼望能有机会和其他小孩子一起检验一下自己的能力。他颇有信心，如果有了一双钢制冰刀的好冰鞋，他便能轻而易举地把运河上大部分男孩都甩到身后。而且，格蕾泰尔的那番话也颇有点儿打动他。另一方面，他知道自己的妹妹虽然个子小，其实身体相当结实，只需要穿上好冰刀练习一个礼拜，她就能滑得比里奇·柯比斯乃至卡特琳卡·弗拉克都要出色。当最后这个念头闪过他的脑海，他下定了决心。如果格蕾泰尔不要外套的话，那她应该得到溜冰鞋。

"不，格蕾泰尔，"他沉吟了一会儿后答道，"我可以等。总有一天我能存下足够的钱来买一双好的溜冰鞋。这双应该给你。"

格蕾泰尔的双眼放出光来，但随即她又弱弱地坚持道："那位小姐是要把钱给你的，汉斯，我要是拿了就太不像话了。"

汉斯一边吃力地走着一边坚决地摇了摇头，妹妹在他身边三步并作两步地走着，竭力跟上他的步伐。这时，他们已经脱掉了木头版的

"弯底冰鞋",正快步朝家中赶,想把这个好消息告诉母亲。

"哦!我知道了!"格蕾泰尔用活泼的语调大声说道,"你可以这么做。你可以买上这么一双溜冰鞋:你穿着稍微有点儿嫌小,我穿着又稍微有点儿嫌大。这样我们就能轮换着穿。这主意不错吧?"格蕾泰尔得意地拍起手来。

可怜的汉斯!这实在有很强的诱惑力,但他一把将它推开了。啊,他拥有一颗多么勇敢的心啊!

"别瞎说了,格蕾泰尔。你穿大鞋根本不会合脚的。不等我转过弯道,你就会像一只瞎眼小鸡那样被大鞋给绊倒。不,你必须有一双正好合脚的冰鞋,而且必须一有机会就勤加练习,直到二十号到来。我的小格蕾泰尔会赢得银色溜冰鞋的。"

格蕾泰尔想到这个不由得开心地笑了起来。

"汉斯!格蕾泰尔!"熟悉的声音从远处传来。

"来啦,母亲!"

他们加快了脚步朝小屋走去,汉斯依然在手中晃弄着那些银币。

到了第二天,当汉斯·布林克尔看着自己的妹妹日落时分在运河上,在熙熙攘攘的溜冰者中间熟练而又轻盈地穿来绕去时,全荷兰没有哪一个男孩子能比他更骄傲、更开心。好心的希尔达给了格蕾泰尔一件暖和的外套,原本开了口的鞋子也被布林克尔太太给补了补,重新恢复了体面。小家伙在冰上轻灵地前后滑行,脸上泛着幸福与满足的红晕。她相当清楚,周围的人正把许多赞叹的目光投到自己身上,她感到脚下亮闪闪的冰刀突然把大地变成了仙境。一个声音在她充满感激的心中一遍遍地回响着:"汉斯,亲爱的好汉斯!"

"我的天哪！"彼得·范·霍普对卡尔·舒美尔赞叹道，"那个穿红外套和补丁衬裙的小姑娘滑得真棒。嗯！她简直像脚后跟也长着脚趾，背上也长了眼睛！瞧啊！不过，要说她能参加比赛并打败卡特琳卡·弗拉克，那还是有点儿开玩笑的。"

"嘘！别这么大声！"卡尔回应道，语气中颇为不屑，"那个穿得破破烂烂的小女生是希尔达·范·格莱克的小宠物。如果没弄错的话，那双亮闪闪的溜冰鞋是她送的礼物。"

"这么回事！原来是这么回事啊！"彼得脸上绽开了笑容，因为希尔达是他最好的朋友。"她也在那儿认真练习呢！"他在冰面上滑出两个"8"，然后更加轻松地滑了一个大大的"P"，然后一个跳跃，又滑了个"H"，[1] 最后柔畅地来到了希尔达的身边。

他们俩手拉着手一起滑着，刚开始还大声地笑着，随后就变得严肃起来，一起小声地说着话。

说来奇怪，彼得·范·霍普突然打定了主意，他的小妹妹也需要一条和希尔达一样的木头项链。

两天以后，在圣尼古拉斯节的前夜，汉斯在燃尽三根蜡烛加班苦干，还割破了大拇指后，站在了阿姆斯特丹的市场里，又来买一双溜冰鞋。

---

1 彼得·范·霍普滑出的两个字母是自己名字中"彼得""霍普"的首字母。

第 5 章
家中的阴影

布林克尔太太真是个可人儿！当天中午，草草地吃过午饭，收拾完桌子后，她为了庆祝圣尼古拉斯节而换上节日的盛装。她心想，这么做能让孩子们感到高兴，而她想的一点儿都没错。在过去的十年里，这套节日礼服几乎没怎么穿过；在那之前它可是派上了很大的用场，多次在舞会和露天的集市上出过风头，当时她还是远近闻名的"美人克伦克"。孩子们有时会被允许看几眼这套放在橡木箱子里的衣服。尽管如今它已经褪去了鲜艳的色彩，有的地方已经磨得有点儿薄了，但在两个孩子的眼里，这套衣服依然华丽无比。衣服上有着白色的亚麻兜领，堆在她饱满的领口，然后沿着蓝色家纺布做的精致上衣往下渐渐消失。那条红褐色的裙子镶着黑边。羊毛织的长手套和精致的露出头发的帽子（她平时都是把头发藏起来的）让她在格蕾泰尔看来简直跟公主差不多；汉斯凝视她的时候，也变得一本正经、规规矩矩起来。

不一会儿，小女孩一边编着自己那金色的辫子，一边绕着母亲翩翩起舞，以表达自己对母亲的极度赞赏。

"哦，妈妈，妈妈，妈妈，你多好看啊！看哪，汉斯，是不是像一幅画？"

"就像一幅画，"汉斯欢乐地附和，"就像一幅画，只是我不喜欢手上那像长筒袜的东西。"

"你不喜欢长手套，汉斯！这东西可是很重要的。知道吗，这能把手臂上泛红的部分都给遮住。哦，妈妈，你胳膊上没有长手套遮住的地方可真白啊，比我白，哦，白多了。我很肯定，妈妈，你这上衣

穿着太紧了。你又长大了！你肯定又长大了！"

布林克尔太太笑出了声。

"这是好多年前做的，亲爱的，那会儿我的腰比搅奶酪的棒子也粗不了多少。你觉得这帽子怎么样？"她左右转动着脑袋问道。

"哦，棒极了，妈妈。真的太美了！瞧，爸爸都在盯着看哪！"

爸爸真的在看吗？唉！他只是呆呆地望着而已。他的妻子吃了一惊，朝他转过身来，像是红晕似的东西升上她的脸颊，眼中闪过一丝带着疑问的光亮，但转眼间又黯(àn)淡了下去。

"不是的，不是的。"她叹了口气，"他什么都看不见。过来，汉斯，"笑容又偷偷回到了她的脸上，"别整天站在那儿盯着我看了，新的溜冰鞋还在阿姆斯特丹等着你哪。"

"啊，妈妈，"他回答，"你需要的东西有那么多，为什么我要买溜冰鞋呢？"

"说什么呢，孩子，那钱是特意给你的，或者说你的活计是——反正是一回事儿。趁着日头还高，快去吧。"

"对，快去快回，汉斯！"格蕾泰尔笑道，"我们今晚到运河上去比赛，如果妈妈允许的话。"

到了门口他回过头来说："您的纺车需要一块新踏板，妈妈。"

"你可以自己做啊，汉斯。"

"对，可以自己做，那样就不用花钱了。可你还需要羽毛、羊毛和谷物，还有——"

"得了，得了！那些都没问题的。你那几个银币不能把所有的东西都买来。啊！汉斯，要是我们被偷的钱能在这个充满希望的圣尼古拉斯节前夜找回来，那我们该有多高兴啊！就在昨天晚上我还祈祷呢——"

"妈妈！"汉斯有些惊恐地打断道。

汉斯太了解他母亲了，每当她说话变快、声音变尖的时候——就像现在这样（她只要一提到丢了的那笔钱，说话就会变快，声音就会变尖），便不会跟她对着干，于是他柔声说道："您祈求了什么，妈妈？"

"没什么，就希望那些贼没把钱还回来前一刻都不能合眼。要不然就让我们茅塞顿开，自己找到丢了的钱。自从你们亲爱的父亲受伤以来，我就再也没见过那笔钱——这你都清楚，汉斯。"

"我知道的，妈妈。"他略带悲伤地答道，"可你当时为了找这笔钱，不是差点儿把房子都折腾散架了吗？"

"唉，可没用啊，"布林克尔太太叹息道，"不都说'一个人藏，十个人找'嘛。"

汉斯突然开口说道："你觉得父亲能说点儿什么吗？"

"唉，这倒是。"布林克尔太太点头说道，"我是这么想过，但看着不像啊。我不会为一件事抱希望超过两天。也许你们的父亲拿钱换了那块大银表，就是从那天起我们一直守着的那块。不过，不——我决不相信是那样。"

"那块表连那笔钱的四分之一都不值，妈妈。"

"是的，不值，而且你们的父亲直到最后一刻都是个精明人。他那么稳重，那么节俭，才不会干乱花钱的傻事呢。"

"那块表究竟是从哪儿来的呢？"汉斯轻声说道，有点儿像是在自言自语。

布林克尔太太摇了摇头，悲戚地望向自己的丈夫。此刻他正眼神空洞地盯着地板，格蕾泰尔站在他身边织着毛衣。

"这我们就永远不知道了，汉斯。我把那表拿给你父亲看过很多次，但他连它是表还是土豆都分不清楚。在那个可怕的夜晚，他回家来吃晚饭的时候把表给了我，叫我小心收好，等着他再来拿。他正要开口再说点什么的时候，布鲁姆·克拉特布斯特飞奔进来，说大堤出危险了。啊！那时水势可真让人害怕哪！我的丈夫，唉，抓起工具就

冲了出去。那是我最后一次见到他神志清明的样子。他是半夜被人给送回来的,摔了个半死,可怜的脑袋上全都是瘀青和口子。虽然高烧及时地退了,但头脑发昏的状态却一直持续——还一天天地恶化。我们永远不会知道了。"

这些汉斯以前都听过。他曾经看见过母亲在饥寒交迫的时候,不止一次地把那块表从收藏的地方拿出来,像是下定了决心要把它给卖了,但最后总是抵挡住了诱惑。

"不,汉斯,"她会说,"要想叫我们辜负你父亲的嘱托,非得比这次更接近饿死才行。"

对这幕场景的回忆,想必此刻正掠过她儿子的脑海,只见他发出一声沉重的叹息,将一小块蜡烛的碎屑朝着桌子对面的格雷泰尔弹

去，然后说道：“对，妈妈，您把这块表留着，这么做很勇敢——换了别人说不定早就把它换成钱了。"

"我替他们感到羞耻！"布林克尔太太愤愤地说道，"我会留着这表的。再说，那些贵族老爷对我们穷人那么刻薄，要是他们看到我们手上有这么一个东西，就算我们告诉他们原委，他们也许还是会怀疑你父亲是——"

汉斯气得涨红了脸。

"他们不敢说这种话的，妈妈！要是他们敢说，我就……"

他攥(zuàn)紧了拳头，似乎是觉得剩下的那半截话太可怕了，不能当着母亲的面说出来。

虽然自己的话被儿子打断了，但布林克尔太太布满泪痕的脸上露出了笑容。

"啊，汉斯，你真是一个勇敢的孩子。我们永远都不会跟这块表分开的。说不定你父亲到了临终的时候会醒过来问我们要呢。"

"会醒过来的，妈妈！"汉斯附和道，"醒过来——会认得我们吗？"

"是的，孩子，"他母亲几乎轻不可闻地说道，"发生过这样的事情。"

到了这会儿，汉斯差不多已经把他要去阿姆斯特丹办的事给忘了。母亲很少用这么亲密的口吻跟他说话，他现在觉得自己不仅是她的儿子，而且还是她的朋友、她的参谋。

"您说得对，妈妈。我们永远也不能放弃这块表。为了父亲，我们要一直守着它。不过说不定哪天我们对这笔钱不抱希望了，它反而会自己跑出来。"

"不会的！"布林克尔太太喊道，猛地最后缝了一针，然后把未完成的针线活儿重重地放到腿上，"没有可能的！一千荷兰盾——一天之内全都不见了！一千荷兰盾啊！哦，它们到底去哪儿了呢？如果是到了坏人的手里，那个贼在临终的时候一定会忏悔的。他决不敢让自己的灵魂带着这样的罪孽死去！"

"他也许还没死呢。"汉斯宽慰她，"任何一天都有可能传来他的消息。"

"啊，孩子，"她变换语气说道，"但什么样的贼会到我们这儿来呢？我们家总是整洁干净，可条件不能算好，我和你父亲一直省吃俭用，为的就是能省下钱来以备不时之需。'经常存一点，口袋会装满'嘛。我们觉得这话真是不假。另外，你父亲已经挣了挺大一笔钱，因为大洪水那会儿他在海尔诺赫特工作很出色。我们每个礼拜都能省下一个荷兰盾，有时候还能再多些，因为加班的话能拿到更高的工资。每到礼拜六的晚上我们就可以存下点儿钱，只有你发高烧那回和格蕾泰尔刚生下来的时候没有。到后来小口袋装满了，我就补了一只旧长袜，再重新开始存。现在回想起来，有那么几个阳光灿烂的日子，钱好像在追着我们跑似的。在那段时间，如果一个人能熟练完成工程师的工作，就能挣很多钱。长袜里面的铜币和银币越装越多——对，还有金币。你完全可以把眼睛瞪得再大点儿，格蕾泰尔。我曾经笑着跟你父亲说，我虽然还穿着旧裙子，但那可不是因为穷。长袜越填越满，满到有时候我会在半夜醒来，抱着它起身，悄无声息、蹑手蹑脚地来到月光下细细地摩挲。然后我跪到地上，感谢上天，因为有了这些钱,我的两个孩子到时候就可以得到良好的教育,他们的父亲老了以后可以不用再操劳。有时候在晚饭的餐桌上,我和你们父亲两个会商量再砌一个新的烟囱,给家里的牛盖一个好点儿的牛棚来过冬,不过我的丈夫甚至有比这更好的计划。'买一张大大的帆,'他说,'把风装得满满的——我们不久后就能得偿所愿了。'然后我们就在我洗碗的时候一起唱歌。啊,'风正一帆轻,船儿如箭行'。从早到晚,没有一件事会令我发愁。你父亲每个礼拜都会把长袜子拿出来,把新攒下的钱扔进去,笑着把袜口系好,再亲吻我一下。快动身吧,汉斯,别光顾着张嘴坐在那里,就这么把一天给消磨过去了!"布林克尔太太稍带刻薄地加了一句,自己跟儿子讲话有点儿太没有分寸了,等她发现的时候稍稍有点儿脸红,"你这会儿上路正好!"

汉斯刚才一直端坐在那里,眼神热切地望着她的脸。此刻他站起身来,几乎轻不可闻地问道:"你有试过吗,妈妈?"

她知道儿子指的是什么。

"试过,孩子,经常。可你父亲只是笑,或者用奇怪的眼神盯着我,弄得我也不好再问他什么了。去年冬天,你跟格蕾泰尔发烧,我们家的面包都快吃完了,我也没法出去挣钱,怕一回头不看着你你就死了,哦!我就是那会儿试的。我摸着他的头发,当他是只小猫那样对他柔声低语,问他钱的事儿——钱去了哪儿,给了谁?唉!他就拉着我的袖子,低声说些我听不懂的话,听得我汗毛都竖起来了。最后,格蕾泰尔躺在床上,脸比雪都白,而你在床上一个劲儿地说胡话。我就对着他喊——看那情形他非得听到我说话不可了——'拉夫,我们的钱在哪里?关于那笔钱你知道点儿什么吗,拉夫?就是装在小袋子和长袜子里，收在大箱子里的钱。'但我这话就像是对石头说一样。我还不如——"

母亲的声音变得如此奇怪，她的眼中放出光来，这让汉斯生出了新的担忧，于是把自己的手搭到了她的肩膀上。

"好了，妈妈，"他说，"我们尽量把这笔钱忘了吧。我身高体壮的，格蕾泰尔又灵巧又肯干，要不了多久咱们的日子就会好起来的。跟拥有全世界的银币相比，妈妈，我和格蕾泰尔更愿意看见你开开心心、快快活活的。对吧，格蕾泰尔？"

"妈妈知道的。"格蕾泰尔抽泣着说道。

第 6 章

阳光

看见自己的孩子如此动情，布林克尔太太吃了一惊，但她心中也颇感欣喜，因为这表明他们是如此纯真，对她充满着爱。

华屋豪宅中美丽的淑女们常常会突然绽放出甜美的笑容，令周围的人都被她们的快乐所感染；但若是一位身居简陋小屋中的美人用她的笑容令衣着寒酸的男孩和女孩感受到快乐，我不知道究竟哪种景象是人们更乐于见到的。布林克尔太太感到自己有点儿自私，脸上微微一红，随即露出喜色，她匆匆抹去了泪痕，只以母亲特有的目光看着他们。

"好了，别矫情了，今天聊得挺开心的，眼看着圣尼古拉斯之夜就要到了！怪不得纱线针都戳到我手指头了！来，格蕾泰尔，拿上这钱，在汉斯买溜冰鞋的时候，你可以在集市上买一块华夫饼。"

"让我跟你一起待在家里吧，妈妈。"格蕾泰尔抬起闪烁着泪光的眼睛说道，"汉斯会替我买蛋糕的。"

"随你吧,孩子。对了,汉斯,等等。只要再来上三针就能把脚趾这儿织完了,那样你就能拥有一双织得最好的袜子(我承认这纱线略有点儿扎人),可以拿去卖给哈恩格莱西特街上的袜奇。如果你善于交易的话,那能为我们换来四分之三个荷兰盾。这天气人容易饿,你可以买上四块华夫饼。毕竟,是应该准备圣尼古拉斯市大餐的。"

格蕾泰尔开心得拍起手来。"那真是太棒了!安妮·博曼跟我说今天晚上那些大房子里会有怎样的大好时光。但我们也会很快乐的。汉斯会有漂亮的新的溜冰鞋——还会有华夫饼!哦!千万别把它们给弄碎了,汉斯哥哥。把它们包好,小心地放到外套里,再把纽扣仔细扣好。"

"那是当然。"汉斯回答道,语调虽不以为然,却透露出喜悦和自得。

"哦!妈妈!"格蕾泰尔喜悦地喊道,"再过一会儿你要忙着照顾爸爸了,现在你只是在编织而已,趁这会儿跟我们说说圣尼古拉斯吧!"

布林克尔太太看到汉斯挂上帽子准备要听,不禁笑了起来。"别闹了,孩子们,"她说,"我都跟你们讲过好几遍了。"

"再跟我们讲一遍嘛!哦,再讲一遍嘛!"格蕾泰尔一边叫着一边坐到那张漂亮的木头长凳上,那是哥哥在去年母亲过生日那天做的。汉斯不想让自己显得幼稚,但也很想听故事,于是很随意地靠着壁炉,手中晃悠着冰鞋。

"好吧,孩子们,你们可以听,不过我们以后可不能浪费白天的时间。把毛线球拿起来,格蕾泰尔,边听边织袜子。用耳朵时并不需要停下手指。圣尼古拉斯，你们得知道，那可是一个很棒的守护者。他时刻关注着水手们的安危，不过他最牵挂的是少男少女们。很久很久以前，那会儿他还在人世间，一个亚洲的商人把他的三个儿子送去一个名叫雅典的了不起的城市去学习。"

"雅典是在荷兰吗，妈妈？"格蕾泰尔问。

"我不知道，孩子，也许是吧。"

"哦，不是，妈妈，"汉斯恭敬地说道，"我很久前在地理课上学到过，雅典在希腊。"

"啊，好吧。"母亲继续讲了下去，"这位富有的商人把他的儿子们送去雅典。他们在路上的时候，有一天住在一家寒酸的小旅店里，准备第二天早上再继续赶路。他们穿着非常考究的衣服——也许是天鹅绒和丝绸做的,反正是世上所有富贵人家的孩子会穿的那种——他们的腰带里也揣满了钱。邪恶的旅店店主见了他们之后就动了邪念,盘算着要谋害三个孩子,抢走他们的钱,把他们的漂亮衣服占为己有。那天晚上,等所有的人都睡下后,可怕的店主便起来动手了。"

格蕾泰尔握紧了双手,身体发抖,但汉斯却竭力摆出一副轻松的姿态。

"那还不是最可怕的呢。"布林克尔太太一边继续讲着,一边慢慢地编织着,努力在讲话的同时数清手上的针数,"这还

不是最可怕的。那个可怕的店主……"

"啊！"格蕾泰尔害怕得叫出声来，尽管她之前经常听妈妈讲这个故事，而汉斯却不为所动。

"对，大家也许觉得那几个年轻的绅士就这样完了。不过不对，还没完呢。那天晚上圣尼古拉斯的眼神儿特别好，他打开了天眼，看到了店主是怎样谋害商人的孩子们的。他根本不用着急，只是在第二天早上来到了旅店，指控了店主犯下的罪行。店主随即原原本本地供认了，并跪倒在地乞求宽恕。他为自己做下的事深感痛悔，希望能让那三位年轻人活过来。"

"他们会复活吗？"格蕾泰尔问道，但语气很轻松，因为她很清楚答案是什么。

"他们当然会的。那些年轻的绅士转眼便活了过来。他们俯身跪到了圣尼古拉斯的脚下，他为他们祝福，还——哦，求老天怜悯我们，汉斯，你要是再不动身，天黑前就赶不回来了！"

这会儿布林克尔太太已经急得上气不接下气了。她不记得何时曾见到过两个孩子像今天这样浪费了整整一小时，一想到他们居然如此奢侈，她不禁吓了一跳。为了弥补损失的时间，她这会儿在房间里火急火燎地跑来跑去：往火里扔一块泥煤，把看不见的火星从桌子上吹走，把织完的袜子交给汉斯……全都在转眼间完成。

"快点儿啊，汉斯，"她看见儿子还在门边晃悠，"您怎么还不走？"

汉斯亲吻了一下母亲饱满的双颊，尽管经历了这么多生活上的困苦，母亲的脸颊依然红扑扑的，透着鲜活的气息。

"我妈妈是世上最好的人，如果能有一双新的溜冰鞋我当然会很高兴,可……"他在扣外套扣子的时候,担忧地看向壁炉边佝偻着的陌生的身影,"如果我的钱能够从阿姆斯特丹请一个医生来看看父亲,说不定还能起到一点儿作用。"

"你那点儿钱就算翻上一倍,医生也不会来的,即使他来了也起不了什么作用。唉,我以前花过多少荷兰盾啊。可是,亲爱的,这个好爸爸就是不愿醒来。去吧,汉斯,买你的溜冰鞋去。"

汉斯心情沉重地动身了,但这一颗年轻的心装在一个少年的胸膛里,因此没过上五分钟他就吹起了口哨。母亲跟他说话时口气里满是尊重,这足以让阴沉的日子变得阳光灿烂。荷兰人在亲密的交谈时没有相互的尊称,不像法国人和德国人那样多礼。但布林克尔太太少女时期曾在德国海德堡的一户人家里做过绣花的活计,因此把一些充满尊敬的说法带到了这个不太讲究的家里,她会在需要展现极其强烈的爱与柔情时使用。

因此,一句"您怎么还不走"在口哨的背景声中不断回响,让他觉得自己这趟出来给家里跑腿充满了荣耀。

第 7 章
汉斯有办法

布鲁克离他们家并不是很远。那里有安静的、一尘不染的街道，有结了冰的小河，有黄砖铺成的人行道和色彩鲜艳的木头房子。这是一个小村子，异常整洁，景致优美。

这里的沙石小径上有用鹅卵石和贝壳堆砌出来的新颖奇特的图案，但是并没有玷污它的脚印。每扇百叶窗都紧闭着，仿佛空气和阳光有毒似的，众多人家的前门从来都不开，除了举办婚礼或葬礼的时候。

烟草的云雾不知从哪个角落里袅袅升起，静静飘荡；孩子们本该将这个地方唤醒的，此刻他们却正在远离大路的角落里学习，或是在附近的运河上滑冰。几只"孔雀"和"狼"站在园子里，却从来都没能奢侈地享用过带血的鲜肉——它们是用黄杨木树篱修剪出来的，似乎正在用一种凶猛的绿色守护着各家庭院。一些能活动的玩偶，比如鸭子啊，女人啊，运动员啊，都被收进了避暑别墅中，等待着春天的来临。到那时，它们会被上足发条，和它们的主人比一比谁更活力十足；覆着瓦片的亮闪闪的屋顶、铺着嵌花地面的庭院、擦得亮晶晶的房屋装饰品都用反光无声地向天空致敬。天空纯净无比，不惹一丝尘埃。

汉斯朝这个村庄瞥了一眼，一边掂弄着手中那几枚银币，心里猜测着自己道听途说的东西的真假。他经常听人说，布鲁克有些人非常有钱，连厨房里的锅碗瓢盆都是用金子打造的。

他在集市上见到过范·斯杜普太太做的甜奶酪，而且知道这位傲慢的太太靠着卖奶酪挣了很多亮闪闪的银币。但她是用金色的平底锅来筛的奶油吗？她用来撒奶油的棒子是金子做的吗？她家的奶牛住在过冬牛棚的时候，尾巴上真的系着绸带吗？

这么想着，他转过头来继续向着阿姆斯特丹走去。阿姆斯特丹离这儿不到五英里，在结冰的艾尔河[1]的对岸。运河上的冰面堪称完美，但当他穿上旧冰鞋在冰面上艰难掠过时，那双不久后就要被扔掉的木头冰鞋嘎吱嘎吱地在他脚下发出凄惨的告别之声。

在穿越艾尔河的时候，他看见一个人向他滑了过来，来者正是博克曼医生——荷兰最著名的内外科医生。汉斯从来没见过他本人，却在阿姆斯特丹许多家商店的橱窗上见过他的头像。那是一张人们见过便不会忘记的脸。他长得瘦削而又颀长，尽管是个地地道道的荷兰人，却有一双眼神严厉的蓝眼睛，他奇怪地紧抿嘴唇，仿佛在说"不准微笑"。他显然不是一个看上去很快活或很擅交际的人，也不是有

---

[1] 艾尔河：须德海的一条支流。

良好教养的男孩子会不请自来地与之搭讪的那种人。

但汉斯可不是不请自来的,向他发出邀请的是一个声音,一个他很少会忽视的声音——他自己的良心。

"对面来的是世界上最了不起的医生。"那个声音轻轻说道,"就算你买得起溜冰鞋,你也无权这么做,你应当用这笔钱为你父亲请位医生。"

木头冰鞋发出一声狂喜的嘎吱声。数百双漂亮的溜冰鞋在他前方的天空中熠熠闪光,随即消散而去。他仿佛感到手中的钱在刺痛着自己的手指。这位老医生的样子严厉得让人害怕,凛然不可接近。汉斯的心都跳到了嗓子眼儿,他好不容易积聚起足够的声音,在医生经过他面前的时候喊道:"博克曼先生!"

这位名人站定下来,噘起他薄薄的下唇,对他怒目而视。

汉斯到了必须直面的时候了。

"先生,"他喘着气靠近外表严厉的医生,"我知道您肯定就是那位著名的博克曼医生。我有个事儿得求您帮忙——"

"哼!"医生没好气地从鼻子里发出一声冷哼,随即准备从阻拦者身前滑过去,"别挡着路。我没钱——也从不给叫花子钱。"

"我不是叫花子,先生。"汉斯骄傲地反驳道,同时装作很大气地掏出一枚小小的银币,"我想跟您咨询一下我父亲的事。他是个活人,但坐在那儿呆滞得像是已经停止了呼吸。他不能思考了,说出来的话也毫无意义,但他健康得很。他是从大堤上摔下来成了这副样子。"

"嗯?你说什么?"医生大声问道,听得认真起来。

汉斯有点儿前言不搭后语地把事情的来龙去脉讲了一遍,其间还

流了一两次眼泪。结束的时候，他对医生诚挚地恳求道："求您去看看他吧，先生。他的身体没毛病——有问题的只是脑子。我知道这点儿钱不够，不过请您收下，先生。我会挣更多钱的，我知道我会的。哦！我愿意一辈子替您干活儿，只要您能治好我父亲！"

那位老医生是怎么啦？只见他脸上焕发出如阳光一般的光彩。他的眼睛湿润了，里面充盈着善意。之前紧紧抓着手杖、像是准备要打人的那只手此时轻轻地放到了汉斯的肩膀上。

"把你的钱收起来吧，孩子，我不要。我会去看你父亲的。但恐怕希望不大。你刚才说多久了？"

"十年了，先生。"汉斯呜咽着说道，脸上因为突然有了希望而容光焕发。

"啊，是个很棘手的病例，不过我会去看他的。让我想想。今天我要去莱顿[1]，一个礼拜之后回来，到时候你就等着我吧。你们家住哪儿？"

"布鲁克往南一英里，先生，靠近运河。就是一所破得快要倒的小棚屋。那儿附近随便哪个孩子都能指给您看的。"汉斯重重地叹了一口气之后又加了一句，"他们都有点儿怕那个地方，管它叫'傻子小屋'。"

"行了。"医生匆匆地朝汉斯点了点头，"我会去的。希望不大的病例。"他自言自语道，"可是这孩子挺讨人喜欢的。他的眼睛像我那可怜的劳伦斯。去他的，怎么就是忘不了那个小混蛋呢？"说到这

---

[1] 莱顿：荷兰西部的城市，与海牙相距16千米。

里，医生的脸色比以往更阴沉，又默默地继续赶路了。

汉斯蹬着他那双嘎吱作响的木头冰鞋继续朝阿姆斯特丹滑去，手指在口袋里再次把玩起那几枚银币来，口哨声不知不觉间又从唇间流泻了出来。

我要赶紧回家去向她们报告这个好消息吗？他在心中忖(cǔn)度(duó)，还是先去买华夫饼和新的溜冰鞋呢？哦！还是继续去集市吧！

就这样，汉斯买回了新的溜冰鞋。

第 8 章

雅各布·普特和他表弟

圣尼古拉斯之夜,汉斯和格蕾泰尔早早地就开始了狂欢。那天晚上月光皎洁。他们的母亲——尽管她相信自己丈夫的病情不会有好转的希望,但在听到大夫要来他们家看看之后还是非常高兴,乃至答应了孩子们的恳求,允许他们在睡觉前去滑上一个小时的冰。

汉斯买了新的溜冰鞋后很是高兴,为了向格蕾泰尔展示一下这双鞋滑起来有多棒,他在冰上玩出了很多花样,让小姑娘崇拜得为他鼓起掌来。运河的冰面上,人们三五成群地在滑冰,尽管看上去没有人留意他们,但其实他们并不孤单。

范·霍普家的兄弟俩和卡尔·舒美尔也在那儿,正在测试着自己的极限速度。在四次试测中,彼得·范·霍普赢了三次。本来就不算好脾气的卡尔心情变得更糟,只能靠着奚落比他小的施米尔潘尼克来挽回一点儿面子。施米尔潘尼克个子最小,只是畏畏缩缩地挨着他们,一点儿都感觉不到自己是这群人中的一员。不过现在卡尔脑子里闪过一个新念头,或者不如说是他想出了作弄自己朋友们的新点子。

"我说,伙伴们,咱们让'傻子小屋'那两个益破烂的孩子参加不了比赛吧。希尔达想让他们也参加比赛,真是疯了。卡特琳卡·弗拉克和里奇·柯比斯一想到要跟那个小姑娘同场比赛就气不打一处来。至于我,我可不怪他们。说到那个男孩,如果我们身上还有一点儿男子气概,就该鄙视那种想法,认为——"

"我们当然会鄙视的!"彼得·范·霍普打断了他的话,并故意曲解着卡尔的意思,"谁会对此有疑问呢?任何一个人,只要他身上还有一丁点儿男子气概,便不会只因为贫穷而拒绝让这两个滑得这么好的人参赛!"

卡尔恶狠狠地转过身来。"嘴别那么快,少爷!而且拜托你不要把别人没说过的话硬栽到别人头上。这样的事情最好别再有第二次。"

"哈,哈!"小福斯腾沃尔巴特·施米尔潘尼克笑道,期待着即将会有一场打斗出现。他很肯定,如果最后动起手,他最喜欢的彼得能对付一打像卡尔这样咋咋呼呼的、容易激动的家伙。

彼得看着卡尔,他眼中的某样东西让卡尔的气焰消退了不少。他又恶狠狠地转向了福斯特[1]。

"你这个小滑头在叫什么?你这条瘦鲱鱼,你这只用长长的名字

---

[1] "福斯特"是'福斯腾沃尔巴特·施米尔潘尼克'的简称。

做尾巴的小猴子！"

六七个旁观者和一起溜冰的人为这句新颖的俏皮话而喝彩。卡尔觉得自己已经漂亮地战胜了敌手，稍稍恢复了一点儿好心情。不过他谨慎地决定，要稍微推迟一下针对汉斯和格蕾泰尔的图谋，等到彼得不在场的时候再进行。

就在这时候，人们看到他的朋友雅各布·普特正向他们靠近。刚开始的时候，人们其实看不清他的面目，但由于他是附近最壮硕的男孩，所以光凭轮廓也不可能弄错。

"你好！胖墩儿来了！"卡尔叫道，"还有人跟他一起来了，一个苗条的家伙，大伙儿都不认识。"

"哈哈！这可真像是培根啊，"路德维希叫了起来，"肥瘦搭配。"

"那是雅各布的英国表弟，"福斯特少爷说道，为自己能提供信息而感到高兴，"那是他的英国表弟，哦，他的小名字可滑稽了——本·多布斯。他会待在表哥家，等大赛结束了才走。"

刚才这些男孩子们在说话时，还一直穿着冰鞋静静地做着急转回旋、漂移和其他的花式动作，可现在雅各布·普特和他的表弟越走越近，孩子们都站定了下来，在寒冷的空气中抱紧了身体。

"这是我表弟，伙伴们，"雅各布气喘吁吁地说道，"本杰明·多布斯[1]。他是英国人，准备参加我们的比赛。"

---

[1] "本杰明"的昵称是"本"。

大家以男孩子的方式把新来的两人围了起来。没过多久本杰明就在心中认定，虽说荷兰人说话古怪、让人闹不清是什么意思，人倒都是好人。

如果非得照实说的话，其实雅各布把他表弟的名字说成了"潘切明·道普斯"，说他是个"兴（英）国人"，不过我如此这般地把我们这些年轻朋友的对话一字一句地翻译出来其实并无讽刺之意，只想把他们对说英语做出的努力稍加修补而已。多布斯少爷刚开始置身于他表哥的朋友们之间时，毫无疑问是略感尴尬的。尽管他们之中大多数人都学过英语和法语，可无论哪门语言，他们都羞于开口尝试，而多布斯自己在尝试说荷兰语的时候也犯了不少滑稽而又愚蠢的错误。他知道一些荷兰语单词，可他没法儿用这些词拼出一个句子来，也不会用他在"荷兰语会话"这门课里学到的那张长长的短语表。课堂上学到的那些话题都很不错，但这些男孩子似乎也从来没有提到过。就像笑话里讲的，有个可怜的家伙在奥伦多夫[1]学的德语，会用无可挑剔的德语问"您见过我祖母的红色奶牛吗"，而等他到了德国后，才发现他根本没有机会向人问起这种有趣的动物。和他一样，本发现他的"书本荷兰语"并不能给他带来如他所期望的那样多的帮助。他心中对扬·范·戈普生出一股由衷的蔑视来，这位荷兰人曾用拉丁语写过一本书，想要证明人类始祖说的是荷兰语。而且在他舅舅普特向他保证说荷兰语"跟兴语很像，但要比兴语胖（棒）得多，胖得多"的时候，他只是会心一笑。

---

[1] 奥伦多夫：德国巴登－符腾堡州的一个城市。

不过，溜冰的快乐跨越了所有语言上的障碍。一起滑了一会儿后，本便觉得已经和这些孩子完全熟稔了，在雅各布（考虑到本，他说话时会不时冒出一点儿法语和德语）说起他们计划好的一个大项目时，他的表弟已经能用跟他们很熟的姿态偶尔插进一声"ja[1]"，或是点一下头了。

那是一个大计划，而且有很大的机会能实现。除了圣尼古拉斯节固有的一天假期，他们还有额外的四天时间，那是给他们进行全校大扫除用的。

雅各布和本得到了允许，可以进行一次长长的滑冰之旅，至少是从布鲁克到海牙，这段路将近有五十英里！

"好了，伙伴们，"雅各布在说完计划后问道，"有谁想要跟我们一起去？"

"我要！我要！"男孩们都热切地叫道。

"我也要去。"福斯特也大着胆子说道。

"哈！哈！"雅各布笑了起来，捂着肥胖的两颊甩了甩他那浮肿的脸道，"你也去？就你这么个小东西？我说，你还没拿掉衬垫吧？"

在荷兰，每个小孩子都会在脑袋边上围一个薄薄的衬垫，顶端装着鲸骨的撑架和绸带，是用来防止小孩跌倒后摔伤脑袋的。戴不戴衬垫是婴儿和少年的分界线。福斯特早在几年前就步入青春期了，因此雅各布的这种羞辱是他绝对无法承受的。

"小心你说的话！"他尖声叫道，"你什么时候能拿掉衬垫那才是

---

[1] 荷兰语，意为"是的"。

一件幸事呢——你可是全身都戴着衬垫！"

"哈！哈！"所有的孩子都爆笑了起来，只有本例外，因为他听不懂。"哈！哈！"好脾气的雅各布自己笑得最厉害。

"他说的是我的肥肉——他说我全身戴着肥肉！"他对本解释道。

于是大家通过投票，一致决定允许现在已经受到大家欢迎的福斯特入伙，如果他父母同意的话。

"晚安！"开心的小家伙高喊了一声，便全力朝着家中滑去。

"晚安！"

"我们可以在哈勒姆停一下，雅各布，给你表弟看看那个大风琴。"彼得·范·霍普热切地说，"在莱顿也可以停一下，那儿好看的景色可多了。然后在海牙过上一天一夜，我结了婚的姐姐住那儿，她见了我们准会高兴的。等到第二天早上我们再动身回家。"

"好嘞！"雅各布回答道，他有些不善言辞。

路德维希一直用很崇拜的眼光望着自己的哥哥。

"你可真棒，彼得！要订计划还非你不行！我们要是告诉妈妈，我们会向范·根德姐姐转达她的爱意，她一定会跟我们一样非常期待的。天哪，不过这天可是够冷的。"说完他又补充道，"冷得都能把脑袋给冻掉了。我们还是回家吧。"

"冷又怎么样，细皮嫩肉的老家伙？"卡尔叫道，此刻他正在练习一种他称之为"双刃"的步法。"要不是这会儿的天气暖得跟去年12月一样，现在我们本可以痛快地滑冰了。你难道不知道，如果冬天不是特别冷，而且冷得不够早的话，我们根本去不了？"

"我只知道今晚特别冷。"路德维希说，"哦！我得回家去喽！"

彼得·范·霍普拿出一块圆鼓鼓的金表,用快要冻僵的手指举到月光下面看了看,喊道:"哦,哦!快要八点了!圣尼古拉斯快要到了,我要看小家伙们睁大眼睛等他来的样子。晚安!"

"晚安!"大家都喊了起来,然后动身四散回家,一路抛洒着叫声、歌声和笑声。

格蕾泰尔和汉斯在哪儿呢?

啊,快乐有时候结束得多么突然啊!

他们俩大约滑了一个小时,躲着其他人,彼此间相安无事。格蕾泰尔说:"啊,汉斯,多美啊!真棒啊!我们俩居然都有溜冰鞋了!我跟你说,那只鹳真的给我们带来了好运!"就在这时他们听到了什么。

那是一声叫喊——非常微弱的一声叫喊!运河上的人谁都没注意到,但汉斯却太清楚这叫喊意味着什么。格蕾泰尔看到他的脸色在月光下变得惨白,随即手忙脚乱地开始脱起了冰鞋。

"是爸爸!"他叫道,"他吓到妈妈了!"格蕾泰尔跟在哥哥身后,全力向着家里跑去。

第 9 章
欢乐的节日

我们现在都知道，在圣诞树开始在我们国家的家庭生活中大行其道之前，某个"快活的老精灵"和"八头小驯鹿"曾经赶着他那装满了玩具的雪橇来到我们的屋顶，然后顺着烟囱下来，把家家户户满怀希望挂在壁炉边的长袜子给装满。他的朋友们管他叫圣诞老人，而那些跟他最亲密的人则大着胆子管他叫"老尼克"。据说他最初是从荷兰来的。但真若如此的话，想必他会跟其他许多外国人一样，在登陆我们的海岸后便在做派上发生了很大的改变。在荷兰，圣尼古拉斯出现时经常穿戴全套的衣冠，身上披着带绣花的长袍，上面的黄金宝石熠熠生辉，还有头冠、权杖和镶着珠宝的手套。到了我们这儿之后，

圣诞老人一路欢闹，于12月25日的圣诞节早晨来到我们身边。但圣尼古拉斯是在12月5日造访每家每户的，这是一个专门留给他的时间。12月6日一大早，他会把糖果、玩具和各种珍宝分配给大家，然后便又要消失上整整一年。

这是年轻人尽情狂欢、充满期待的时刻。但对其中的一些人来说，这是一个不那么好受的时刻，因为如果谁在过去的一年里行为不端，圣尼古拉斯会直截了当地告诉他们。

那些男孩子们在明月照耀的冬夜急匆匆地赶回家去是有原因的，不到一小时之后，圣尼古拉斯就会现身了。他会造访国王的宫殿，也会在同一时刻出现在安妮·博曼舒适的家中。也许我们只要花上一个银币就能买到他在农夫博曼家留下的关怀，但有时候这些钱能给穷人带来的东西，对有钱人来说花上几百几千也未必能买到。它让穷人感到快乐，令他们充满感激，让他们心中重新充满了平静与爱。

那天晚上，希尔达·范·格莱克的弟弟妹妹们个个都兴高采烈。他们被允许待在家里的大客厅。他们穿上了最好的衣服，晚饭的时候每人分到了两块蛋糕。希尔达也非常快活。为什么不呢？圣尼古拉斯不会因为哪个十四岁的女孩子长得高，看着几乎像是个大姑娘就把她从自己的名单上划掉。恰恰相反，对于这样一个长相威严的少女，他也许会更尽力向她表示出敬意。所以她纵情地嬉戏、欢笑、舞蹈，跟她的弟弟妹妹们一样欢乐，是他们所有娱乐活动中的灵魂人物。她的父亲、母亲和祖母在一边赞许地看着。她的祖父也在看着，但过了一会儿便展开红色的手帕盖到了脸上，只让无边便帽的顶端露在外面。这条手帕便是他要睡觉时打出的旗号。

早些时候，所有人都加入到玩乐之中。在随处可见的欢乐景象中，似乎只有老爷爷和小宝宝才有所不同。更确切地说，在年龄稍小些的家庭成员脸上不时会掠过一丝严肃的期待，这让他们看上去反倒比年长者更显得若有所思。

现在寻欢作乐的心思占据了绝对的上风。火苗在壁炉那擦得锃亮的格栅后欢舞雀跃。一对循规蹈矩的蜡烛之前一直呆呆地盯着无影灯，现在开始对着远处镜中的蜡烛眨起眼睛。角落里有一根从天花板上悬垂下来的长长的铃绳，是用玻璃珠串在灯芯绒绳上做成的，几乎有手腕那么粗。平日里它都悬在阴影中，没有什么存在感，可今晚从头到脚都在一闪一闪的。它那用深红色玻璃做成的把手朝糊着墙纸的墙壁满不在乎地一下一下投送着红光，把墙纸上精致的蓝色条纹变成了紫色。屋外的路人停下脚步，细听着透过窗帘和窗扇传到大街上来的欢声笑语，然后突然醒悟过来，这村子根本没有睡着，于是又继续赶路。到后来欢闹越来越甚，老祖父脸上的手帕猛地掉落下来。哪位体面的老先生在这样的喧闹中还能睡着呢！范·格莱克先生吃惊地望着自家的孩子。小婴儿甚至有了歇斯底里的迹象。该是办正事儿的时候了。夫人建议说，如果他们想见到圣尼古拉斯，就应该唱那首去年曾把他给带来的充满爱意的邀请之歌。

老祖父把小婴儿放到地板上，小婴儿瞪大眼睛望着，把小拳头塞到嘴里。没过多久，小婴儿坐了起来，可爱地看着周围的人。他身穿缀着花边和刺绣的衣服，头戴有着蓝绸带和鲸骨撑架的"皇冠"（他还没到蹒跚学步的年龄），让他看着就像是婴儿中的国王。

其他孩子的手中都拿着一只漂亮的柳条篮子，马上围成了一个圈，绕着那小家伙缓缓地转着圈，往上抬眼四处张望，因为圣尼古拉斯还在某个神秘的地方未现身。

夫人开始在钢琴上轻柔地弹了起来。不久，歌声——温柔的、充满朝气的歌声——就响了起来，因其微微颤抖而更显得甜美：

> 欢迎你，朋友！圣尼古拉斯，欢迎！
> 今晚请不要给我们带来责罚！
> 我们用歌声对你表示欢迎，
> 每颗心都因为你而乐开了花！
>
> 请指出我们的每个错处和缺陷，
> 我们会将你的批评牢记心间，
> 所以我们歌唱——我们歌唱——

你会把所有的道理都跟我们讲!

欢迎你,朋友!圣尼古拉斯,欢迎!
欢迎你来到我们这快乐的人群!
快乐的孩子向你问候,欢迎!
你让整个国家充满欢声乐韵!

装满每只空手和空篮,
我们是你的小宝贝对你充满期盼,
所以我们歌唱——歌唱——
你会带来一切我们所愿!

在唱到副歌部分的时候,大家都时不时地用半是热切半是惴(zhuì)惴不安的目光瞥向擦得干干净净的折叠门。此时门外传来了一阵响亮的敲门声。围着小家伙的圆圈马上散开。有些小家伙既有点儿高兴又有点儿害怕,紧紧地抓着他们母亲的膝盖。祖父向前倾着身子,用一只手托着下巴;祖母把眼镜架到了额头上;范·格莱克先生坐在壁炉边,慢慢地把海泡石烟斗从嘴里拿了出来;希尔达和几个大一点儿的孩子全都围在他的身边,对这一刻充满了期待。

敲门声又响了。

"请进。"夫人柔声说道。

门慢慢地开了,圣尼古拉斯穿着他的全套行头,站在了他们的面前。

此时屋子里安静得连个别针掉到地上都能听见。

没过多久他开口说话了。他的声音带着一种多么神秘的庄严之气啊！语调又是那样充满着慈爱！

"卡雷尔·范·格莱克，我很高兴地向您致以问候，还有您尊贵的妻子凯瑟琳，以及您儿子和他的好妻子安妮！

"孩子们，我问候你们大家！亨德里克、希尔达、布鲁姆、凯蒂、惠更斯和卢克莉西亚！还有你们的表亲沃尔弗特、迪特里希、梅肯、福斯特和卡特里娜！从我去年跟你们说过话以来，总的来说你们表现都还不错。迪特里希去年秋天在哈勒姆的集市上表现得有点儿无礼，但他自那以后努力地弥补了。梅肯最近有几门课没有及格，吃了太多的糖果和零食，存到善款盒里的零钱也太少了。我相信迪特里希将来会是一个懂礼貌并且有英雄气概的男孩子。梅肯会努力让自己成为一个好学生，也请她记住，要想过上受人尊敬的、富足的生活，节俭是必不可少的。小凯蒂不止一次对猫咪有些过于残忍。小猫被扯尾巴后发出的叫声大家是能听见的，希望她从今以后能记得，就算是最小的不会说话的动物也是有感情的，我们决不能虐待它们。"

凯蒂吓得哭了起来，圣人慈祥地没有再说下去，直到有人把她给哄住。

"布鲁姆先生，"他又接着说道，"我要对您提出警告，男孩子们正在养成不好的习惯，还把鼻烟放到他们学校女教师的脚炉上，等哪天他们被发现了，就会被老师用教鞭狠狠地给打上一顿——"

布鲁姆先生脸上变了颜色，眼睛瞪得大大的，显然很是吃惊。

"不过您是如此出色的学者，所以我也就不对您多加指责了。

"你，亨德里克，在去年春天的射箭比赛中表现出色，尽管有小鸟在靶子跟前摆来摆去晃你的眼，可你还是命中了靶心。我要嘉奖你在具有男子气概的运动中取得了出色的成绩，不过对于你在划船比赛中的成绩不能过分赞许，因为这使得你没有多少时间可以用来学习。

"卢克莉西亚和希尔达今晚可以安心睡觉了。有意识地对穷人怀有善心，献身于对他们灵魂的拯救，愉悦地、发自内心地遵守家庭的规则，这些会给她们带来幸福。

"我要公开声明，我对你们每个人都很满意。善良、勤奋、慈悲和节俭，这些美德在你们身上很突出。因此，我要向你们送上祝福——希望新的一年里你们都走在智慧和爱的大道上。明天你们将发现更多我与你们同在的证明。再见！"

这番话说罢，下起了一阵糖果雨，落到了一张铺在门前的亚麻布单上。顿时，小家伙们一拥而上，争先恐后地把糖果往自己的篮子里装。夫人小心翼翼地把小宝宝放到他们中间，直到他那两只胖嘟嘟的小拳头里也抓满了糖果为止。随后，年轻人当中胆子最大的会一跃而起，猛地推开家中一扇扇关着的门。他们朝神秘的房间中张望，却徒劳无获。哪里都不见圣尼古拉斯的影子。

没过多久，大家一起拥入另一个房间，那里摆着一张桌子，上面盖着最精美、最白的亚麻花缎桌布。每个孩子都怀着激动与兴奋，把一只鞋放了上去。随后，大家小心翼翼地锁上了房门，钥匙藏在母亲的卧室里。接下来是挨个儿亲吻道晚安，然后一大家子排队回到楼上的房间，在卧室门口相互告别。终于，范·格莱克家的大屋陷入了寂静之中。

第二天一大早，大家在全体在场的情况下很严肃地打开了房门上的锁。噢，看哪！出现在大家眼前的景象证明了圣尼古拉斯是一个说话算话的圣人。

每只鞋都被装满，几乎要溢出来，旁边也堆着五颜六色的东西。桌子被摆在上面的礼物沉甸甸地压着——糖果、玩具、小饰品、书籍和其他各种东西。每个人，上到老祖父下到小婴儿，全都有礼物。

小凯蒂开心地拍着手，并在心中发誓，那只猫以后再也不会有一刻的不开心了。

亨德里克在房间里欢呼雀跃着，举起双手挥舞着一套精美的弓箭。希尔达打开一只深红色的盒子，把装在里面的亮闪闪的东西拿出来，开心得笑个不停。其他人也都咯咯地笑着，对着自己得到的珍宝发出"噢！"和"啊！"的赞叹，就跟我们在去年的节日里所做的那样。

希尔达手里拿着亮晶晶的项链，胳膊抱着一小叠书，轻轻地走到父母身边，绽出愉快的笑容，想要得到他们的一个亲吻。她那双明亮的大眼睛中的眼神是那样真挚、那样温柔，母亲不由得在她凑拢过来时低声道出了最真诚的祝福。

"我很高兴能得到这本书。谢谢您，父亲。"她用下巴碰了碰最上面的一本书说道，"我会整天都读的。"

"是的，宝贝儿。"范·格莱克先生说道，"能这样的确是最好。凯茨[1]是很特别的一个人。如果我的女儿用心学习了他的《道德楷

---

[1] 凯茨：指雅各布·凯茨，17世纪荷兰著名诗人、幽默作家和法学家。以创作寓意画册而闻名。

模》,我和你母亲就不用再开口教导你了。你这次得到的就是他最好的作品。你会发现,范·德·文纳[1]所作的那些珍贵的版画令这本书更添价值。"

考虑到那本书是翻过来的,封底在上,范·格莱克先生竟会对一本圣尼古拉斯给的、还没有打开过的书如此熟悉,实在是颇令人感到吃惊。还有一件事也有点儿奇怪,那就是这位圣人居然能找到那些由大一些的孩子们制作的东西,把它们放到那张桌子上,还在上面贴上了父母和祖父母的名字。但大家都太过沉浸于欢乐之中,并没有注意到这小小的违和之处。在父亲

---

1 范·德·文纳:指阿德里安·范·德·文纳,荷兰黄金时代画家。擅长寓言、风俗题材和肖像画。

脸上，希尔达看到了他一讲起雅各布·凯茨的时候就会有的那种沉醉的表情，于是她在父亲把她胳膊下抱着的书放到桌子上后，便静下心听父亲说了起来。

"我的孩子，凯茨是一位伟大的诗人，而不是像同时代的英国人莎士比亚那样的剧作家。我读过莎士比亚德文版的作品，很棒——非常非常棒——但跟凯茨的作品不一样。他只写理性的东西。小事件中蕴含着大智慧，每天看一点，潜移默化。凯茨的诗可以帮助治理国家，其优美的音韵也能让一个小宝宝听后安然入眠。他是荷兰最伟大的人之一。等我和你去海牙的时候，我会带你到安葬着他的地方去看看。

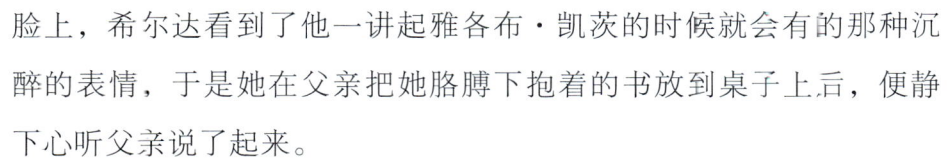

那是一个值得你们好好研究的人,我的孩子们!他是一个彻彻底底的好人。他说过这样的话:

哦,上天,愿我能从您手中得到
带着忍耐的生活和带着欢愉的死亡!

"忍耐难道意味着紧握双手什么也不做吗?不,他是个律师、政治家、大使、农场主、哲学家、历史学家和诗人。他是荷兰的掌玺官!他是——哼!这儿太吵了,我没法说话了。"他很是吃惊地朝着自己的海泡石烟斗中望去,不知什么时候起里面的火已经熄了,便朝妻子点了点头,急匆匆地离开了房间。

事实上,在他刚才讲话的时候,旁边一直伴有小声的噪音,其中有狗叫、猫叫和小羊叫,就不用提还有小宝宝带着源源不竭的兴奋一直抢着象牙板球发出的声响。到了最后,小惠更斯借着范·格莱克先生说话越来越大声,还大胆地吹了一下他的新喇叭;沃尔弗特则很快敲起了鼓作为伴奏。这使得事情到了不可收拾的地步,不过对于这些小家伙来说倒未尝不是一件好事。圣人并没有留下门票,要他们非得去听一场关于雅各布·凯茨的讲座。这不是仪式中指定的部分,因此当小家伙们看到母亲的表情中既没有害怕也没有生气,更是得到了鼓励。嘈杂的声响愈加嚣张地响了起来,嬉闹和快乐占了上风。

善良的圣尼古拉斯啊!为了荷兰的年轻人的缘故,我很愿意向他表示感谢,并当着所有那些不相信他的人的面竭力捍卫他的真实性。

卡尔·舒美尔那天一直在忙，忙着偷偷地跟那些小孩子保证，说根本就没有什么圣尼古拉斯，在桌上放满礼物的是他们自己的父亲和母亲。不过我们才不会上他的当呢。

然而，如果真有这么一个圣人的话，那天晚上他为什么不造访一下布林克尔家的小屋呢？为什么就那一个家，那一个黑暗而又充满悲伤的家，会被错过呢？

第 10 章
阿姆斯特丹之旅

"大家都到了吗？"彼得兴冲冲地喊道。此时已经到了第二天一早，小伙伴们聚集在运河上，做好了溜冰旅行的各项准备。"让我看看。既然雅各布让我当队长，那我就必须来点一下名。卡尔·舒美尔，到了吗？"

"到！"

"雅各布·普特！"

"到！"

"本杰明·多布斯！"

"到！"

"兰伯特·范·摩恩！"

"到！"

"你能来真是幸运！没你可不行，你是唯一会说英语的人。路德维希·范·霍普！"

"到！"

"福斯腾沃尔巴特·施米尔潘尼克！"

没有回答。

"啊，这个小坏蛋被留在家里出不来了！好，伙伴们，现在才八点——天气棒极了，艾尔河结实得跟石头一样。咱们三十分钟后就能到阿姆斯特丹了。一、二、三，出发！"

一点儿没错，不到半小时他们就经过一道用石头砌成的坚固大堤，到达了这座荷兰大都市，一座由九十五座岛屿和将近两百座桥构成、被堤坝围起来的城市的中心。尽管本在抵达荷兰之后已经去过那儿两次，见到了很多令他惊叹的东西，但他的荷兰伙伴们因为一直住在那里，都觉得它只是世界上一个再平常不过的地方而已。本可是对什么都很感兴趣：高高的房子上有开叉的烟囱，山墙顶端对着大街；商人们的货仓坐落在住处的顶层，长长的、胳膊似的起重设备在房子的窗前吊起又放下货物；雄伟的公共建筑矗立在深深打入湿地中的木桩之上；狭窄的街道；城市中纵横交错的、随处可见的运河；那么多的桥；那么多的船闸；各式各样的服装……而最奇怪的便是店家和住户跟教堂的正门挨得那么近，它们那长得不成比例的烟囱沿着教堂神圣的围墙高高地指向空中。

如果往上看，他看到的是高耸着的、倾斜着的房屋，似乎正在用它们亮闪闪的屋顶直刺天空。如果往下看，他看到的是奇怪的街道，没有人行横道或马路牙子——没有任何东西将鹅卵石铺成的人行道和铺了地砖的小径分隔开——而如果他双眼平视，他会看见几乎每扇窗子的外侧都固定着造型复杂的小镜子，这样的安装使得住在房子里面的人可以观察到所有发生在大街上的事情，或是不用自己现身便能看到来敲门的人是谁。

有时候会有一辆满载着木器的双轮马车从他身边经过；之后会有一头驴经过，驮着一对装满陶器或玻璃的大箩筐；接着会有人赶着雪橇就从鹅卵石上驶过（滑板靠一块滴着油的破布来润滑，使其得以顺畅地滑行）；随后也许会有一辆花里胡哨却又有点儿笨拙的家用马车经过，拉车的马是最纯正的棕色佛兰德斯马，而那些马儿们甩动着的尾巴却又如雪一般洁白。

整座城市都披着节日的盛装。每家店铺

为了庆祝节日都装饰得华丽无比。彼得队长不止一次被迫下令,要他的队员从充满诱惑的商店橱窗前离开,里面所有的东西都照着展示玩具的方式摆放着。荷兰的玩具制造业举世闻名。那些让荷兰孩子司空见惯、无动于衷的精巧的机械玩具到了其他国家的专利办公室准会引起一阵轰动。本看到一些渔船的复制品后不禁笑了起来,它们瞧着那么粗短笨重,像极了他在鹿特丹看到过的那种样子奇怪的船。不过有一艘小小的水上公共马车让他看了很动心,那个模型只有一两英尺长,船上该有的东西它都有,一样不缺。他真想立马就给自己在英国的小弟弟买下来。不过他没有钱可花,因为遵循着正宗荷兰人的节俭

之风，这队人一致同意只随身携带足够开销的钱，并且把钱包统一交由彼得保管。因此本杰明少爷只能把精力都消耗在观光游览上，尽可能地不去想他的弟弟小罗比。

他匆匆忙忙地参观了海军学校，很羡慕那些水手学员们设施齐整的双桅船和他们那悬挂在行李箱或储物柜上方的床铺；他还偷偷去看了看城中的犹太人区，那里是富有的钻石加工店和脏兮兮的旧衣铺所在的地方，看过后他明智地决定要离那儿远远的；他还匆匆地瞥了瞥阿姆斯特丹四条最主要的街道——王子运河街、皇帝运河街、绅士运河街和辛格运河街。这些街道都呈半圆形，前三条的平均长度都超过两英里。每条街道的中心都有一条运河流过，两侧是铺得很平整的路，沿路都是很气派的建筑。运河沿岸栽种着没有树皮的榆树，在运河结冰的表面上投下的树影构成长长的网络。每样东西都那么干净、那么明亮，本跟兰伯特说这在他看来整洁得有点儿刻板了。

所幸，因为天气够冷，所以通常会有的用水洒街和冲洗橱窗的活儿停了下来，要不然我们这些年轻的远足者们准会不止一次地被淋湿。荷兰的主妇们干起扫地、拖地、刷洗这些事来是很热情的，在她们看来把那些一尘不染的宅第给弄脏无异于犯罪。谁要是忘了在进门前把鞋底蹭得干干净净，到哪儿都会遭到人们由衷的鄙视，有些地方的人们甚至希望来客最好在进来之前把他们沉重的鞋给脱掉。

威廉·坦普尔[1]爵士在他的回忆录中讲过一位高傲的地方法官造

---

[1] 威廉·坦普尔：17世纪英国文人、政治家，曾是《格列佛游记》作者乔纳森·斯威夫特的老师。在1690年发表《论古今学问》。

访阿姆斯特丹一位夫人的故事。当时一位胖墩墩的荷兰姑娘为他开了门，告诉他夫人在家，又立刻指出他的鞋不是很干净。胖姑娘二话不说就一把抱住吃惊万分的男人，把他扛到了自己的肩上，穿过两个房间，在楼梯底部把他放了下来，抓过斜靠在那儿的一双拖鞋，给他穿到了脚上。直到这时，她才开口告诉法官，女主人就在楼上，他可以上去了。

当本和他的伙伴们在阿姆斯特丹熙熙攘攘的运河上滑冰时，他看到自己身边都是些恹恹欲睡的荷兰人，他们悠闲地抽着烟斗。那副样子就算是有人打掉他们的帽子他们都不会出手抵挡。他很难相信这些人会做出荷兰历史上那些惊天动地之举——他们竟然会跟他在历史书中读到过的那些勇敢而又具有献身精神的英雄是同胞。

在他和自己的伙伴们一路轻快地滑行时，他跟范·摩恩讲了1696年时在这座城市里发生的一场由葬礼引发的骚乱：当时不仅男人，就连妇女和儿童也走上了街头，大家举行了一场假的葬礼游行，走遍全城，为的是向市长表示，他们无法同意某些涉及埋葬死者的新规——最后他们逐渐失去控制，威胁会进一步破坏城市，以至于市长匆匆收回了这条得罪人的法律。

"就是那个拐角，"雅各布指了指那些高大的建筑，"在那个地方，大约十五年前，高大的堆放玉米的仓库沉落到了泥水中。那些房子本是很结实的，都搭建在质量很好的木桩之上，可当时里面堆放了超过七百万磅[1]的玉米，这实在是太多了。"

---

[1] 磅：英美制质量或重量单位，1磅约等于454克。

故事很长，雅各布停下来喘了口气。

"你是怎么知道里面有七百万磅的？"卡尔没好气儿地问道，"你那会儿还穿开裆裤呢。"

"反正我爸爸什么都知道。"雅各布含蓄地回答。稍后他又重整旗鼓，接着说道："本喜欢图画。咱们带他去看画儿吧。"

"好嘞。"队长答应道。

"如果我们有时间的话，本杰明，"兰伯特·范·摩恩用英语对他说，"我想带你去一下市政厅。那儿的建筑物桩子可够你看的！整栋建筑建在将近一万四千根桩子上，打入地下深达七十英尺。不过我希望你到那儿去看看范·斯佩克[1]炸毁自己的船的那幅大画——很了不起的一幅画。"

"范什么？"本问。

"范·斯佩克。你不记得了吗？当时他跟比利时人激战正酣，在他发现敌人已经占据了上风，即将要俘获他的战船时，他就把自己的船和他自己一起炸了，至死也不愿意向敌人投降。"

"那不是范·特朗普吗？"

"噢，不，范·特朗普是另一个勇敢的家伙。人们在鹿特丹的德夫哈芬给他树了一座纪念碑——那里是朝圣者们上船去美国的地方。"

"好吧，那范·特朗普又有什么样的英雄事迹呢？他是位了不起的荷兰海军上将，对吗？"

---

[1] 范·斯佩克：指杨·范·斯佩克，19世纪荷兰海军中尉。因在战争中英勇地对抗比利时人，被视作荷兰的海军英雄。

"对，他经历过三十多场海战，打败过西班牙的舰队和英国的舰队。在打败了英国的舰队后他在桅顶系了一把扫帚，表明是他把英国从海洋上给清扫出去的。要想收拾他们还得靠荷兰人，伙计——"

"等等！"本听到这里叫了起来，"扫帚不扫帚的暂且不说，英国人最终可是打败了他。我现在都想起来了。他在一场于荷兰海岸进行的海战中战死，而在这场战斗中最后获胜的是英国。"他不不好意思地加了一句，"太糟糕了，是吧？"

"啊咳！我们到哪儿了？"兰伯特生硬地转换了话题，"哎呀！其他人都在我们前面好远的地方——除了雅各布。哇！他可真胖啊！看样子不到半路他就要累趴下了。"

本当然很喜欢挨着兰伯特滑冰，虽说兰伯特是一个忠诚的荷兰人，可也是在靠近伦敦的地方接受教育，说英语跟说荷兰语一样流利。此时，只听队长范·霍普对他们喊："脱下溜冰鞋！博物馆到了！"

博物馆的门开着，那天是免费开放日。他们走了进去，都是拖着脚走的，男孩子们只要有机会都会这么干，就为了听鞋在光滑地板上蹭出来的声音。

这座博物馆其实是一家画廊，陈列着几位荷兰大师最优秀的作品，除此之外，还有将近两百件稀有的版画作品。

本马上就注意到，有些画是挂在镶板上的，镶板则用铰链固定在墙上。这些画可以像窗扇一样向前倾，这就使得画上的内容可以在调节到最佳的光线下观看。在欣赏一组荷兰风俗画家杰拉德·道的作品时，这种设计起到了大作用。这组画的名字叫《夜校》，孩子们能观察到这组画细腻精致的表面，以及整幅画似乎是被从画中的窗子里透出来的光照亮的奇妙景致。彼得又指出了杰拉德·道另一幅名为《隐士》的画的妙处，跟大家讲了这位1613年出生于莱顿的艺术家的一些有趣的逸事。

"花三天时间画了一根扫帚柄！"卡尔惊叹地重复道，队长正在跟他们讲杰拉德·道慢工出细活的一些事例。

"是的，先生，三天。据说他在为一位夫人画肖像的时候用了五天才画完了一只手。你们可以看出这幅画中的每样东西有多么鲜亮、多么细致。他会把那些尚未完成的画小心翼翼地盖好，而他作画的材料在当天用完之后就会收到密闭的盒子里。所有的记录都说他的画室像帽盒子一样密不透风。画家总是踮着脚进去，而且在开始作画前要静坐上一阵，直到他进去时被带着扬起的灰尘落定为止。我在某个地方读到过，他在修改画作的时候都是透过放大镜来看的。他在对画作进行额外的精细加工时用眼过度，以至于在还不到三十岁的时候就不得不戴起了眼镜。到了四十岁的时候，他的视力几乎无法支撑他再作画了，他也找不到一副能帮他恢复视力的眼镜。最后，一个贫穷的德国老女人让他试试自己的眼镜，这副眼镜倒是很合适他，让他又能像以前一样作画了。"

"哼！这倒是真不错啊！"路德维希气呼呼地说道，"那她没了眼镜又该怎么办呢？"

彼得一听这话便笑了起来，"也许她还有另外一副吧。不管怎么说，她坚持要他收下。他非常感激，帮她把这副眼镜给画了下来，连带着眼镜盒。老太太把这幅画卖给了一位市长，换得了一份养老金，让自己的余生都过得舒舒服服的。"

"伙伴们！"兰伯特用最大的音量压着声喊道，"来看这幅《猎熊》。"

这幅优秀画作的作者是 17 世纪荷兰艺术家保罗·波特，他在十六岁之前便已经创作出了非常优秀的作品。孩子们喜欢这幅画是因为画面内容。他们会随随便便地从伦勃朗和范·德·赫斯特[1]这些大师的作品面前走过，却会在范·德·维尔纳一幅展现荷兰与英国间的一场海战却画得不怎么样的画作前大喜过望。他们还像着了魔一般在一幅画着两个小顽童的画面前驻足良久，画面上一个孩子正在喝汤，另一个孩子则正在吃鸡蛋。这幅画之所以能吸引他们，是因为那个吃鸡蛋的小家伙正开开心心地让蛋黄顺着自己的嘴角流下，这逗乐了他们。

接下来能有幸吸引住孩子们的画，是一幅名为《圣尼古拉斯节大餐》的杰作。

"看啊，范·摩恩，"本对兰伯特说，"有什么能比这个小孩子的脸画得更好吗？他那表情就像他知道自己该挨一顿鞭子，但仍然希望圣尼古拉斯不要发现他的过错。这是我喜欢的那种画，是会讲故事的画。"

"来吧，伙伴们！"队长招呼道，"十点了，我们该动身了！"

他们急匆匆地来到了运河上。

"继续滑吧！准备好了吗？一、二——哦！雅各布到哪儿去了？"

是啊，雅各布去哪儿了呢？

在前方不到十码[2]处的冰面上有一个刚开出来的四四方方的洞。

---

[1] 伦勃朗和范·德·赫斯特皆为荷兰黄金时代知名画家。
[2] 码：英美制长度单位，1 码约等于 0.91 米。

彼得看到后一言不发地迅速滑了过去。

其他人当然也跟了过去。

彼得朝里望了望,大家也朝里望了望,然后有点儿焦虑地面面相觑。

"雅各布·普特!"彼得大叫了一声,眼睛又往洞里望去。里面一片平静。黑色的河水看不出任何迹象,河水的表面又开始结冰了。

范·摩恩神秘兮兮地转向本说道:"他以前不是有过惊恐病发作吗?"

"我的天哪!是啊!"本回答,语气中充满了恐惧。

"那，如果是这样的话，他肯定在博物馆里被人带走了！"

孩子们明白了他的意思。大家马上脱去了溜冰鞋。彼得还很有心地从洞里掬了一帽子水，大伙儿慌慌张张地跑去要救雅各布。

唉！他们发现可怜的雅各布的确发作了，但发作的不是病，而是瞌睡。他就躺在画廊的一个凹处，鼾声如雷地睡着！大伙儿发现之后齐声笑了起来，结果招来了一位怒气冲冲的工作人员。

"这算什么呀！一场虚惊！嘿，你个啤酒桶，醒醒！"雅各布少爷遭遇了一通很不客气的猛摇。

彼得一看到雅各布根本没什么事，连忙跑到街上倒空了自己那顶不幸的帽子里的水。然后他掏出手帕垫了进去，不让那已经冻住的帽子直接接触到自己的脑袋。这时，其余的男孩子们下来了，连拖带拽地把懵懵懂懂还生着气的雅各布裹在他们当中。

队长再次发出了动身的命令。雅各布少爷终于完全醒了过来。那里的冰有点儿粗糙、还有点儿破，不过每个孩子都情绪高昂。

"我们接着走运河还是走河？"彼得问大家。

"哦，那当然是走河，"卡尔说，"走河可来劲儿了，他们都说那儿一路滑得可爽了，不过会多绕点儿路。"

雅各布·普特一听卡尔这么说，顿时来了兴趣。

"我选运河！"他叫道。

"好，那就走运河。"队长回应道，"如果大家都同意的话。"

"同意！"大家齐声和道，语调中带着失望。于是彼得队长领头出发了。

"好，走吧，一小时后就能到达哈勒姆了！"

第 11 章
大狂热和小怪癖

在他们全速滑行的时候,听到从阿姆斯特丹开来的火车从身后向他们逐渐逼近。

"哦!"路德维希叫了一声,眼睛瞥了瞥铁轨,"谁跑不过火车啊?咱们跟它比个赛吧!"

正在此时响起的汽笛声似乎也道出了同样的想法,孩子们一阵大叫,拼命地滑了起来。

有那么一瞬间男孩子们领先了,他们用尽全力欢呼着——虽然只有一瞬间,不过那也很了不起了。

这波兴奋过后,他们便滑得悠闲起来,畅快地聊天嬉闹。有时候他们会停下来跟站在一段距离之外的运河沿岸的守卫们聊上几句。这些人在冬天的职责便是保证运河冰面的畅通,不让人们往上面乱倒垃圾。在暴风雪过后,他们会把羽毛般的积雪清除掉,若不及时清除,它们就会变硬,形成大理石般的一层,这层东西看着挺漂亮,但溜冰的人则很不喜欢。偶尔，这些孩子们会忘记体面，爬到被冰封住的船上去，这些船挨挨挤挤地停在运河边已然变宽的码头中。但过不了多久，警觉的守卫就会从这些船中找到他们的身影，然后大喝一声，命令他们从船上下来。

没有什么能比我们这队孩子正滑行其上的运河更直，也没有什么比运河岸边矗立着的那列枝条纤细、树叶光秃秃的柳树更直。在另一边，大堤坝的顶端铺有远高于周遭田野的专供马车行驶的道路。建造这道堤坝是为了把哈勒姆湖围在其中。运河一路延伸到很远的地方，直到消失成为一点，那如玻璃一般光滑的冰面上有许多溜冰者，有带褐色双翼的冰上滑行船，有冰上滑椅，还有样子古怪的小雪橇，轻得像软木塞，由滑行者手拿前端分叉的铁钎点在冰上飞驰。本简直为这样的一片风景感到迷醉。

路德维希·范·霍普之前一直在为这个英国人居然对荷兰如此了解而感到奇怪。据兰伯特讲，他对荷兰的了解比荷兰人都多。这话让我们这位年轻的荷兰人听了有点儿不大高兴。突然，他想到了一样东西，他觉得这肯定能让这位"英国人"大开眼界。于是他靠近了兰伯特，得意扬扬地说："跟他讲讲郁金香！"

本听懂了他用荷兰语讲的郁金香这个词。

"哦，对！"他用英语热切地说道，"郁金香狂热——你们是在说这个吗？我经常听人提起，不过知道得很少。最狂热的地方是阿姆斯特丹,对不对?"

路德维希"哦呜"地悲叹了一声。本的话虽说他听不大懂,但本脸上那种明了的表情却不会有错的。兰伯特没怎么察觉这位同胞的沮丧,只听他开开心心地回答道:"对,主要是在这儿和哈勒姆,不过这种狂热波及全荷兰,而且现在郁金香在英国也热起来了。"

"在英国没怎么热吧,我觉得。"本说,"不过我不是很肯定,因为我有段时间没在那儿了。"

"哈哈!不过我告诉你,先生,那样的事之前没有过,后来也没有了。两百年前那段时间人们对郁金香如此疯狂,乃至他们愿意为之付出等重的黄金。"

"什么,跟一个人一样重的黄金!"本叫了起来,眼中露出震惊之色,让路德维希看了很是开心。

"不,不,是跟一团球茎一样重。最早的郁金香大约是在1560年从君士坦丁堡[1]送来的。这儿的有钱人一见就非常喜欢,连忙找人从土耳其运了更多过来。从那时起,培育郁金香就渐渐演变成了一种热潮,持续了好些年。一团球茎就值一千到四千弗洛林[2],而一种名为'永远的奥古斯都'的郁金香球茎价格竟高达五千五百弗洛林。"

"那可是比我们的四百几尼[3]还多啊。"本插嘴道。

"对,我说得一点儿都没错,我是从贝克曼翻译的一本书中读到的,就在前天。是的,先生,那种狂热是极端的。所有人都参与到

---

1 君士坦丁堡:伊斯坦布尔的古称,是土耳其现今最大的城市和港口。
2 弗洛林:一种货币名称。起源于意大利佛罗伦萨,之后成为大部分欧洲货币的原型。
3 几尼:英国的货币单位。

郁金香的买卖中，就连货船船员、收旧货的女人和扫烟囱的人都卷入其中。最富有的商人也不会因为分享了这种乐趣而感到有失身份。人们买进郁金香球茎，再把它卖出去，从中赚取巨大的利润，在此过程中有时甚至都不用见到货。这种生意渐渐演变成了一种赌博。有人短短几天就因此发家致富，也有人因此倾家荡产，失去一切。一时凑不出现钱的话，人们会把土地、房产、牛羊，甚至衣服都变卖，去换取郁金香。女士们卖了她们的珠宝和首饰以加入到这场游戏中去。人们的脑子里除了郁金香再也想不到别的东西了。到了最后，荷兰议会出手干预了。人们开始意识到自己的作为是多么愚蠢，随即，郁金香的价格暴跌。往日因郁金香而产生的旧债讨不回来了，债主们诉诸法律，但法律却不奏效，因为在赌博行为中产生的债务不受法律保护。噢，那是怎样的一段日子啊！数以千计曾经富有的投机者转瞬间便沦为了乞丐。'泡沫终于破裂了。'"

"那确实是好大的一场泡沫。"本听得津津有味，"对了，你知道郁金香的名字来源于一个土耳其词语，原意是妇女用的头巾吗？"

"这我倒不记得了，"兰伯特回答说，"不过这个说法真是妙，你想象一群土耳其人戴着头巾蹲在一片草坪上——这可不就是一大丛郁金香吗？哈！哈！真是太妙了！"

"瞧，"路德维希对自己哀叹道，"又变成他跟兰伯特讲关于郁金香的趣事了——就知道会是这样！"

"事实上，"兰伯特接着说道，"你可以把一圃盛开的郁金香都想象成人的样子，特别是它们在风中点头摇摆的时候。你注意过吗？"

"没有，不过，范·摩恩，有一点给我留下了很深的印象，那就是时至今日你们荷兰人还对郁金香有着非同寻常的热爱。"

"那是当然。但凡家里有花园的,就必定会种上几株郁金香,我觉得这是世上最美丽的花了。我叔叔在他位于阿姆斯特丹另一头的避暑别墅里种有一片郁金香,好看极了,那花圃里面种的都是最好的品种。"

"我记得你叔叔好像是住在城里的吧?"

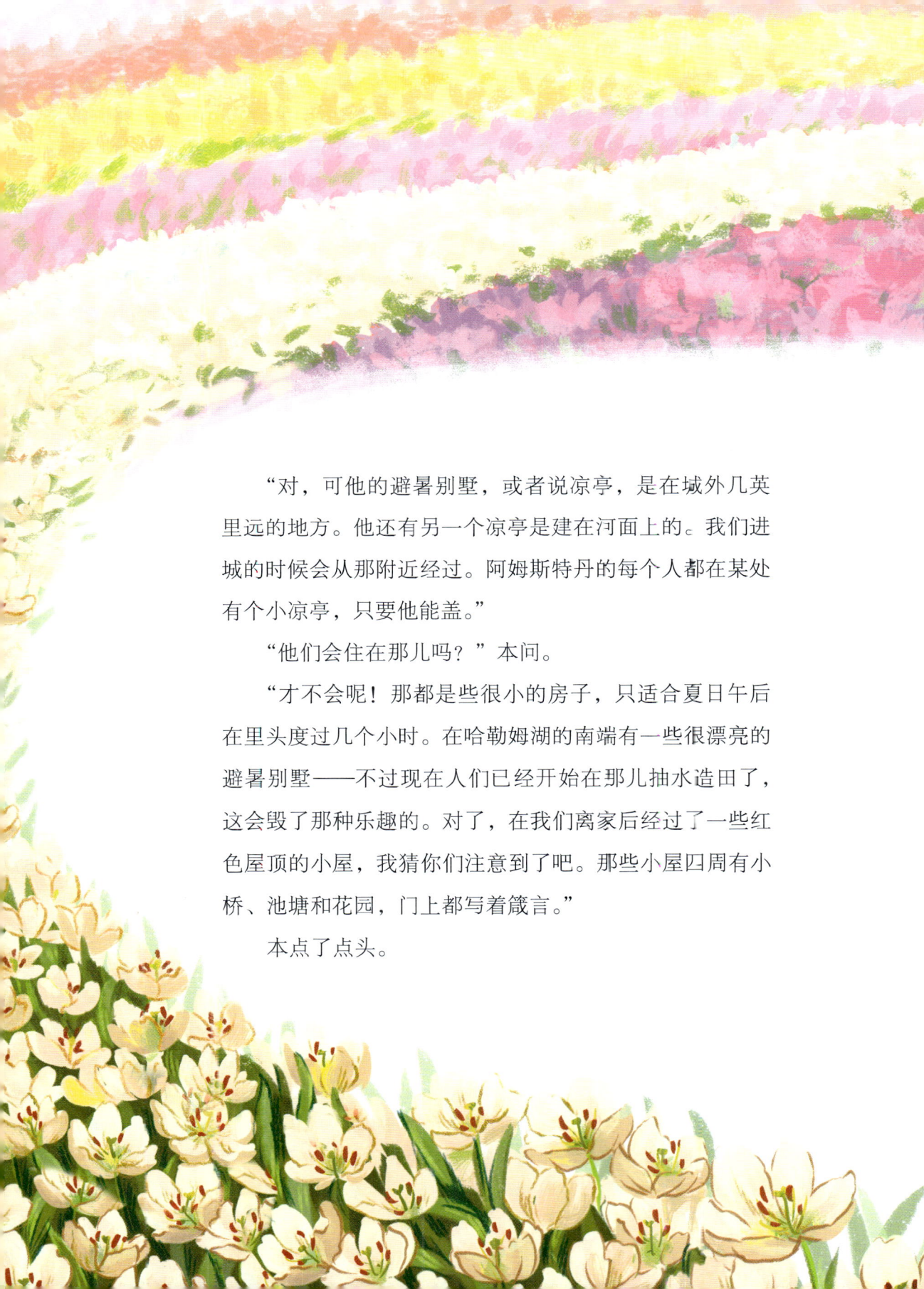

"对,可他的避暑别墅,或者说凉亭,是在城外几英里远的地方。他还有另一个凉亭是建在河面上的。我们进城的时候会从那附近经过。阿姆斯特丹的每个人都在某处有个小凉亭,只要他能盖。"

"他们会住在那儿吗?"本问。

"才不会呢!那都是些很小的房子,只适合夏日午后在里头度过几个小时。在哈勒姆湖的南端有一些很漂亮的避暑别墅——不过现在人们已经开始在那儿抽水造田了,这会毁了那种乐趣的。对了,在我们离家后经过了一些红色屋顶的小屋,我猜你们注意到了吧。那些小屋四周有小桥、池塘和花园,门上都写着箴言。"

本点了点头。

"这些小屋现在看着不怎么起眼，"兰伯特继续说道，"但等天气变暖后它们就很宜居了。等到柳树抽出新芽，叔叔每天下午都会到他的避暑别墅去。他坐在那儿打打瞌睡，抽抽烟；婶婶坐那儿打毛衣，把脚搁在脚炉上，不管天气有多热；我堂妹莉卡和其他女孩子从窗口探出去钓湖里的鱼，或者跟划船而过的朋友聊上几句；小孩子们在周围跌跌撞撞地跑，或者待在横跨沟渠的小桥上。然后他们会喝咖啡，吃蛋糕，桌子边上还摆放着一大捧睡莲。我可以告诉你，那真的很棒。只是（就在我们之间说说），虽然我就出生在这里，但我永远也不喜欢大多数避暑别墅周围那挥之不去的死水味道。这些避暑别墅大都建在一条沟渠边上。许是因为在英国住久了，我对这种味道特别敏感。"

"也许我也会注意到，"本说，"如果天气变冷的话。初冬时节死水的味道都被盖上了，这倒是帮了我的忙——非常感谢这天气。荷兰要是不能让人溜冰溜得这么爽，那就变成一个完全不同的国家了。"

"你跟普特兄弟俩多么不同啊！"兰伯特说，刚才他听着听着有点儿陷入了沉思，"可你们却是表兄弟——我真是有点弄不懂。"

"我们的确是表兄弟，或者说我们一直认为我们是表兄弟，不过我们的关系不算很近。我们的祖母是同父异母的姐妹。家族中我们这支完全是英国的，而他那支完全是荷兰的。我们的曾祖父老普特结过两次婚，我是他的英国妻子的后人。不过我喜欢雅各布，比我一半的英国表亲加在一块儿都更喜欢。他是我见过的心地最纯真、脾气最温厚的男孩子。说出来你们也许会觉得奇怪，我父亲有一次到鹿特丹来出差时偶然认识了雅各布的父亲。他们没多久就在聊天中知道了相互间的亲戚关系——对了，聊天用的是法语——比后他们一直用法语相互通信。这世界上有时的确会发生奇怪的事情。我妹妹杰妮认为普特姨妈的生活方式让她大开眼界。姨妈是个心很细的女人，但跟我母亲很不同——我们两家的房子、家具和生活方式，总之所有的东西都不同。"

"那是当然。"兰伯特赞同道，语调很是得意，仿佛在说这种总体上的完美除了荷兰之外在别的地方那可是很难找到的，"不过你回去以后更得跟杰妮说一说。"

"会的，肯定会的。我可以说一件事——如果像人们所说的那样，清洁得近乎神圣，那么布鲁克在这一点上准没跑儿。这是我这辈子见到过的最干净的地方。就拿我的普特姨妈来说，尽管她很有钱，可她还是会在一天当中用上半天来洗洗刷刷，她的房子像用清漆刷过一遍似的。我昨天跟妈妈写信说，在餐厅那擦得锃亮的地板上，我走哪儿都能看见自己的镜像跟我脚挨着脚。"

"你的镜像！这个词让我有点儿不明白，到底什么意思？"

"哦，就是我的倒影，我的影子。本·多布斯二号。"

"啊，明白了。"摩恩说，"你在你普特姨妈家的大客厅待过吗？"

本一听这话就笑了起来。"只有一次，就是在我刚到那天。雅各布说我要直到他姐姐卡瑙的婚礼那天，也就是圣诞节之后那个礼拜，才能再有机会进去。父亲答应了，我可以待到那时候，见证了这桩盛事后再回去。每个礼拜六普特姨妈和她的胖凯蒂都要走进客厅，又是拖地，又是洗刷，又是打蜡，然后那儿就暗下来，关了门，直到礼拜六再次到来，其间连一个幽灵也不能进去。但即便如此，时候到了，还是得进行'大扫除',她就是这么说的。"

"这算什么。布鲁克每一家的客厅都有同样的待遇,"兰伯特说,"你觉得她邻居家花园里的那些活动玩偶怎么样?"

"嗯,不错。天鹅的样子栩栩如生,像是夏天时会在池塘上游来游去。但是角落里栗树下那个会点头的玩偶有点儿滑稽,只能让孩子们笑上一笑。还有,那花园拾掇得那么规整呆板,所有的树都修剪得整整齐齐,还刷上了颜料。抱歉,范·摩恩,我永远学不会欣赏荷兰人的这种品味。"

"得花上一点时间,"兰伯特回答得颇有点儿傲慢,"最终你肯定会认可的。我在英国也看到过很多值得羡慕的东西,我也希望能和你一起回英国到牛津去学习,不过把所有方面都考虑进去的话,我还是最喜欢荷兰。"

"这是一定的。"本的语气中透露出由衷的赞同,"你要是不喜欢荷兰,也不可能成为一个优秀的荷兰人了。没有什么能比得上一个人对自己祖国的热爱。不过如此寒冷的地方却拥有如此温暖的情感,这倒是有点儿奇怪。我们要不是一直在运动的话,肯定会彻底冻成冰棍了。"

兰伯特笑了起来。

"那是因为你流着英国人的血,本杰明。我不觉得冷。看看运河上这些溜冰的人——他们的脸红得像玫瑰,一个个开心得跟老爷似的。噢,我们的好队长范·霍普,"兰伯特用荷兰语喊道。"我们到前面的农舍停一下暖暖脚,你看怎么样?"

"谁觉得冷了?"彼得回转头问道。

"本杰明·多布斯。"

"本杰明·多布斯会得到温暖的。"整队人都停了下来。

第 12 章
去哈勒姆的路上

在向一家农舍的门口靠近的时候,孩子们遇了一幅生动的家庭生活图景。一个健壮结实的荷兰人正夺门而出,身后追着的是他那亲爱的妻子,她正迅猛地用长柄平底锅击打自家老公。她脸上那凶悍的表情让我们这些孩子感觉自己不大可能会受到热情的款待。于是大家明智地决定还是去别家来温暖自己的脚指头。

下一间农舍看来更欢迎他们。它那铺着红瓦的低低的屋顶向外延伸到了牛棚上,牛棚收拾得非常干净,紧挨着主屋。一位整洁、慈祥的老妇人正坐在窗口边做着编织活儿。在另一扇窗边,可以看到一个胖胖的人的一部分身影,他嘴里叼着烟斗,坐在亮闪闪的小窗棂和洁白的窗帘的后边。彼得队长轻轻地敲了几下门,不一会儿一个满头金发、脸颊红润、穿着节日服装的小姑娘把那绿色门扇(那门从当中分为两截)的上半截给打开了,问他们有什么事情。

"我们可以进来稍微暖和一下吗,小姐?"队长客客气气地问道。

"可以，请进吧！"随着这声回答，门的下半截也被轻柔地打开，跟上半截并到了一处。所有人进门前都在粗糙的垫子上用力蹭了好久，每个人进门后都向坐在窗边的老太太和老先生毕恭毕敬地鞠了一躬。本甚至有点儿觉得这些人就跟布鲁克花园里那些活动玩偶一样机械。因为他们全都慢慢地点头，样子一模一样；那两个人都继续做着手上在做的事情，一样地不受打扰、略显僵硬，就好像他们是由机器驱动的那样。老先生吐了一口烟，又吐上一口；他太太织完一针，又织一针，仿佛是由内部的齿轮在操控。即便一动不动的烟斗里冒出了真的烟，也依然不能令人相信他们就是真人。

不过好在还有那个脸颊粉红的小姑娘。啊！她跑来跑去地忙前忙后。她给孩子们搬来了擦得锃亮的高背椅让他们坐下；把火烧得旺旺的，仿佛对它们加了咒语；端来了一大块姜饼和一大壶酸葡萄酒，雅各布·普特开心得都快要落泪了！孩子们像野兽一样贪婪地吃着，举止却也不失得体，看得小姑娘不住地笑着点头。而当本彬彬有礼却又坚持不吃任何黑面包和酸菜时，她的脸上又显露出迷惑不解的表情。她拽下雅各布那双已经露出了手指的连指手套，当场为他修补，补完后用白白的牙咬断线头，说："这样就能更暖和一些。"最后，她依次跟每个孩子握手，还朝那位"老太太人偶"投去不赞成的一瞥，坚持给他们的口袋塞满了姜饼！

在整个过程中，老太太手中的毛线针咔嗒咔嗒地动着，一针不落；老先生的烟斗喷着烟，一口都没断。

当孩子们心情愉快地再次上路后，他们看到了远处的天鹅堡，看到了它那用巍峨的石头铸造的正面和入口处的塔楼，每座塔楼顶端都有一座天鹅的雕塑。

"走了一半了，伙伴们，"彼得说，"脱了你们的冰鞋吧。"

"知道吗，"兰伯特开始对自己的伙伴们解释，"艾尔河和哈勒姆湖在此交汇，让它变得有点儿麻烦——河面比陆地高出五英尺，所以堤坝和水闸都必须坚固才行，要不然马上就有地方要变成水乡泽国了。水闸设备可以算是额外的景点。我们一会儿会走过的，到时候有得你看的，准会让你瞪大眼睛。据说湖中泉水的漂白功能是世界上最神奇的，哈勒姆所有大型的漂白工场都会用到。这个话题我不想多说，不过我从个人的经验出发可以告诉你一件事情。"

"什么事情？"

"这湖里有着你见到过的最大的鳗鱼。我在这儿抓到过，经常——大得要命！我跟你说，它们有时候会有一个人那么长，你要是不警惕的话，它们几乎能把你的胳膊都给缠脱臼。可我觉得你好像对鳗鱼不感兴趣。城堡是个大家伙，对吧？"

"对，那些天鹅是什么意思？代表什么吗？"本望着石头砌成的入口塔楼问道。

"我们荷兰人对天鹅的喜爱几乎达到了敬畏的程度。这个建筑的名字就是从这儿来的——天鹅堡。我就知道这些。这儿是一个非常重要的地点，那些聪明人选在这里开关于堤坝事宜的会议。著名的克里斯蒂安·布鲁宁斯曾经在这个城堡里住过。"

"他是什么人？"

"这事儿彼得能比我回答得更好，"兰伯特说，"只要你们互相能听懂，或者胆子再大点，不要害怕离开自己的母语。不过我经常听我祖父说起布鲁宁斯。他总是不厌其烦地跟我们说起这位伟大的工程师——说他有多棒、多博学，在他死后整个国家的人都在沉痛地悼念他，仿佛失去了一位好朋友。他是很多研究精深知识的学会的会员，是政府部门中主管堤坝建造和其他抵御海洋侵袭事务的头儿。他改进的堤坝、水闸、水磨机之类的东西简直数也数不清。你知道，在我们荷兰人眼里，那些伟大的工程师是给公众带来福祉的人当中地位最高的。布鲁宁斯许多年前就去世了，人们在哈勒姆的大教堂里为他建了一块纪念碑。我见过他的画像，跟你这么说吧，他一看就是个高贵的人。也难怪这城堡看上去那么庄严，那么傲然。那可是这么一个伟大人物住过的地方！"

"是的，的确如此，"本说，"范·摩恩，我在想，不知道你或者我将来会不会让一栋旧建筑为我们而感到如此骄傲。嘿！这世界上还有那么多事情等着人们去做，而我们中的一些人，现在还是孩子，将来必定会去做。小心你的鞋带，范，鞋带松了。"

第 13 章
一场灾难

范·霍普队长和他的部下们进入伟大的古城哈勒姆的时候,已经将近下午一点了。自早晨起他们滑行了将近十七英里,却还像小鹰一样浑身充满着朝气。从年纪最小的(路德维希·范·霍普,他刚满十四岁)到年纪最大的,也就是队长本人,一员十七岁的老将,大家的意见高度一致——这是他们生命中最精彩的一次欢游。当然,在最后一两英里的时候,雅各布·普特有点儿喘不上来气,也许他又想要小睡一阵,但他心中有着足够的欢愉,够他再滑上十几英里。卡尔·舒美尔在这次出游期间跟路德维希的关系变得非常亲密,甚至忘了跟人抬杠找碴儿。而彼得更是一群快活人里兴致最高的一个,一路滑行的时候都在唱着歌、吹着口哨,最古板的路人听到了也会被他感染,脸上不由得漾起笑容。

"好啦,伙计们!快到午餐时间了。"在他们来到城里主街上的一家咖啡馆边上时,彼得说,"我们必须得吃点儿比那位漂亮姑娘的姜饼更实在的东西。"说这话时，他把手插到了兜里，仿佛在说："这儿的钱多得够喂饱一支军队呢！"

"噢，"兰伯特叫了起来，"这人是怎么啦？"

只见彼得脸色苍白，眼睛瞪得大大的，正用手在胸前和身体两侧拍来拍去，那样子就像突然发疯了。

"他病了！"本喊道。

"不，他是丢东西了。"卡尔说。

彼得倒吸了一口冷气："装着我们所有钱的那个皮夹——不见了！"

一瞬间所有人都吃惊得说不出话来。

最终卡尔用低沉的声音说道："根本就不该把所有的钱都放在一个人身上。我一开始就这么说。看看你另外一个口袋吧。"

"看过了，没有。"

"把你的短外套解开。"

彼得机械地按卡尔说的做着。他甚至摘下帽子朝里看了看，然后绝望地把每个口袋又翻找了一遍。

"不见了，伙伴们，"最后他用绝望的语调说，"没有午餐了，也没有晚餐了。该怎么办呢？没钱可走不下去。如果我们是在阿姆斯特丹，那要多少钱我都可以弄到，可在哈勒姆我连可以借一个子儿的人都没有。你们当中有谁认识什么人能借我们几个荷兰盾的吗？"

每个人都盯着其他五张毫无表情的脸看，接着某种像是微笑的东西从大家脸上一一掠过，但当它来到卡尔这里的时候却很不幸地被卡住了。

"那样不行，"他生气地说道，"我在这儿认识一些人，还都是有

钱人，可要是我问谁借了哪怕一分钱的话，父亲也会给我一顿好揍的。他写在避暑别墅门口的箴言便是'诚实的人是不用借东西的'。"

"哼！"彼得回应道，这会儿他可不是特别喜欢这样的观点。

这些男孩子们一下子就变得很饿很饿了。

"是我的错。"雅各布用忏悔的口吻对本说，"最初是我说的，所有的孩子把他们的钱包都放到范·霍普那里统一看管。"

"说什么呢，雅各布，你也是为了大家好才这么做的。"

本把这话说得十分轻松活泼，范·霍普两兄弟和卡尔都以为他想出了一个计划，能把大家从困境中解救出来。

"他说的什么？说的什么？快翻给我们听，范·摩恩。"大家一齐说。

"他说钱丢了不是雅各布的错——他提出让范·霍普把我们大家的钱都放到他钱包里是为了我们大家好。"

"就这？"路德维希颇有点失望，"根本没必要为了这点意思说上这么一大通。我们总共丢了多少钱？"

"你不记得了吗？"彼得说，"我们每个人放了十荷兰盾进去，钱包里总共有六十荷兰盾。我真是世界上最蠢的家伙。就连小施米尔潘尼克也能成为你们更好的队长。让你们如此失望，我真想给自己来上几拳头。"

"那就来呗。"卡尔愤愤不平地抱怨道。"哼！"他随即又补了一句，"我们都知道那是一个意外，不过那也于事无补。我们必须弄到钱，范·霍普——哪怕你不得不卖掉那块很好的表。"

"卖掉我母亲给我的生日礼物！决不！我会卖掉我的外套、帽子，什么都能卖，就是那块表不能卖。"

"得了，得了，"雅各布用温和的口吻说道，"我们在这件事上有点儿太小题大做了。我们可以先回家，过一两天后再出发。"

"你也许还能再得到十荷兰盾，"卡尔说，"可对我们其他人来说就没那么容易了。我们要是回了家就再也出不来了，你不信就等着看吧。"

我们的队长，之前他的好脾气从来没有离开过他，这会儿也有些生气。"你以为我会让你们因为我的粗心大意而遭罪吗？"他大声说道，"我在我家的保险箱里有六十荷兰盾的三倍还不止呢。"

"哦，请你原谅，"卡尔赶忙说道，随后又用没好气的腔调说，"可我实在想不出有比饿着肚子回去更好的办法。"

"我有比那更好的办法。"队长说。

"什么？"所有孩子都开口问道。

"哈，那就是坦然面对一桩坏事，开开心心地回去，像男人那样。"彼得说这话的时候，那张真诚的脸转了过来，清澈的蓝眼睛望着大家，显得那样勇敢、那样帅气，大家都领会了他话里的精神。

"为队长欢呼！"大家一齐喊道。

"现在，伙伴们，我们还是下定决心吧，毕竟，没有什么地方是能跟布鲁克相比的——而我们只要两小时就能到那里了。大家都同意吗？"

"同意！"所有人喊着便向运河跑去。

"穿上冰鞋！大家准备好了吗？到这儿来，雅各布，我来帮你。"

"好，一、二、三，出发！"

随着这声信号，孩子们离开了哈勒姆，那些稚气未脱的脸庞上闪耀着的活泼神采跟他们半小时前与队长一起进入这座城市时几乎一模一样。

第14章
汉斯

"真是晦气!"滑离城门还不到六十英尺,卡尔便气呼呼地叫了起来,"要是这儿不是那个穿木头冰鞋和打补丁马裤的叫花子的地盘就好了。真是走哪儿都能看见那家伙,真是倒霉!"接着他又用他敢拿出的最具讥讽意味的口气加了一句,"如果我们的队长不叫我们停下并和他握手的话,那我们可太走运了。"

"你的队长是个可怕的家伙,"彼得愉快地对他说道,"但你这个警报可是个假警报,卡尔。对于你烦恼的那个人,我可没本事从那么多溜冰者中把他给找出来。啊,他在那儿呢!嘿,那个小伙子怎么啦?"

可怜的汉斯!只见他面色苍白,双唇紧抿,滑冰的样子就像在做噩梦一样。当他从身边经过的时候,彼得对他招呼道:

"你好,汉斯·布林克尔!"

汉斯的脸上顿时放出光来:"啊,先生,是你吗?能遇见你真好!"

"还是那副无礼的样子。"卡尔·舒美尔从牙齿缝里挤出这么一句话后,轻蔑地从他的伙伴们身边滑开了,他的伙伴们似乎要留下来陪着他们的队长。

"我很高兴见到你,汉斯,"彼得开开心心地回答道,"但你好像有心事啊。能帮上什么忙吗?"

"我是有点麻烦,先生。"汉斯一边回答一边垂下了眼睛,然后重新抬起了双眼,似乎面带喜色地说道,"不过这次是汉斯可以帮上范·霍普先生了。"

"怎么回事?"彼得问道,以他那荷兰人直截了当的性格,他对自己的吃惊没有丝毫掩饰。

"给您这个,先生。"说着,汉斯把彼得丢了的那个钱包递给了他。

"太好啦！"孩子们叫了起来，把冰冷的手从口袋里掏了出来，欣喜地在空中挥舞。但彼得说的"谢谢你，汉斯"，那语调让汉斯觉得就像是国王跪在了他面前一样。

孩子们欢快的叫声传到了卡尔那被帽子捂着的耳朵里。这位漂亮的年轻绅士强压着心中的怒气，向着阿姆斯特丹滑去。如果换了别的年轻人，肯定会马上掉转头往回跑去，急着想要满足自己的好奇心。但卡尔只是停了下来，背对着他的伙伴们，心想到底发生了什么事。他在那儿一动不动地站着，觉得大家肯定是知道有东西吃了，才会那么由衷地欢呼，于是他转过身，慢慢地朝兴高采烈的伙伴们滑去。

与此同时，彼得把汉斯拉到了一边。

"你是怎么知道那是我的钱包?"他问道。

"你昨天付给我三个荷兰盾,先生,作为我做的那条白木项链的酬金,叫我必须用那钱去买冰鞋。"

"对,我记得。"

"我就是那会儿看见你的钱包的。是黄颜色的皮子。"

"那你今天又是在哪儿找到的?"

"我今天早上离开了家,先生,揣着很重的心事。滑冰的时候我心不在焉,结果在一根木头上绊了一跤。就在我揉膝盖的时候,看见你的钱包几乎是藏在了一根原木下面。"

"那个地方!啊,我现在想起来了。就在我们经过那儿的时候,我从口袋里拽出了围巾的垂边,很可能同时把钱包给带出来了。要不是你这钱包就丢了,汉斯。来——"说着他掏出钱包里的钱,"你得跟我们共享分钱的乐趣。"

"不,先生。"汉斯回答道。他说得很平静,没有装腔作势或任何优雅的举止,但不知怎的,彼得就是觉得被制止住了,于是把银币放回了钱包,一句多余的话也没有说。

"我喜欢这个男孩,不管他是富是穷。"他在心里对自己说,然后又大声说了一句,"我可以问问你的心事是什么吗,汉斯?"

"啊,先生,是一件伤心事,但我在这儿耽搁很久了,我是要去莱顿找那位著名的博克曼医生。"

"博克曼医生!"彼得吃惊地说道。

"对,先生,我一刻也不能耽误了。再见!"

"等等,我也正要往那儿去。来吧,伙伴们!咱们再掉头回哈勒姆去！"

"好！"孩子们热切地叫道——于是他们就出发了。

彼得跟汉斯并肩滑行，他们在冰上飞驰的动作是那么放松、那么轻盈，似乎根本没有意识到自己在移动。彼得对汉斯说："我们到了莱顿会停一下的，如果你到那儿只是给博克曼医生带口信的话，我能否为你代劳呢？伙伴们今天可能有点儿累，滑不了那么远，但我向你保证，明天一早我就会去见他，只要他人在城里。"

"啊，先生，那可真是帮了我的大忙。我怕的倒不是距离远，而是怕把我母亲留在家中太久。"

"她病了吗？"

"不，先生，病的是我父亲。你也许听说过这事儿，他已经痴痴呆呆好多年了——从施劳森大磨坊刚建好那会儿就这样了。不过他的身体没毛病，还很强壮。昨天晚上妈妈跪在火炉前吹泥煤（爸爸唯一的乐趣就是坐着看未熄的余火，每天到了特定的时间她都会把余烬再吹得燃起来，让他开心）。可这次还没等她警觉，他就朝她扑了过来，像个巨人那样把她送到了火跟前，还一直大笑着，摇着脑袋。我那会儿正在运河上，但我听到了母亲的尖叫，赶紧跑回去看她。父亲一直没有松开她，她的裙子都已经冒烟了。我想要把火扑灭，可他只用一只手就把我给推开了。小屋里没有水，不然我能处理得更好些。他一直都在大笑着——多么可怕的笑啊！先生，几乎没有声音，但满脸都是笑容。我想要把母亲从他手中拽出来，没想到事情反而更糟了。然后——太可怕了，但我能眼看着母亲在那儿被烧吗？我打了他——用小板凳打了他。他把我抛在一边。母亲的裙子已经烧着了！我会把火

扑灭的。那以后的事我记不大清了。我发现自己倒在地板上，母亲正在祈祷。我觉得她似乎在燃烧，这期间我一直能听到那种笑。格蕾泰尔飞快地跑到碗橱边，用小粥碗装了一碗父亲爱吃的东西放到了地板上。然后，先生，他就撇下了母亲，像个小孩子一样朝着碗爬去。她没有烧伤，只烧掉了一部分衣服。啊！她整晚上对他有多好啊！一直都看护着他，照料着他。他睡着时发起了高烧，双手紧紧地抱着脑袋。母亲说他最近频繁这样做，仿佛觉得脑袋很疼。啊！先生，我不想告诉你的。如果我父亲神志清醒的话，他连一只小猫都不会伤害的。"

有那么一会儿，两个孩子默默地滑着，什么都没有说。

"真是可怕。"到最后彼得终于开了口，"他今天怎么样？"

"病得很重，先生。"

"为什么要找博克曼医生呢，汉斯？在阿姆斯特丹也许有别的医生能帮他。博克曼很有名，但只有最富有的人才请得起他，有时候他们甚至会白等半天。"

"他答应过，先生，他昨天答应我一个礼拜以后会来看看我父亲。可现在情况有了变化，我们不能再等了。我们觉得可怜的父亲快要死了。哦，先生，拜托你请求他快点儿来。他不能等上一个礼拜再来，我们的父亲要死了，那位先生是个好心人。"

"好心人！"彼得惊奇地重复道，"呵，都说他是全荷兰最爱发脾气的人了！"

"他看上去是这样，因为他没有多余的时间，他的脑袋里一直在想事儿，但他的心是善良的，我知道。把我告诉你的东西转告给医生听，先生，他会来的。"

"希望如此，汉斯，我衷心希望。我知道你急着要回家去。答应我，如果你需要朋友，就到我母亲在布鲁克的家里去。跟她说是我请你去见她的。还有，汉斯·布林克尔，不是作为报答，而是作为一份礼物，请从这些银币里拿上几个吧。"

汉斯坚决地摇了摇头。

"不，不，先生，我不能接受。如果我能在布鲁克或是南部大磨坊找到工作的话，我会很高兴收下的，但这种故事在哪儿都是一样的——'等春天到了就有活计了'。"

"幸亏你提到了，"彼得急切地说道，"因为我父亲眼下就需要有人帮忙。你做的那条漂亮的项链他看了很喜欢。他说：'那个孩子的活儿不错，他应该很擅长雕刻吧。'我们家新的避暑别墅需要一个雕花的正门，父亲愿意花大钱请你来做。"

"老天爷真是好心哪！"汉斯突然高兴地叫了起来，"哦，先生，这简直太令人高兴了。我从来没有尝试过大活儿，不过我能做的。我有这个自信。"

"好，那就告诉我父亲你是我跟他提过的那个汉斯·布林克尔。他会很高兴帮你忙的。"

汉斯睁大了眼睛，他真的很意外。

"谢谢你，先生。"

"队长，"卡尔叫道，他竭力摆出一副好脾气的样子，想要对自己之前的行为做出一点弥补，"通往哈勒姆的路我们已经滑了一半了，你还没说半句话呢！我们在等你的命令，大伙儿都饿得跟一群狼一样了。"

彼得轻快地回了一句,又匆匆转向了汉斯。

"来,一起吃点东西吧,吃完就再也不耽搁你了。"

汉斯匆匆向他投来的目光包含着多少求而不得的伤感啊!彼得在想,自己怎么就没有早点注意到这个可怜的孩子已经饿了。

"啊,先生,哪怕就是这会儿,母亲也许会需要我,父亲的情形也许变得更糟了——我不能再等了。愿你们一切顺利。"说完他匆匆点了一下头,转身朝着家的方向滑去了。

"来吧,伙伴们,"彼得叹了口气说道,"现在咱们去用午餐!"

第 15 章
家

可别以为我们这帮荷兰小伙子已经忘了将在二十号举行溜冰大赛的事情。恰恰相反，这些日子以来他们常常想着这事儿，也说着这事儿。就连本——尽管和其他人相比，他更觉得自己是个游客——也在过去的一个礼拜中，在他到处观光时，没有一次忘记过银色溜冰鞋，而且是日日夜夜都惦记着它。

"一个真正的英国人。"雅各布就是这么叫他的，他从来没有怀疑过自己身上的英国速度、英国力量和英国的一切，无论何时都可以在冰上让荷兰人还有其他国家的人自惭形秽。他平时能得到的练习机会连他的新伙伴们所能获得的一半都比不上，但他把他能得到的那点儿用到了极致。除此之外，他还有着如此结实的身材，如此灵活的四肢……简而言之，他的身体很紧绷、修长、迅捷和优雅，所以他喜欢上溜冰就跟羚羊爱跳跃或雄鹰爱翱翔一样顺理成章。

只有对可怜的汉斯来说，在那些星光闪烁的冬日夜晚和阳光明媚的白天，银色溜冰鞋才不会出现在他那沉重的心中。

即便是格蕾泰尔，在她坐在母亲身边度过那些令她困倦的看护时间时，也曾见到过银色溜冰鞋从她眼前掠过——不是等着她去赢取的奖品，而是正绝望地远离着，远到她遥不可及的地方的珍宝。

至于旦奇、希尔达和卡特琳卡——她们几乎除了"比赛，比赛，二十号就要举行的比赛"外，就再也不知道别的了。

这三位姑娘是朋友。尽管她们年龄、才具和身份都相仿，但在其他方面完全是三个不同的女孩子。

希尔达·范·格莱克你们已经知道了，是一个热心肠的、高贵的十四岁少女。里奇·柯比斯外表看上去很美丽，比希尔达要明媚漂亮得多，但内心那种明朗和阳光，却连希尔达的一半都没有。傲慢、不满和嫉妒的阴云已然在她的心中堆积，每天都变得更大、更黑暗。当然，这些阴云经常会以其他方式排遣出来。但谁能看见那些暴风雨和哭泣呢？只有她的女仆或是她的父亲、母亲和小弟弟——那些比其他人都更爱她的人。跟其他的云一样，她心中的阴云经常有着奇怪的形状，那些其实只不过是迷雾和水蒸气的幻象事物，却呈现为穷凶极恶和陡峭险峰之形。在她的心里，那位贫穷的农家姑娘格蕾泰尔不是一个人类，不是跟她自己一样由上帝创造出来的生物——她只是某种衣着破旧、意味着贫穷和肮脏的东西。像格蕾泰尔这样的人没有权利去感觉，去期盼；最重要的是，他们不该从比他们高贵的人面前经过——不能惹得自己这样的人不开心。他们可以在充满尊敬的距离之外为自己这样的人劳作，甚至可以迷恋自己这样的人——如果能做得十足谦卑，不过也仅此而已。如果他们要反抗，那就把他们镇压下去；如果他们受苦，那么里奇的秘密箴言便是"别拿这种事儿来烦我"。然而，除了这些之外，她又是多么聪慧，衣着多么有品位，唱起歌来多么迷人，言行中展现出那么多的感情（对宠物小猫和兔子），而且能让像兰伯特·范·摩恩和路德维希·范·霍普那样理性而又诚实的小伙子为她神魂颠倒！

卡尔的内在跟她实在太像了，因此反倒不会真的迷恋她，又也许他有点儿怀疑那些阴云。他性情深沉、易怒，总是真诚得令人很不舒服，所以他当然更喜欢性情活泼的卡特琳卡，她的性格是由一百个丁零当啷的铃铛构成的。从小娃娃时起她就很喜欢撒娇，童年时期是如此，现在上学了还是如此。她毫无恶意地拿自己的学习来卖弄，拿自己的职责来卖弄，甚至拿自己的小麻烦来卖弄。她跟母亲撒娇，跟她的宠物小羊撒娇，跟她的婴儿小弟弟撒娇，甚至跟她自己的金色卷发撒娇——时不时地把它们朝后面一甩，仿佛很瞧不上它们似的。每个人都喜欢她，但谁又会爱她呢？她从来都不是真诚的。一张可爱的脸，一颗可爱的心，一套可爱的举止——这些可以给人带来一小时的满足。欢乐却又可怜的卡特琳卡！她一直这样丁零当啷地快活地响着，但到头来生活也会反过来拿同样的态度来戏耍她，让她那些甜蜜的铃铛渐渐地不合时宜，或者让它们一个一个地失去声响！

这三个姑娘的家跟格蕾泰尔住的那间摇摇欲坠的小屋天差地别！里奇住在靠近阿姆斯特丹的一栋漂亮的房子里，雕着花的餐具柜里满满地放着成套金银餐具，丝绸的绣帷打着褶子从天花板一直垂落到地板上。

希尔达的父亲拥有布鲁克最大的宅子,屋顶铺着光滑的琉璃瓦,在阳光下熠熠生辉,铺着木板的正门漆上了六七种不同的颜色,令周围的邻居们都艳羡不已。

卡特琳卡家的房子离希尔达家不到一英里远,是最优美的荷兰乡居。花园规划得整整齐齐,一小方一小方的,由小径连通着,鸟儿们也许会将它错当成一道大大的中国方块字的纵横字谜,所有的线索都摊开着等人填进去。但到了夏天,这花园便变得极美,花儿们在拘谨的方块中极尽娇娆。而当园丁疏于照看的时候,它们又会以你能想象得到的最美丽的方式争奇斗艳、呼朋引伴。多美的一圃郁金香啊!这位花中王后从不在意自己在这座壮美的城市中是否备受瞩目,但卡特琳卡更偏爱那花圃里粉色和白色的风信子。她喜欢它们的新鲜与芬芳,喜欢它们那钟形的花朵在微风中摇曳时那副无忧无虑的样子。

卡尔曾说卡特琳卡和里奇对于让格蕾泰尔这么个乡巴佬儿参加比赛大为光火,他这话说得既对也不对。他曾经听到里奇公开说这简直是"丢人、

可耻、太糟糕了！"这话在荷兰语中和在英语中一样，一般说来都是一个气愤的女孩所能使用的最强烈表达；而他也见到过卡特琳卡点了点她那漂亮的脑袋，听她美妙悦耳地应和道："可耻，太糟糕了！"说得跟里奇说这话时的样子很像，就像丁零当啷的铃铛跟真正的愤怒很相像一样。这令他感到满意。他一点也没有怀疑过，如果是希尔达而不是里奇，先跟卡特琳卡谈起这个话题，那么这些铃铛发出的声音听着就会像是表达愿意的回应。她会说："当然，让她参加吧。"然后脑子里就再也不会去想这件事了。但现在卡特琳卡甜美的语气所强调的是：一个像格蕾泰尔这样的养鹅的女孩，一个可怜的小东西，居然被允许来毁了这场比赛，实在是一件可耻的事情。

里奇·柯比斯家境富裕又具有威信（学校女生所拥有的那种威信），所以除了卡特琳卡之外还有其他的追随者。她可以引诱她们照着自己的意思行事，因为她们要么是太马虎，要么是太懦弱，以至于没有自己的独立思想。

可怜的小格蕾泰尔！她的家现在可是够悲伤够黑暗了。拉夫·布林克尔正躺在他那张简陋的床上呻吟，而他的妻子，总是忘记一切，原谅一切，正拿水擦拭着他的额头和双唇，哭泣着祈祷他不要死。汉斯，我们都知道，他已经在绝望之中动身前往莱顿去找博克曼医生了，如果可能的话，他会说服医生马上来看他们的父亲。此刻格蕾泰尔心中充满着一种以前从未感到过的恐惧，她只能尽全力把家中的事情都做好。她清洗了砖铺的地面，用泥煤生了小火，还把冰融化了供母亲使用。这一切都做完后，她坐到了床边一张低矮的小板凳上，求她母亲尽量去睡上一会儿。

"您已经很累了,"她低声说,"自从昨晚那可怕的时刻起您一刻也没有合过眼。看,我已经在角落里支起了柳条床,铺上了我能找到的所有软和的东西,您可以舒舒服服地躺上去。这是您的外衣。把那件漂亮裙子脱下来吧,我会把它小心地叠好,在您睡着前放回到那个大箱子里去的。"

布林克尔太太摇了摇头,没有把眼睛从丈夫的脸上移开。

"我可以看着,妈妈,"格蕾泰尔恳求道,"爸爸要是有动静我会叫醒您的。您脸色那么白,眼睛都这么红了!哦,妈妈,求您了!"

不过任孩子百般恳求也没有用,布林克尔太太不愿意离开她的岗位。

格蕾泰尔默默地看着她,心中很是纠结,想着对双亲中的一个比对另一个更关心不知道是不是很坏,她很肯定——对,非常肯定——自己怕父亲,而对母亲则怀着一种几乎像是偶像崇拜般的爱,愿意与她亲近。

"汉斯很爱父亲,"她想,"为什么我不能呢?然而在上个月那天,在他抢夺荚刀的时候,我看到他的手流了血,不由自主地就哭了出来——而现在,当他发出一声声呻吟,我是多么痛啊!浑身都感觉到痛。也许不怎么说我还是爱他的,我并不是如自己所想的那样一个坏女孩。对,我爱可怜的父亲——几乎跟汉斯爱得一样多——不,没他多,他的爱更强烈,所以他不怕父亲。噢,这呻吟怎么没完没了啊!可怜的妈妈,她是多么耐心啊!她从来不像我这样发脾气,哪怕我家那笔钱莫名其妙地失踪了,我也没见她发脾气。要是父亲哪怕只有短短的一刻能睁开眼睛,能像汉斯那样看着我们,告诉我们母亲那点儿钱去了哪儿，其他的我就什么都不在乎了。不，我会在乎，我不要可怜的爸爸死，像安妮·博曼的小妹妹一样，浑身变青变冷。我知道我不想要。天啊，我不想要爸爸死。"

她游动的思绪渐渐变成了祈祷。稍后她发现自己怔怔地盯着炉火边缘有节奏地跃动着的一点光亮，那火苗虽然跃动得很微弱，却也很稳定，向人们表明在那黑乎乎的一堆中还有着温暖与光，并且终将从黑暗中蔓延出来。床边摆放着一只大大的陶土杯子，里面盛满了燃着的泥炭。格蕾泰尔将它放在那里为的是"不让爸爸发抖"。她看着泥炭的光亮映出母亲的轮廓，用光轻触着她那褪色的裙子，让旧上衣看着有了一点新衣的感觉。火光轻柔地掠过母亲时，格蕾泰尔看到她那疲惫脸庞上的线条变得柔和了，这让格蕾泰尔的心中感到了一丝宽慰。

接下来她又数了窗扇，窗上不少的玻璃都碎了，经过了修补；接着她又用目光追踪着墙上的每道裂缝；在做完这一切之后，她终于把目光锁定在了一个汉斯雕刻出来的架子上。

啊，汉斯是多么心灵手巧啊！如果他在这里，会帮父亲翻一翻身，让他的呻吟停下来。天哪，天哪！如果这场病持续下去，我们就再也不能滑冰了。我必须把我的新溜冰鞋还给那位漂亮的小姐。汉斯和我就不能去看比赛了。想到这里，格蕾泰尔原先干燥的眼眶中顿时噙满了泪水。

"别哭，孩子，"母亲劝慰道，"这场病或许没我们想的那样糟糕。爸爸以前也这样躺倒过。"

格蕾泰尔现在是在呜咽了。

"哦，妈妈，不只是这件事——你并不完全知道。我是个非常、非常坏的人！"

"你？格蕾泰尔！你那么懂得忍耐，那么善良！"孩子的脸上一瞬间浮现出明媚的、带点疑惑的表情。"轻点，亲爱的，你会吵醒他的。"

格蕾泰尔把脸埋在母亲的腿上，竭力忍住不让自己哭。

她瘦削的棕色小手放在母亲那粗糙的掌心中，日复一日的辛苦劳作已经令母亲的手上布满了皱纹。里奇碰到这两只手中的任何一只都会心头一颤，然而这两只手温暖地握在一起。俄顷，格蕾泰尔抬起头来，眼神黯淡、呆滞，据说住在简陋小木屋里的孩子很容易会有这种表情，只听她用颤抖的声音说道：

"爸爸想要用火烧你——他这么干了——我看见了，他还在大笑！"

"别说了，孩子。"

母亲这句话说得很突然、很响亮，乃至原先对身边发生的一切都毫无反应的拉夫·布林克尔轻轻地在床上抽动了一下。

格蕾泰尔没有再说话，只是沮丧地在母亲那件节日长裙上一个洞的毛边上抽着线头。那是烧出来的洞。对布林克尔太太来说，幸好那件长裙是羊毛的。

第 16 章
孩子们听到了声音

　　孩子们恢复了精神，又经过了一番休息后从咖啡馆里走了出来，此时广场上的大钟响了。按照某些荷兰计时工具的做法，这表示时间是两点半。

　　队长刚开始还陷在沉思中，因为汉斯·布林克尔的悲伤故事仍在他的耳畔回响。直到路德维希对他笑着喝了一声"醒醒，老爷爷"，他才回过神来，重新成为了他那支男孩小队勇敢的队长。

　　"嗯哼！这边来，年轻的先生们！"

　　他们正在城中穿行，不是在有马路牙子的人行道上，因为在荷兰这样的东西是很难找到的，而是在砖铺的硬路面上，这种路面在鹅卵石铺成的马车道两边，跟马车道之间没有高度差。

　　跟阿姆斯特丹一样，哈勒姆也处于圣尼古拉斯节期间，气氛要比平时欢乐得多。

一个奇怪的身影向他们走了过来。这是个穿着一身黑的小个子男人，披了件短短的斗篷。他头上戴着假发套和一顶三角帽，帽子上飞舞着一条长长的绉纱彩带。

"走过来的人是谁啊？"本叫了起来，"好怪的一个家伙。"

"那是个报丧的人。"兰伯特说，"有人死了。"

"在这个国家，人们就是穿成这样来表示哀悼的吗？"

"哦，才不是呢！他会参加葬礼，在有人死的时候，把死讯通知所有亲朋好友是他的事。"

"多么奇怪的风俗啊。"

兰伯特说："我们没有必要为了这个人的死亡而难过，因为我看到有另外一个人降生到这个世界来填补他的空位了。"

本瞪大了眼睛："你怎么知道的？"

"你没看到那边的门上挂着漂亮的红针垫吗？"兰伯特以问代答。

"嗯，看到了。"

"这说明生的是男孩。"

"男孩！你这话是什么意思？"

"我的意思是，在哈勒姆，要是有男孩出生了，父母就会在门上挂一个红色的针垫。如果我们的年轻朋友生的是女孩而不是男孩，那么挂的针垫就是白色的。有些地方人们会搞些更有装饰性的东西，全都缀着花边，即便是最穷的人家，你也能看到他们把一截丝带甚至是一根长长的绳子系在门闩上——"

"瞧啊！"本高声叫道，"那边所有有着滑稽屋顶的联排房子，它的门上真的挂着个白色针垫。"

"可我没见到有什么滑稽屋顶的房子。"

"哦,当然没有,"本说,"我忘了你是荷兰人,但对我来说,这儿所有的屋顶都有点奇怪。我说的是那栋绿色建筑旁边的房子。"

"真的,那是生了女孩!听着,队长,"兰伯特说到此处,流利地切换回了荷兰语,"我们得尽快离开这条街。这儿全都是小宝宝!要不了多久,这儿就会哭闹成一片了。"

队长笑了起来。"我带你们去听听更棒的音乐。"他说,"我们正赶上去听圣巴夫教堂的风琴。那座教堂今天开放。"

"什么,著名的哈勒姆风琴?"本问道,"那倒真值得一去。我经常在书中读到,它有巨大的音管和人声音栓[1],听着就像是一个巨人在歌唱。"

"就是那个。"兰伯特·范·摩恩回答道。

彼得说得没错,教堂果然开放,但并不是为了举行宗教仪式。有人正在演奏风琴。孩子们刚踏进教堂,一阵声浪就向着他们扑面而来,似乎将他们一个一个都攫(jué)入建筑的阴影中。

声音越来越响,直到变成像是某场暴风雨所发出的喧闹和咆哮,或是汹涌的海浪拍向海岸。在这场喧哗之中可以听到一记叮咚的钟声;又有一声与之应和,随即又是一声,接着风暴暂歇,仿佛在倾听。钟声响得更勇敢了些,它们变得响亮,变得清晰。其他音调低沉的钟也加入了进来,它们勉力进行着庄严的合奏——叮,咚!叮,

---

[1] 人声音栓:风琴上能制造出模仿人声效果的音栓。

咚！暴风雨加倍喷发出狂怒，积聚着远处的隆隆雷声。孩子们面面相觑，但没有说话。音乐中的态势变得越来越沉重了。那是什么？是谁在尖叫？什么在尖叫——那可怕的、音乐的尖叫？那是人还是魔鬼？又或是某个被关在雕花黄铜音管后面，关在巨大银柱后面的怪物——某个绝望至极的怪物在乞求、在嘶吼着要获得自由！发出这一切的正是那些人声音栓啊！

最终，回应来了——柔柔的、软软的，充满爱意，像母亲哼唱的歌。暴风雨变得安静了；藏起来的鸟儿们从各处跃了出来，带着欢愉，布满了天际；那狂喜的音乐越升越高，越升越高，直到最后一个微弱的音符消失在了远处。

人声音栓也平静了下来，但辉煌的感恩赞美诗即刻升起，大家几乎能从中听到人类心脏跳动的声音。那是什么意思？人类祈求的呼喊终将得到充分的满足？感激之心将给予我们自由？在彼得和本听来，这有如天使在歌唱。他们的眼睛有点儿模糊了，他们的灵魂因为一种陌生的欢愉而眩晕。最后，像被看不见的手托举着似的，他们在音乐中飘荡遨游，忘却了所有的疲惫，只希望能永远听到这美妙的乐音。正在这时，有人不耐烦地扯了扯范·霍普的袖子，一个生硬的声音在他身边问道："你们准备在这儿待多久，队长，就这样像生病的兔子那样对着天花板眨眼睛？我们该动身啦。"

"嘘！"彼得小声说道，并未完全从乐音中被唤醒。

"得了，哥们儿！该走了！"卡尔说着又扯了扯他的袖子。

彼得不情愿地转过身来。他不会强人所难地把孩子们留在这里。所有的人都向他投来略带责备的目光，只有本除外。

"伙伴们,"他轻声说,"我们走了,大家脚步轻点儿。"

"这是我到荷兰以来见到和听到过的最了不起的东西!"本一走到教堂外面就满腔热情地大声说道,"真是棒极了!"

路德维希和卡尔听了英国男孩那让他们不知所云的话,偷偷地笑了起来。雅各布打了个哈欠,彼得则对着本看了一眼,这目光让他马上感到自己和彼得尽管一个来自荷兰,一个来自英国,却也没有那么不同。而担任翻译的兰伯特则轻快地对他说:"你这话算是说对了。如今世界上也有一两套据说也不错的管风琴,但圣巴夫教堂的这套在很多年里都是世界上最宏伟的。"

"你知道它有多大吗?"本问,"我注意到教堂本身就高得要命,在走道尽头的那套管风琴几乎占据了从地板到天花板的全部空间。"

"没错,"兰伯特说,"那些音管看着多么华丽啊——就像巨大的银柱子一样。这些只是给人看的,知道吗?真正的音管在它们的后面,有些大到能让人爬进去,而有些则比小孩子的哨子还小。从大小上来说的话,先生,首先这座教堂比英国的威斯敏斯特大教堂还高,尽管那样,这套放在里头的管风琴依然蔚为壮观。父亲昨天晚上告诉我,它有一百零八英尺高,五十英尺宽,有超过五千根音管,六十四根音栓——如果你们知道那是什么的话,反正我不知道——还有三层键盘。"

"你可真行!"本说,"记性真好。我的脑袋对数字来说就是个漏勺。倒进去有多快,漏得就有多快。但是其他的事实和历史事件能留下——总算还有点安慰。"

"我们在这点上略有不同,"范·摩恩回应道,"我擅长记名字和数字,但历史对我来说就像一团乱麻,没救了。"

这会儿，卡尔和路德维希正在讨论他们在教堂内部观察到的某种正方形的木头纪念碑。

"我应该不会记错，"卡尔说，"听我的，那上面没有刻名字。"

"去问问彼得吧。"路德维希并没有被完全说服。

"卡尔说得对，"彼得虽然正在跟雅各布交谈，却听到了他们俩的争执，因此在旁边回答了他们。"雅各布，我刚才正说着呢，伟大的作曲家亨德尔有一次碰巧造访哈勒姆，当然，他马上就找到了这套著名的管风琴。得到允许后，他全神贯注地在琴上演奏了起来。这时，教堂日常雇用的管风琴师碰巧走了进来。那人一听就肃然起敬地站住了。他自己也是个优秀的演奏家，但之前从来没有听过这样的音乐。'谁在那儿？'他叫了起来，'如果既不是天使也不是魔鬼的话，就准是亨德尔！'等他发现真的是那位伟大的音乐家时，他的心中更感疑惑了！'可这是怎么回事呢？'他问，'您做了不可能做到的事情——世界上没有哪十根手指能弹出您刚才所弹的乐曲。人类的手指无法操控所有的琴键和音栓啊！''这我知道，'亨德尔淡然地说道，'正因为如此，我只能在弹某些音符时用到了我的鼻尖。'天哪！想象一下吧，那位老管风琴师想必是吃惊得瞪大了眼睛！"

"嘿！什么？"彼得那绘声绘色的讲述刚停下，雅各布就吃惊地叫了起来。

"你难道没有听我说话吗，小坏蛋？"彼得略有些气愤地回道。

"哦，听了——没听。事实是，刚开始是听到的。现在我已经醒过来了，不过刚才走在你身边的时候我有点儿打瞌睡。"雅各布结结巴巴地说着，他脸上那副郁闷而又迷惑的表情让彼得不由得笑了起来。

第 17 章
有四个脑袋的男人

离开教堂后，孩子们在附近的露天市场里稍作逗留，又去看劳伦斯·扬松·考斯特的青铜像——荷兰人相信他是印刷术的发明者。这一点遭到了那些将同一殊荣给予美因茨的约翰内斯·古登堡的人的异议。而许多人认为，考斯特的仆人浮士德在某个圣诞节之夜，趁主人在教堂的时候，偷走了他的木刻活字，带着赃物和秘密逃到了美因茨。考斯特是哈勒姆本地人，荷兰人自然热衷于为他们杰出的同胞保留发明的荣耀。于是，理所当然地，哈勒姆城把他印制的第一本书包上丝绸，放进银匣子，作为一件珍贵的文物小心翼翼地展出。据说有一次他在一棵树的树皮上刻下了自己的名字，后来他把一张纸摁到树皮上拓下了所刻的字迹，让他因此获得了关于印刷术的最初的灵感。

兰伯特和他的英国朋友当然对这个话题也好好地讨论了一番。对另外一桩发明他们也进行了温和的争辩。兰伯特声称，把望远镜和显微镜带到这个世界的荣耀当归于梅修斯和延森两个人中的一个，这两个人都是荷兰人；而本则坚定地认为是英国13世纪的一位僧侣罗杰·培根，他说："培根把很多东西都写了出来，先生，包括完美地描述了显微镜和望远镜，比这两个人中任何一位的出生时间都要早上许多。"

不过在一件事上他们倒是达成了一致：那就是加工和腌制鲱鱼的技术是由荷兰的威廉·伯克尔斯发明的，国家因此而授予他"国家功臣"的荣誉是完全正确的，因为鲱鱼贸易对于荷兰的财富和国家地位举足轻重。

"那些鱼被人发现时，其数量之巨，简直令人咋舌。"本说，"你们这儿的情况怎样我不知道，但在英国的海岸，离雅茅斯不远的海域，鲱鱼鱼群的纵深据悉有六到七英尺。"

"那的确是数量巨大，"兰伯特说，"但你知道吗，你们的'鲱鱼'是从德语的'军队'一词中演变而来的，成群结队，来的时候都是数量巨大。"

没过多久，在经过一家鞋匠铺的时候，本喊了起来："哦！兰伯特，你们这家鞋匠铺上居然有着荷兰最伟大的人的名字——布尔哈夫。要是再把前面的'亨德里克'给改成'赫尔曼'，那就真的一模一样了。"

兰伯特皱起眉头思忖着答道："布尔哈夫，布尔哈夫！好熟悉的名字啊，我想起来了，他诞生于1668年，但其他的我就都不记得了，跟平时的情形一样。你要知道，有那么多著名的荷兰人，怎么可能全都记得住呢！他是干什么的？他有两个脑袋吗？还是一个像你们国家的马可·波罗那样伟大的天才游泳选手？"

"他有四个脑袋，"本笑着回答道，"因为他是一个伟大的外科医生、博物学家、植物学家和化学家。我这会儿脑子里全都是他，因为我几个礼拜前刚读了关于他的生平介绍。"

"那你就把它们往外倒一点吧，"兰伯特说，"不过得稍微走快点，不然就要看不见其他伙伴了。"

本略微加快了步伐，眼睛还是饶有兴味地看着发生在这条最熙熙攘攘的街道上的一切。只听他接着说道："这位布尔哈夫医生是一位伟大的'报幕的人'。"

"一个伟大的什么？"兰伯特大声吼着反问道。

"哦，请原谅。我在想刚才在那边见到的戴三角帽的人。他是个'报幕的人'，对不对？"

"对，他是个'报丧的人[1]'，如果你想要说的是这个词的话。但这和你那位有四个脑袋的朋友有什么关系呢？"

"啊，这位医生在十六岁的时候成了一个身无分文的孤儿，没有读过书，也没有朋友——"

"真是个欢乐的开头！"兰伯特插嘴道。

---

[1] 本将"报幕"和"报丧"两个词弄混了。

"好了,别打断我。他十六岁时是个没有朋友的穷孤儿,但他非常坚忍、非常勤奋,立志要学习知识,于是他一路奋斗,后来成为整个欧洲最博学的人之一。所有——唉,那是什么?"

"哪儿?你什么意思?"

"就是对面门上的纸。你没看见吗?有两三个人正在念的。到这儿以后我已经注意到有几张这样

的纸了。"

"哦,这只是一张健康告示。房子里的某人病了,为了防止有人不断来敲门,这家人就在告示牌上写了关于病人的病情说明,挂在门外,让想来探病的亲友一望便知——我相信这是一种非常明智的习俗。就我看来没什么好奇怪的。请继续走吧。你刚才说'所有',然后就把我晾在那儿了。"

"我刚讲到,"本继续说道,"所有——所有的——这里的人的穿着可真是滑稽啊,真的!你看那些戴着锥形帽的男男女女。再看我

们前面这位女士,她戴的那顶草帽像把铲子,直到往后面变成一个尖尖。你见过这么好玩儿的东西吗?还有那些巨大的木屐——我敢肯定,她是个美人儿吧?"

"哦,他们只是些来自内陆地区的家伙,"兰伯特相当不耐烦地说道,"你要么就把老布尔哈夫的事讲完,要么索性闭上眼睛。"

"哈哈哈哈!好吧,我刚讲到,所有跟他同时代的大人物都来找过这位了不起的教授。甚至彼得大帝,他从俄国到荷兰来学习造船技术的时候,也会定期去听他的讲座。当时布尔哈夫是莱顿大学的医学、化学和植物学教授。作为一名执业医师他已经非常富有了,全欧洲的人都很爱戴他、尊重他。"

"我的天哪!这才是我所谓的成为公众人物的荣耀呢。哦,伙伴们停住了。喂,范·霍普队长,接下来往哪儿去啊?"

"我们想继续上路了,"范·霍普说,"这个季节在博施没什么好看的。博施是一片壮丽的森林,本杰明,那儿是一个很大的公园,种着许多高大的树,受到法律的保护。你明白吗?"

"明白!"本点了点头,队长又说了下去。

"除非你们都想去参观自然历史博物馆,否则我们就继续沿着运河走。如果我们还有更多时间,那带本杰明到蓝色台阶上去肯定会是一件赏心乐事。"

"什么是蓝色台阶,兰伯特?"本问。

"那儿是沙丘上最高的点。在那儿可以看到海洋的壮美景色,还很有可能看到这些令人赞叹的沙丘。人们很难相信风能以如此让人震撼的方式将沙子堆叠起来。但要到那儿去,我们必须穿过布洛门达,那是一个不怎么漂亮的小村子,离这儿有点儿距离。你们看呢?"

"哦,我怎么都行。要我说,我宁愿直接就朝莱顿赶,不过我们会听队长的——是吧,雅各布?"

"对,那样不错。"雅各布很明确地感到,自己更愿意小睡一会儿,而不是去爬什么蓝色台阶。

队长倾向于去莱顿。

"那儿离这里有足足十六英里,本杰明。要是你们想在半夜前赶到,那现在就不能再耽搁了。快点决定吧,伙伴们——蓝色台阶还是莱顿?"

"莱顿。"大家回答道,随后转眼间就离开了哈勒姆。在把这座城市渐渐抛在身后之时,他们也饱览了塔楼般高大的风车和美丽的乡村景色。

在默默地滑了一段时间后,兰伯特对本说:"如果你真的想看哈勒姆,应该在夏天来。要想看美丽的花朵,那儿可是世界上最好的地方了。绕城转上一圈简直赏心悦目至极。这儿的'森林'里种有绵延数里的高大榆树,全都羽毛丰满,让人一眼难忘。你不用笑,老伙计,觉得我用'羽毛丰满'来形容树滑稽是吗?我脑子里想的是那种用来做装饰的长长的羽毛迎风摆舞的样子,心里想着,嘴上就说出来了。但是荷兰的榆树真是'无树可及',它是世界上最能带给人高贵感觉的树了,本——如果你要把英国的橡树排除在外的话。"

"是的,"本认真地说道,"得把英国的橡树排除。"有那么一会儿他几乎看不到运河,因为弟弟罗比和妹妹詹妮的影子一直在他眼前跃动。

第18章
患难时的朋友

先撇开他们二人不说，此时其他的男孩子正在听彼得讲一桩发生在许多年前的事，说在城中的某处矗立着一座古堡，古堡中的领主残暴地统治着城中的市民，市民们不堪其苦，愤然而起包围了城堡。到了最后关头，高傲的领主觉得自己再也支撑不下去了，正准备要拼死一搏，他的太太出现在了城堡的城墙上，答应向市民们交出一切，只求能允许她带出并保有她所能背得动的全部财物。市民们向她作出了承诺，而太太从城堡的入口处出来时，背上背着自己的丈夫。市民们的承诺使得他得以在围城队伍的愤怒中苟全性命，而他却也只能任由他们将报复的怒火发泄在整座城堡之上。

"你相信这个故事吗，彼得队长？"卡尔用怀疑的口吻问道。

"当然，我相信。这是有史可查的，我为什么要怀疑？"

"就因为没有女人能够做到——而且即使她能做到，她也不会去做的。我就是这么认为的。"

"我认为有很多人都会那样做的,也就是说他们会去救那些他们真正在乎的人。"路德维希说。

雅各布虽然长得胖,爱打瞌睡,但其实颇有点儿多愁善感的气质,只见他饶有兴致地听着这场谈话。

"说得对,小家伙,"听到这里他点点头表示赞同,"这里边的每一个字我都信。如果哪个女人不愿为我做出同样的事来,我永远也不会娶她。"

"上天保佑她!"卡尔一边叫着,一边转过头来瞪大眼睛望着说话的人,"普特,你可是三个大男人也背不动的啊!"

"也许不行吧。"雅各布的声音低了下去,感觉自己也许对未来的普特太太要求太高了一点,"但她得愿意,这就够了。"

"对,"彼得那快活的声音应和道,"心意到了,腿脚自然灵活——这种事儿可说不准,不过要能把你给背起来,还得胳膊粗壮才行。"

"彼得,你昨天晚上是不是跟我说过,画家沃夫曼是在哈勒姆出生的?"路德维希用提问的方式岔开了话题。

"对,雅各布·勒伊斯达尔[1]和伯纳姆[2]也是。我喜欢伯纳姆是因为他一直都是个好脾气的人。有人说他画画的时候嘴巴里一直唱着歌,尽管他死了已经快有两百年了,仍然有关于他开心大笑的传说在流传。他是一个伟大的画家,而他的妻子也像苏格拉底的悍妻赞西佩一样爱发脾气。"

---

1 雅各布·勒伊斯达尔:荷兰著名风景画家。
2 伯纳姆:指尼古拉斯·伯纳姆,荷兰著名风景画家和版画家。

"他们俩倒是性格互补啊。"路德维希说,"他那么和蔼可亲,而她却凶悍刁蛮。不过,彼得,趁我还记得,那幅圣于贝尔和马的画是沃夫曼画的吗?还记得吗,父亲昨晚还给我们看过一幅从这幅画翻刻的版画。"

"对,记得。那幅画还有一个与之相关的故事。"

"跟我们讲讲!"两三个人叫了起来,一边继续滑着,一边稍稍向彼得靠近了些。

"沃夫曼,"队长滔滔不绝地讲了起来,"诞生于1620年,比伯纳姆早四年。他在自己那派中是一位大师,尤其擅长画马。有一件事看着很奇怪,那就是人们花了很长时间才发现他的优点。因此他在达到了自己技艺的巅峰之时,仍然只能以非常低廉的价格卖出自己的画作。可怜的艺术家很受打击,而最要命的是他还债台高筑。一天,他向一个人说起了自己遭遇的麻烦,那人是为数不多的几位认识到他的才华的人之一,决定帮助他,于是借给了他六百荷兰盾,同时建议他给自己的画开出更高的价格。沃夫曼听从了他的建议,与此同时也还清了债务,局面顿时变得一片光明。所有人都欣赏起这位能画高价画作的大艺术家来,他变得富有了。他把六百荷兰盾还给了那人,为表感谢沃夫曼还送了恩人一幅自己的画作,他把自己的恩人画成了跪在自己的马跟前的圣于贝尔——路德维希,也就是我们昨天晚上说起过的那幅画。"

"这么回事啊!这么回事啊!"这故事路德维希听得津津有味,"等回家后我一定要把那幅版画再好好看上一看。"

就在同一时间,正当本和他的伙伴们沿着荷兰的堤坝向前滑行的时候，罗比¹和詹妮站在他们美丽的英国校舍里，准备接受阅读课上的任务。

"开始吧！罗伯特·多布斯少爷，"老师说，"第 242 页，好，先生，请注意每处停顿。"

罗伯特用语速颇快的童音，在教室里大声念了起来：

第 62 课　哈勒姆的英雄

许多年前，在荷兰的主要城市之一哈勒姆，住着一位金色头发、性情温柔的小男孩。他的父亲是一位水闸管理工，他的工作是开关水闸，或开关很大的橡木门，这些门设置在固定了间隔距离的运河入口上，用以调节流入运河的水量。

水闸管理工根据所需水量的多少来调节升降水闸的高度，到了晚上他们会小心地把水闸关上，以防过多的水涌入运河，不然要不了多久水就会从运河中满溢出来，淹没周围的田野。因为荷兰很大一部分土地都低于海平面，为了防止海水淹没土地，需要依靠坚固的堤坝和障碍物，或者依靠这些水闸来抵挡。每天涨潮时，这些水闸都要承受极限的海水压力。在荷兰就连小孩子们都知道，一定要时刻保持警惕，以防河水与海水在全国肆虐，水闸管理工的失职会给所有人

---

1 "罗比"是"罗伯特"的昵称。

都带来破坏和死亡。

"很好，"老师说，"接下来，苏珊。"

一个天气晴好的秋日下午，这个快要八岁的小男孩得到父母的许可，带了点蛋糕去看一位住在乡下的盲人，他的家在大坝的另一侧。小男孩心情愉快地上了路，到了那儿之后跟那位充满感激的老朋友一起度过了一个小时，然后跟他道别，朝家里走去。

他在运河边大步走着，注意到秋雨已经让河水上涨了很多。即便口中无忧无虑地哼着歌儿，他心中却在想着他父亲管理的那些勇敢的闸门，为它们的力量感到高兴。他想："如果这些闸门垮了，父亲和母亲该往哪里去啊？这些美丽的田野都将被愤怒的水流覆盖——父亲总是管它们叫愤怒的水流。我想他是觉得它们都很生他的气，因为他把它们关在外面太久了。"这些想法匆匆掠过他的脑海，小家伙弯下腰来采路边的野花。有时候他停下来把毛茸茸的植物种子球扔向空中，看着它随风飘走；有时候他侧耳倾听小兔子偷偷在草丛中跑过时弄出的窸窸窣窣的响声；但更多的时候他会想起他那位盲人老朋友听他说话时脸上浮现出的幸福光芒，想着想着，他的脸上便有了微笑。

"好，亨利。"老师又对着下一位小朗读者点了点头。

突然，小男孩朝身边看看，脸上现出了懊丧的表情。他没有注意到太阳快要落山了。现在他看到自己留在草上的长长的影子已经消失了。天色渐渐暗了下来，他离家却还有一段距离，在这个无人的溪谷中，就连蓝色的花朵都变成了灰色。他加快了脚步，心跳也变得越来越快，因为他想起了很多小时候听过的晚归孩子被困在阴沉树林里的故事。正当他准备要跑起来的时候，被水流的声音给吓了一跳。这声音是从哪儿来的？他抬头寻去，发现堤坝上有一个小洞，一股细小的水流正从洞中涌出。堤坝有裂缝！任何一个荷兰的小孩子都会对这样的情况感到不寒而栗。男孩匆匆一瞥便意识到了危险。如果任由水从洞中流出，那么要不了多久，小洞就会变大，发展到最后就是一场可怕的洪水。

在电光石火的一瞬，他便意识到了自己的职责。他一把扔下手中的鲜花，朝着高处爬去，来到了小洞的洞口。他想也没想就把自己胖乎乎的手指插了进去。洞被堵住了！啊！他不由得孩子气地笑出声来，他想，愤怒的水流必定退下去了！只要我在这里，哈勒姆便不会被水淹了！

刚开始的时候一切都好，但夜幕很快降临了，空气中充满了寒冷的潮气。我们的小英雄又冷又怕，身体不由得发抖。他大声地喊了起来："来人哪！来人哪！"但没有人来。天气越来越冷，从疲惫的小手指开始，麻木的感觉渐渐向他的手掌和手臂爬去，没多久他的整个身体都开始疼痛起来。他再次大叫道："有人吗？妈妈！妈妈！"唉，他的妈妈是个好人，但遇到事情却不会想得太远，此刻她已经锁好了房门，打定主意要等第二天好好教训

他一顿——竟然未经她允许就在盲人朋友那儿过夜。他想用力吹口哨，说不定会有哪个在外面晃悠的男孩能听到他发出的信号，但他的牙齿打着战，根本吹不出声音。

"好，詹妮·多布斯。"老师叫道。詹妮的眼睛顿时亮了起来，她做了一次长长的深呼吸后才念了起来。

午夜的月亮向下望着这个小小的、孤独的身影，那身影此刻正坐在大堤中段的一块石头上。他的脑袋耷拉着，但他并没有睡着，因为时不时地会有一只手弱弱地抚摸一下那条伸直的胳膊，而那条胳膊就像已经绑到了堤坝上，那张苍白的、挂满泪痕的小脸会为了某个如真似假的声响而迅速地转过来。

我们怎么能知道这一夜漫长而又可怕的坚守带给这孩子的是怎样的折磨——当他想到家中温暖的床铺，想到自己的父母，想到他的兄弟姐妹，再望向那冰冷而又沉寂的夜时，他的意志在经历着怎样的动摇，心头又掠过多少孩童才能感受到的恐惧啊！如果他拿掉那根小小的手指，那愤怒的水流就会变得更加狂暴，它们将奔涌而出，不扫荡整个市镇决不会罢手。不，他要守在那里直到天亮——如果他还活着的话！他不是很确定自己是否还活着。这种奇怪的嗡嗡声是怎么回事？那些仿佛在从头到脚戳着他、刺着他的刀子又是怎么回事？他不敢肯定自己现在是否还能够把手指拿开，即使他想这么做。

　　拂晓时分,一个从病人的床边回来的牧师在沿着堤坝顶端走着的时候,觉得自己听到了几声呻吟。他低头看去,在远方的堤坝侧面发现了一个孩子——他显然是因为痛苦而扭动着。

　　"孩子,"他惊叫道,"你究竟在这儿干吗呢?"

　　"我在堵着洞不让水流出来。"小英雄简单地回答道,"叫他们快来。"

　　无须多言,人们很快赶来了,那个——

　　"詹妮·多布斯,"老师颇不耐烦地说,"如果你无法控制自己的感情,不能口齿清楚地念下去,我们可以等着你恢复正常。"

　　"好的,老师!"詹妮这才意识到自己已经感动得有点儿失态了。

　　说来奇怪,就在那一刻,远在大洋彼岸的本王在对兰伯特说:"这个高尚的小家伙!我好几次听人说起过这个故事,但到此刻为止,我从来没想到过这竟然是真事。"

　　"真的,这当然是真的!"兰伯特说,"我这会儿跟你讲的,跟我母亲好几年前对我讲的一模一样。在荷兰,没有一个孩子不知道这个故事。而且,本,你或许不这么认为,但那个小男孩代表的是整个国家的精神。只要荷兰在政治、名誉或公共安全等任何方面出现了一道裂缝,那么随时会有一百万根手指愿意上去堵住它,不惜付出任何代价。"

　　"哇!"本叫了起来,"这可真是豪言壮语啊!"

　　"也是肺腑之言。"兰伯特再加了一句,说得很平静,于是本很明智地决定不再多加评论了。

第 19 章
在运河上

这一年溜冰的季节到得比往年要早，所以冰面上并不只有我们这几位男孩子。下午的天气很好，所以男女老少都跑了出来欢度假期，各处的人们聚集到了宽阔的运河上。圣尼古拉斯显然记得最受欢迎的娱乐是什么，因此闪亮簇新的溜冰鞋到处可见。人们拖家带口地溜冰前往哈勒姆、莱顿或邻近的村庄。冰面上相当热闹。男人们注意到了女人们乘坐着高大的、舒适的马车，身着色彩斑斓的服装。其中有刚从巴黎传过来的最新款时装，这些华服轻盈地掠过色彩暗淡、被虫蛀过、已经服务过两代人的衣服；煤堆般的三角帽停在长满雀斑的脸上方，脸上则绽放着欢度假日的笑容；平纹细布的硬帽两侧有软软的翅翼垂下，轻轻拍打着因健康和满足而变得红扑扑的脸颊；毛皮环绕着最洁白的颈项；单薄的衣服在因运动而变得红润的脸庞下飘动着。一句话，凡是在荷兰能够出现的织物与身体间各种古怪又滑稽的搭配似乎都被送来了这里，为这道风景增光添彩。

这儿有从莱顿来的美女，有从边境小村来的渔妇，有从高达来的擅长制奶酪的妇人，有来自哈勒默梅尔美丽乡间的规规矩矩的主妇。不时可以看到满头银发的溜冰者和满脸褶子的老妪头上顶着篮子，还有胖墩墩的小娃娃穿着冰鞋拽着母亲的裙摆蹒跚学步。有的女人把她们的小娃娃放在背上，用一条色彩艳丽的披肩牢牢地缚着。当她们在冰面上飞驰而过或缓缓擦身而过，一会儿跟熟人点头示意，一会儿用嘴巴发出唧唧的声响，跟背上裹得严严实实的小家伙温柔地聊上几句只有他们能听懂的话，那种姿态真是有着一番别样的美和优雅。

男孩女孩们在冰上相互追逐，有时会躲到马拉的雪橇后面。这种雪橇上高高地堆着泥煤或木材，沿着被划为"安全区域"的轨道小心翼翼地前进着。那儿也能见到美丽的、气质高贵的女性，她们眼神平静，其中闪耀着愉悦。有时候会有年轻人排成一列长队，每个人抓着前面人的外套，从人们身边风驰电掣地经过；有时候冰会在滑椅下面咔嚓作响，坐在椅子上的是某些衣着华美的贵族遗孀，或是富有的市长妻子。这些人鼻子通红，眼神犀利，看着就像冬天爷爷为保护他的溜冰场而发明的冰雪版稻草人。那椅子上装着脚炉和垫子，肯定很重了，更不用说还要加上那位老妇人。滑椅的下面有着闪亮的冰刀，由睡眼惺忪的仆人推着在冰上滑行。这位仆人的眼睛既不朝左看，也不向右看，只管闷头推滑椅，而老妇人的可怕目光则瞥向那些尖叫嬉闹的小无赖们，他们倒是像保镖一样一直不离她的左右。

至于男人们，他们呈现出的是平静而愉悦的样子。有些人穿的是普通市民的衣服，但许多人却穿着羊毛短大衣和宽大的马裤，腰间系着大大的银皮带扣，因而显得有点奇怪。在本看来，这些人就像是一

群小孩子，因为出现某种奇迹，骤然变成了大人，只能穿上母亲仓促间为他们改制的衣服。他还注意到，几乎所有男人的嘴上都叼着烟斗，嗖嗖地从他身边掠过，还喷着烟，活像是一个个火车头。他们叼着各式各样的烟斗，从普通的陶土烟斗到最昂贵的镶金镶银的海泡石烟斗。有些烟斗被雕刻成了奇异的形状，有鸟，有花，有人头，有甲虫，还有几十种其他的东西；有的很像美国树林里也生长着的烟斗藤[1]；有的烟斗是红的，有的则是纯白，像雪一样白；但最体面的则是那种成熟的暗棕色。棕色越是深越是浓，这烟斗就越是受人尊敬，

---

[1] 烟斗藤：原文的字面意思是"荷兰人的烟斗"。

因为这足以证明其主人如果没有用什么不诚实的手段将其颜色变深的话,那就是从容不迫地在自己的整个成年阶段都在用它抽烟。一个让人为之付出如此之多的烟斗又怎么会不令人感到骄傲呢!

有那么一会儿工夫本独自静悄悄地滑着。身边有那么多东西吸引着他的注意力,让他几乎忘记了伙伴们的存在。有一段时间他一直望着在哈勒默梅尔湖上飞驰的冰船。现在,大湖冰冻的表面已经可以在运河的船上一览无余了。那些船有很大的帆,按比例

来看,要比普通船只的帆大得多。帆固定在三角形的架子上,每个角上都配备了铁制的冰刀——这三角形最宽阔的一边横跨在船头前,而那个尖角则向后延伸过了整艘船的躯干。船上有供人操纵方向的舵,还有能把船停住的刹车。船的大小种类各异,有的很小,制作也粗糙,小孩子即可操纵;有的船很大很漂亮,里面装满了开开心心寻欢作乐的人,操纵它们的也是能干的水手,他们一面抽着粗短的烟斗,一面满脸严肃,精准地收帆、抢风、转向。

有些船被油漆和装饰弄得华而不实,桅杆顶端满是炫耀地挂着三角旗;又有一些船则白得像雪,每张纤尘不染的帆都鼓满了风,看着就像天鹅被无从抵抗的气流向上托起。本隔着一段距离看着这样一艘船,不禁开始浮想联翩,他觉得自己似乎能听到天鹅那无助的、惊恐至极的呼喊。但没过多久,他就发现这声音来自近得多的地方,其原因也远没有那么浪漫——离他不到五十码处的一艘冰船,船上的人正在拼命踩下刹车,避免跟一辆装泥煤的雪橇相撞。

这些船跑到运河上来是一件稀罕事,它们的出现通常会在溜冰者之中引起不小的轰动,尤其是在那些胆小的溜冰者中。但今天似乎这一地区的每一条冰船都浮了出来,或者说是滑了出来,而且还全都来到了运河上。

虽说这样的景象让本看了颇为高兴,但这些长着高大翅膀的、令人无法抵挡的东西飞快地靠拢来时,还是会让他为之一惊,更何况这样的威胁有可能来自任何一个方向。他必须打起十二分精神才能不挡了别人的路,也不让那些嗷嗷叫的小淘气们用他们的雪橇吓自己。有一次他停下来看几个男孩子在冰上打洞,然后准备用鱼叉来抓鱼。他看了一阵准备要走时，忽然跌倒坐到了一位老太太的大腿上——她的滑椅从后面撞上他。老太太大声尖叫，推她的仆人对他咧嘴嘶了一声以示警告。又有一次本被撞倒，起身后才发现自己在对着空气道歉，而那位愤怒的老太太则摔到了很远的前方。

跟此刻威胁着他的东西相比，这便只能算是小小的不幸了。一艘巨大的冰船，帆鼓得满满的，正沿着运河向他猛扑而来。一想到即将遭遇的灭顶之灾，本几乎就要瘫在那里。船离他越来越近！他看到了那镀金的船头，听到了桅杆发出的尖啸，感受到了巨大的帆桁嗖地掠过头顶。一瞬间他目不能视，耳不能听，脑子一片空白。待他再睁开眼时，发现自己正在原地打转，在他面前不远的地方就是冰船那巨型溜冰鞋一样的尾舵。它从距离他肩膀不到一英寸[1]远的地方擦了过去，而他竟然毫发无损！可以毫发无损地再见到英国，可以毫发无损地再去亲吻亲朋好友们的脸庞，在刚才那惊心动魄的一瞬间那些脸庞曾一一闪过他的眼前——父亲、母亲、罗比、詹妮——那些巨大的帆桁把他们的桩子猛地撞进了他的灵魂。他现在知道自己有多爱他们了。也许正是因为知道了这一点，他可以得意扬扬地直面运河上那些人对他的怒目，他们似乎觉得一个陷入危险的男孩子肯定是个坏孩子，非得马上骂他一顿才行。

兰伯特把他狠狠骂了一通。

"我以为你要完了呢，你这个不小心的家伙！走路怎么不看着点儿？坐到所有老太太的大腿上还不满足，还非要等每艘冲你来的冰

---

[1] 英寸：英美制长度单位，1英寸约等于2.54厘米。

船把你变成祭品。如果你再不小心，我们就只能把你交到报丧的人手上去了！"

"别别别，求你了，"本故作谦恭地说道，然后看到兰伯特嘴唇发白，知道他是真的生气了，便低声加了一句，"我觉得在那一瞬间里，范·摩恩，我想到的东西比我往昔生命里所想的都多。"

此话一出并没有得到回答，两个人一起默默地滑着。

不久，远处一记微弱的钟声飘入了他们耳中。

"听，那是什么？"本问。

"是钟琴。"兰伯特回答，"有人在调试那边村子教堂里的钟。啊！本，你应该听听代尔夫特'新教堂'里的钟乐。简直太有气势了——将近五百个音色的优美的钟，由全荷兰最好的钟乐家之一进行演奏。不过说来也够不容易的。据说那家伙每次演出完睡觉的时候，真的已是筋疲力尽了。知道吗，那些钟都跟一个键盘一样的东西相连，有点像钢琴上那种，下面还有供脚踩的踏板，遇到演奏快节奏的曲子时，演奏家看着就像是一只用烤肉钎子串在琴凳上乱踢腾的青蛙。"

"真让人不敢想。"本颇有点为演奏家感到不平。

到了这会儿，彼得肚子里有关哈勒姆的奇闻趣事已经倒得差不多了，于是把精力集中到了滑冰上，他和三个伙伴加快了速度，向着兰伯特和本追了上去。

"那个英国仔滑得倒挺快，"彼得说，"他如果生来是一个荷兰人，

那就完美无缺了,可惜英国佬在滑冰领域留下的大都是失意者的形象。哦!可算追上你们啦,范·摩恩。我们都没指望过还能有幸再遇到你们。跑这么快是被谁在撑哪?"

"蜗牛。"兰伯特反驳道,"你们在干吗呢?"

"在聊天,而且我们还停下来了一次,让普特有机会休息一下。"

"他已经有些撑不住了。"兰伯特低声说。

此时,一艘漂亮的冰船带着收起的帆和飞扬的长条旗从他们身边悠闲地驶过。甲板上站满了孩子,一个个捂得严严实实,只露出了上半截脸。从冰面上望去,只能看到他们埋在色彩鲜艳的羊毛围巾里微笑的小脸。他们正在合唱着一首献给圣尼古拉斯的歌曲。刚开始时成百个稚嫩的嗓音还有些凌乱,但唱着唱着,就成了一片精妙的和声,

飘荡在空中：

水手和孩子们的朋友！
我们向您提出双份的请求，
因为此刻我们正带着年轻的欢欣，
在一片冰冻的海上航行！

尼古拉斯！圣尼古拉斯！
让我们把歌儿唱给您听！

我们穿行在冬日的空气中，我们的声音汇合到一起，
您在我们身边吗？您能听见我们吗，尼古拉斯，我们的朋友？

尼古拉斯！圣尼古拉斯！
爱永不会终止。

阳光闪耀，光明在前，驱走寒冷！
心灵欢迎充满阳光的思想，永远也不会变老。

尼古拉斯！圣尼古拉斯！
永远也不会变老！

漂亮的礼物，充满爱的教诲，节日与欢欣，
让我们对您表示感谢，当我们在这冰冻的海洋上航行。

尼古拉斯！圣尼古拉斯！
我们为您而歌唱！

第20章
雅各布·普特改变计划

最后一个音符也消失在了远方。这几位孩子竭力想要跟上那艘船,发现只是徒劳,相反还感觉自己像是往后滑一样,距离越拉越大,只能面面相觑。

"那可真美啊!"范·摩恩赞叹道。

"就像一场梦!"

雅各布靠近本,边说边像往常那样点头表示赞同:"那可真棒。那样才最好。我想还是坐船到莱顿去吧!"

"坐船!"本担心地叫道,"怎么啦,伙计?我们的计划是自己溜冰去,而不是像那些小孩子一样被人带着走。"

"累死了!"雅各布反驳道,"坐船可不是只有小孩子才做的事!"

孩子们笑了起来,但相互间交流的眼神却带着点儿不安。如果他们能有这样的机会的话,跳上一艘冰船固然是一件乐事,但原本说了要滑冰旅行,难道就这样灰溜溜地半途而废——谁能想象这样的事情呢？

于是大家马上开始你一言我一语地商量起来。

彼得队长打断了大家的讨论："伙伴们，我觉得在这件事上我们应该听听雅各布的愿望。毕竟，这次旅行是他发起的。"

"哼！"卡尔冷笑了一声，朝雅各布投去了蔑视的一瞥，"谁累了？到了莱顿我们可以休息上一整晚呢！"

路德维希和兰伯特的脸上露出了忧虑和失望的神色。本来说好的要从布鲁克一路滑冰去海牙再滑回来，说话不算话可不是件小事，但他们俩都同意让雅各布来定夺。

好脾气的、疲惫不堪的雅各布啊！他扫了大家一眼，看出了大多数人的情绪。

"哦，不，"他用荷兰语说，"我是开玩笑的。我们继续滑冰，这是当然的。"

男孩子们开心地叫了起来，重新抖擞(sǒu)精神，继续上路。

只有雅各布除外。他竭尽全力不想露出疲态，所以一句话都不说，节省着力气，一门心思地投入到滑冰当中。然而没有用。没过多久，他那壮硕的身体越来越沉重——摇摇欲坠的四肢越来越虚弱。更糟糕的是，他的血因为想尽可能远离冰，全都涌到了肿胀的、和善的双颊上，让他那黄色细发的发根都泛出了一丝火红色。

这样下去很容易导致眩晕，汉斯·安徒生[1]写过这些人——他笔下

---

1 汉斯·安徒生：19世纪丹麦作家，1835年开始创作童话，其中《丑小鸭》《皇帝的新衣》《卖火柴的小女孩》等篇目由后人编纂为《安徒生童话故事集》出版。

时常可见年轻而又勇敢的猎人，他们或从山上坠下，或从冰川最陡峭的高处旋转着落下，或在山中急流间踏石而过时头一晕跌入河中，他们遭遇的是和雅各布一样的情形。

眩晕悄悄向雅各布袭来，时而从头到脚让他感到一阵寒意，时而又让他的每根静脉都有如火烤。折磨了他一会儿之后，他感觉脚下的运河摇晃颤抖起来，那些白色的帆在从他身边经过时也向他鞠躬并旋转起来，直到最后，他重重地摔到了冰上。

"嘿！大家看啊！"摩恩叫了起来，"普特摔倒了！"

本飞快地向前蹿去。

"雅各布！雅各布，你摔痛了吗？"

彼得和卡尔把他托了起来。他的脸色惨白得如同死人——甚至那副好脾气的样子也不见了。

伙伴们围到了他的身边。彼得解开了那可怜孩子的外套扣子，松开了他的围巾，给他做人工呼吸。

"站远点儿，好心人们！"他叫了一句，"给他点儿空气！"

"把他放平。"人群中的一个女人喊道。

"让他站起来。"又有另外一个人叫道。

"给他来口酒。"一个赶运货雪橇的粗壮的家伙低声吼道。

"对！对，给他喝酒！"所有的人都附和道。

路德维希和兰伯特齐声喊道："酒！酒！谁有酒？"

一个好像没睡醒的荷兰人一边神秘兮兮地在一件厚重的蓝色夹克下面掏摸了起来，一边说道："别吵吵，年轻的少爷们，别吵吵！像个姑娘家一样晕倒，真是个蠢蛋。"

"酒，快！"彼得喊道。在本的帮助下，他正在从头到脚地揉搓着雅各布。

路德维希带着恳求把手伸向那个荷兰人，荷兰人摆出一副很重要的架势，兀自在外套下面摸索着。

"快点啦！他要死了！别的人有酒吗？"

"他死了！"从旁观者中传出一个可怕的声音。

这让那个荷兰人感到悚然。

"留神着点儿！"他颇不情愿地掏出一个小小的蓝色长颈瓶，"这可是杜松子酒，一小点儿就够了。"

一小点儿的确就够了。惨白从脸上褪去，微微的潮红泛起。雅各布睁开了眼睛，半是迷糊，半是羞惭，虚弱地想要将自己从撑着他的人的手中挣脱。

现在对于这个小队来说别无选择了，只能想办法把他们筋疲力尽的伙伴给运到莱顿去。至于要让他继续溜冰，那是想也别想了。说实话，到了此刻每个男孩子都已经开始在心里对冰船生出些秘密的渴望，并且下了斯巴达式的决心：决不能抛下雅各布。所幸此时刮的是温和、稳定的南风。只要能有一艘载客的冰船到来，事情就还不算太糟糕。

彼得在看到出现的第一张帆时就挥手呼喊起来。但站在船尾的人甚至连看都不看他们一眼。接着又出现了三架运货雪橇，但上面都已经载满了货物，实在没有多余的空间。然后是一艘冰船，很漂亮，小小的很是诱人，箭一般嗖地从他们身边蹿了过去。等男孩子们瞪大热切的眼睛望去时，那船已经消失不见了。大家大感失望，于是下定决心用他们健壮的胳膊尽力架起雅各布,带着他向最近的村庄走去。

正在这时,一艘十分破旧的冰船出现在了大家的视野里。彼得并不抱太大希望,但还是朝它喊叫,并摘下帽子在空中挥舞着。

船上的帆降了下来,接着传来了刹车刮擦的声音,一个令人愉快的声音从甲板上传来:"有什么事吗?"

"能捎上我们吗?"彼得一面喊道,一面催促着伙伴们以最快的速度走了过去,因为那船停在了前方,离他们有一段距离,"能捎上我们吗?"

"我们会付钱的!"卡尔喊道。

船上那人没怎么注意到他,只是嘟嘟囔囔地说他们的船不是水上公共马车。他的眼睛依然望着彼得,问他:"几个人?"

"六个。"

"好吧,这可是圣尼古拉斯节啊——上来吧!这位年轻的先生病了?"他用下巴朝雅各布点了点。

"对——累趴下了。一路从布鲁克滑冰滑过来的。"彼得回答,"您是要去莱顿吗?"

"那可得由风说了算。现在风是往那儿吹的。爬上来!"

可怜的雅各布!如果那位心甘情愿的普特太太能在此时出现的话,那她提供的服务可就再珍贵不过了。孩子们全都使出了吃奶的劲儿才把他给托举到了船上。最后孩子们都上了船。船老大一边叼着烟斗吞云吐雾,一边张开船帆,收起刹车,架起双臂坐在了船尾。

"哇!我们走得可真快啊!"本喊道,"这才像回事儿呢!感觉好多了吧,雅各布?"

"好多了,真得谢谢你!"

"要不了十分钟你就能全恢复过来了。这玩意儿让人感觉自己像一只鸟儿一样。"

雅各布点了点头,眨了眨眼睛。

"别睡着,雅各布,天太冷了。知道吗,你会醒不过来的。很多人往往就是这样给冻死的。"

"我不睡。"雅各布信誓旦旦地说道,两分钟后大家的耳边传来了他的鼾声。

卡尔和路德维希都笑了起来。

"我们必须弄醒他!"本说,"这样很危险,我跟你说——雅各布!雅——各——"

彼得队长打断了他,因为三个家伙在那儿拿雅各布寻开心。

"胡闹!别去摇他!让他睡,伙伴们。要是挨冻的话是不会这样打呼的。"

给他盖上点儿东西。来,这件斗篷就行。可以吗,船老大?"说着他朝船尾看去,希望得到使用的许可。

船老大点了点头。

"盖上吧!"彼得温柔地调整斗篷,"让他睡。等他醒过来的时候准活蹦乱跳得像只小羊羔一样。我们离莱顿有多远,船老大?"

"最多再抽两三斗烟的工夫,"这声音像是童话故事中的精灵那样,从一团烟雾中冒出来(噗啊!噗啊!),"有可能不到抽一斗半烟的时间(噗啊!噗啊!),如果风向不变的话。"(噗啊!噗啊!噗啊!)

"那个男人在说什么，兰伯特？"本把戴着连指手套的手紧贴在脸颊上，以遮挡如刀子般割着脸的寒气。

"他说我们离莱顿有大约两斗烟的距离。这儿运河上的乡巴佬都是用抽完一斗烟的时间来衡量距离的。"

"真滑稽。"

"听着，本杰明·多布斯，"不知为什么，兰伯特对本脸上平静的笑容变得越来越不快，于是他出言反驳道，"听着，你总喜欢把在日耳曼海这边看到的东西说成'滑稽'。这个词对你来说也许挺合适，但它对我来说不合适。你要是想找些滑稽的事情，那么请别忘了你们英国的风俗，在伦敦市长就职的时候，要让他数马掌里的钉子来证明他的学识。"

"谁跟你说我们有那样的风俗？"本大声叫道，表情一下子变得严肃起来。

"反正我就是知道，不用任何人来告诉我。书里都写着呢——而且是真的。"兰伯特大笑着说道，"我觉得你对你们那边许多滑稽的事情一直都保持着快乐的无知状态。"

"哼！"本尽力敛住笑容，"等我回家以后会去打听一下伦敦市长那档子事的。肯定是哪儿弄错了。兄——弟！我们走得可真快啊。这简直太棒了！"

这是一次美妙的航行，或滑行，我真不知道该怎么叫它。也许"飞行"是最好的词，因为孩子们觉得自己很像坐在魔毯上的辛巴达在云中穿行，又像希腊神话中坐在飞马珀伽索斯背上的柏勒洛丰穿透天际。

航行、滑行、飞行……不管是哪种，反正周围的一切都在飞快地向后倒去，还不等他们有时间深吸一口气，莱顿带着它那些高高尖尖的屋顶，已经飞到半路上来迎接他们了。

当这座城市映入眼帘时，便该把睡着的人给叫醒了。在这桩伟业达成后，彼得的预言实现了。雅各布少爷完全恢复了，一副精神焕发的样子。

彼得衷心道谢，想把几枚银币塞到船老大褐色的、粗糙的掌心中，船老大稍微表示了抗议。

"知道吗，少爷，"他边说边抽回了手，"做生意是一回事，帮忙就是另一回事了。"

"我知道，但你的儿子女儿们会在你回家后问你讨糖吃。用圣尼古拉斯的名义给他们买点儿糖吃吧。"

船老大一听这话就咧开嘴笑了："啊，这倒是真的，我有好些个孩子，能足足装满一船呢。这位少爷您猜得倒是挺准。"

这次，那只粗糙的大手再次伸了出来，好像是无意的，但手心却是向上摊着的。彼得赶忙把钱往他掌心里一扔就走开了。

帆落了下来。刹车发出吱吱的声响，在船身周围激起一片冰雨。

"再见啦，船老大！"男孩们一边叫道，一边抓起溜冰鞋挨个儿跳下了甲板，"非常感谢！"

"再见！再——等等！嘿！停下！把我的斗篷还给我。"

本正在小心翼翼地帮助自己的表哥越过船边下来。

"那个人在喊什么？哦，我知道，你肩上还披着他的斗篷呢。"

"没错，"雅各布答道，只见他跌跌撞撞地下了船，"这就是让他觉得那么沉的原因吧。"

"你是说让你觉得那么沉吧,普特?"

"对,让你觉得那么沉——没错,"雅各布一边抖落了肩上的斗篷一边很无辜地说道,"那,替我去还给他,马上去,跟他说我非常感谢他。"

"嘿!去找一家小旅店!"在他们入城后彼得说,"精神点儿,我的好伙伴们!"

第 21 章
克勒夫先生和他的菜单

男孩们马上就找到了宽街附近一家门面质朴的旅店,门上很滑稽地画着一头狮子。这家店的名字叫红狮,店老板叫惠更斯·克勒夫,是一个胖胖的荷兰人,腿很短,烟斗却很长。

到了这会儿,他们已经都快饿疯了。在哈勒姆吃的那顿午餐刚够开胃,而路上的体力消耗和运河上的冰船疾驰更是令他们胃口大开。

"过来,老板!把你有的都拿过来!"彼得很豪横地喊道。

"我这儿什么都有——全都能给您拿来。"克勒夫先生一边答道,一边艰难地鞠着躬欢迎。

"好,给我们香肠和布丁吧。"

"啊,先生,香肠卖完了,布丁没有了。"

"那就来大杂烩吧,有多少上多少。"

"那个也没了,少爷。"

"鸡蛋吧,快点上。"

"冬天的鸡蛋可是很不好吃啊。"老板说着噘起了嘴,耸了耸眉。

"没有鸡蛋?好吧——那来鱼子酱吧。"

店老板举起了他那肥厚的双手:

"鱼子酱!那可是金子做的!谁会卖鱼子酱呢?"

彼得有时候会在家里吃到鱼子酱,他知道那是用鲟鱼和某些其他大鱼的鱼子做的,但鱼子酱卖多少钱他并不知道。

"那么,老板,你到底有什么呢?"

"我有什么?什么都有。我有黑麦面包、德国酸菜、土豆沙拉和莱顿最肥的鲱鱼。"

"伙伴们,你们怎么说?"队长问,"这些可以吗?"

"可以,"饿惨了的小伙子们齐声叫道,"只要快点就行了。"

老板像梦游一样走开了,但没过多久他的眼睛就睁得大大的,因为他刚端上来的鲱鱼以匪夷所思的速度消失了。接着发生的,或者说接着消失的是土豆沙拉、黑麦面包和咖啡。随后是橘子口味的乌得勒支矿泉水,最后是切片的姜汁面包。这最后的美味并不列在常规的菜单之上,但克勒夫先生实在是被这群饿疯了的孩子们给逼急了,很郑重其事地从自己的私人储藏中把姜汁面包给拿了出来。在这些贪吃的年轻旅行者们开动起来,并且声称他们已经吃得够多了时,老板只是平静地朝他们眨了眨眼睛。

"我想也该够了!"他心中如此说道,但圆滑的脸上没有露出任何痕迹。

他轻轻地搓了搓手问道:"诸位阁下要床铺吗?"

"'诸位阁下要床铺吗?'"卡尔戏谑地模仿着他的样子,"你这是

什么意思？我们瞧着像要睡觉了吗？"

"哪里哪里，少爷，不过我可以先把床暖起来，给房间换换空气。在红狮旅馆，没有人会盖着潮乎乎的被子睡觉。"

"啊，我懂。我们要回到这儿来睡觉吗，队长？"

彼得本来习惯住比这儿更好些的地方，但这是一次狂欢之旅。

"为什么不呢？"于是他回答，"我们在这儿可以吃得很好。"

"阁下您说得可太对了。"店老板恭恭敬敬地说道。

"被人叫'阁下'，这感觉真妙啊。"路德维希转过头来对兰伯特笑道。这时彼得

回答说:"啊,老板,您可以在九点前把房间准备好。"

"我有一个漂亮的房间,里面有三张床,六位阁下都能住下。"克勒夫先生嘴上像抹了蜜似的说道。

"那就行了。"

"哇!"他们来到街上后,卡尔吹了声口哨。

路德维希吃了一惊:"怎么啦?"

"没什么,只是红狮旅店的克勒夫先生根本不知道,我们今天晚上要在同一个房间里闹个天翻地覆。我们要来一场枕头大战!"

"别吵!"队长喊道,"好了,伙伴们,我必须在睡觉前去找这位

著名的博克曼医生。如果他在莱顿的话，找到他并不是什么难事，因为他来这儿的时候总是住金鹰旅店。我觉得你们不会马上就想要睡觉吧。既然你们都还清醒，大家何不陪本去博物馆或市政厅走一走？"

"同意！"路德维希和兰伯特说，但雅各布更想跟彼得一起走。本杰明想劝他留在旅店里休息，但说不动他。他宣称感觉自己从来没这么好过，而且很想要看看这座城市，因为这是他"第一次来莱顿"。

"哦，这不会对他造成伤害的，"兰伯特说，"今天这一天多长啊——我们运动得多快活啊！回头想想，真的很难相信我们今天早上才离开布鲁克。"

雅各布打了个哈欠。

"我今天过得很开心，"他说，"我觉得似乎出发至少有一个礼拜了。"

卡尔笑了起来，嘴里嘟囔了一句，说的好像是"睡了二十场觉"。

"我们到街角了。记住，大家八点在红狮旅店碰头。"队长说完就跟雅各布走开了。

第 22 章
危险的红狮旅店

回到红狮旅店的时候,孩子们很高兴地发现有一堆烧得很旺的火在等着他们。卡尔和他那伙人先到,没多久彼得和雅各布也走了进来。他们去打听了博克曼医生,但没收获。唯一可以肯定的是,那天早晨有人在哈勒姆看到过他。

"要说他在莱顿,"金鹰旅店的店主对彼得说,"这事儿绝不可能。他要是在城里,每回都住我这儿。到了这会儿就会有一堆人守在我的店门口等着找他看病了。"

"都说他是个了不起的外科医生。"彼得说。

"对,全荷兰最了不起的。但那又怎样?做一个世界上最了不起的药剂师或者刽子手又怎么样?那家伙就是头大狗熊。就在上个月,就在这个地方,他骂我是猪,还当着三位客人的面!"

"不会吧!"彼得叫了起来,脸上竭力摆出大吃一惊又义愤填膺的样子。

"的确如此，少爷——他骂我是头猪，"店主重复了一遍，用一副很受伤的样子喷了一口烟，"呸！要不是他给的价钱很不错，还能替我拉来客人，我宁愿看他睡在福莱特运河里也不想给他地方住。"

店老板也许是觉得自己对一个陌生人讲话过于开诚布公了，又或许是看到一丝微笑在彼得的脸上漾起，总之他话锋突然一转："好了，您还想要什么？晚餐？床位？"

"不用，先生，我只是来找博克曼医生的。"

"那就去找吧。他不在莱顿。"

彼得是不会这么容易就给打发了的。他得到了允许，给这位著名的外科医生留下了一张字条，不如说他是花钱从他那位可亲的店老板那里买到了写一张字条的权利，他还得到了承诺，说：只要博克曼医生一到，这张字条便会马上交到他手里。做完这件事后，彼得就和雅各布回到了红狮旅店。

这家旅店曾经是一栋挺不错的房子，是一位富人的家，但如今已经变得又破又旧，又经多次转手，最后才到了克勒夫先生手里。他很欢喜地看着旅店脏兮兮的、已然有了裂缝的墙说："只要修补一下，再刷上漆，它就是莱顿最漂亮的房子了。"

它共有六层，在整条街显得鹤立鸡群。下面三层宽度一样，高度各不相同，上面三层都算在堂皇、高大的楼顶内，越往上越窄，像一组两级阶梯，直到最上面那一层汇聚成一点。屋顶铺着短短的、亮闪闪的琉璃瓦，安着小窗格的窗户似乎是不规则地分布在建筑的表面，丝毫不注意从外面看起来的效果。但底层的公共大厅是屋主的最爱。他在那里从来没有说过"只要修补一下再刷上漆"之类的话，因为那里的一切都符合荷兰最高标准的干净与整齐。如果你睁开自己的想象之眼,便能到房间里看上一看。

先想象一间巨大的、没放东西的房间,构成地板的方格似乎是从上过釉的、用来装派的陶土餐盘中切割出来的,黄红相间,让整个地板看着像是一张巨大的棋盘。再想象有十二把高背的木头椅子环绕四周;当中立着高大的壁炉烟囱,周围的空间全都被熊熊的火焰照得熠熠生辉,而这火焰又在擦得锃亮的炭架上被反射出上百次;壁炉铺了琉璃瓦,不仅四面都铺,连顶上也铺了,上面还写了一句荷兰格言。在这些东西上面,远高过人们头顶的地方,是一个细窄的壁炉架,放满了亮闪闪的黄铜烛台、烟斗用的点火棍和火绒箱。接下来再想象在房间的一头摆着三张松木桌子,在另一头是一个壁橱和一个餐具柜。餐具柜里放满了马克杯、餐盘、烟斗、大啤酒杯、陶瓷杯和玻璃杯,在尽头则有一个放在高脚架子上的、装饰着铜环的木桶守着。每样东西上面都有着淡淡的烟草味,但除此之外,肥皂和砂子已尽力把它们洗得干干净净。

接下来,再想象两个昏昏欲睡的、外表看着有点儿寒酸的男人,穿着木鞋,坐在靠近壁炉的地方,抱着膝,抽着粗短的烟斗;克勒夫先生悠闲地踱着方步,身上穿的是皮革的短马裤、毛毡鞋和一件宽大的绿色外套;接下来再往角落里扔上一堆溜冰鞋,放上六个衣着光鲜的疲惫少年。他们神态各异,坐在木头椅子上。至此,你就看到了今夜红狮旅店咖啡厅的全貌。晚饭里的姜汁面包是老面孔,除此之外有荷兰香肠切片、撒着茴芹的黑麦面包、酸菜、一瓶乌得勒支矿泉水和一壶非常神秘的咖啡。孩子们饥饿的程度足以让他们把能得到的东西都给吃下去，并且赞不绝口。本做了个表示嘲弄之意的鬼脸，但雅各布却宣布他从没吃过这么好吃的饭。在笑着聊了一阵后，大家又关心起钱用掉了多少，于是索性把钱拿出来数了一遍。随后队长就把他的伙伴们赶去床上。走在前头带路的是一个双手油乎乎的小伙计，一手拎着他们的溜冰鞋，一手放下了原先握着的砍肉的斧子，换成了一个烛台。

火炉边那两个让人瞧着不舒服的男人中的一位拖着步子来到了餐具柜边，问老板要一杯啤酒。此时，拖在队伍末尾的路德维希正要走出大厅。

"我不喜欢那家伙的眼睛，"他低声对卡尔说，"他看着像海盗或是那一类的人。"

"看着像一个老奶奶！"睡意蒙眬的卡尔用不屑的口吻答道。

路德维希不安地笑了笑。

"不管是不是老奶奶，"他低声说，"我跟你说，他长得就像那幅油画《洗脚》里的那些人。"

"哼！我知道，你是看那幅画看得入魔了。现在请你仔细看清楚，你是否觉得拿着蜡烛的那个家伙像画里的另一个坏蛋。"

"不，一点儿也不像，他的脸老实得像高达的奶酪。不过我说，卡尔，那幅画可真是让人害怕。"

"哼！那你为什么还盯着看了那么久？"

"我就是忍不住想看。"

这时，孩子们已经来到了"带三张床的漂亮的房间"门口。一个戴着长耳环的矮矮胖胖的小女佣站在走廊里等他们，见他们到了，便道了声晚安就退下了。她手上拿着一个长柄的东西，很像是带盖子的煎锅。

"我很高兴看到那玩意儿。"范·摩恩对本说。

"什么？"

"就是那个长柄暖床炉。里面装满了热灰。她一直在给我们暖床呢。"

"哦！暖床炉啊！真得好好谢谢她。"本已经困得没有力气发表更多的评论了。

与此同时，路德维希依然在说着那幅给他带来强烈震撼的画作《洗脚》。他是刚才和大家一起散步的时候在一家商店的橱窗里看到的。那画画得很差劲儿，画面上两个男人背靠背地被绑在一起，站在船上，一群水手围着他们，准备把他们扔到海里去。这种处死囚犯的方式就叫"洗脚"，是荷兰在1605年对敦刻尔克地区的海盗所实施的；此后西班牙人又在围攻哈勒姆后所进行的恐怖大屠杀中对荷兰人实施这种刑罚。虽然那幅画画得不好，但海盗们脸上的表情却描摹得很到位。那两个人虽然是一副悲哀、绝望的表情，但从他们脸上也能看出残忍与狠毒，这使得路德维希一想到他们无助的处境，心中便暗暗地感到他们罪有应得。要不是见到了炉火边那个让人看了很不舒服的男人，他也许早把这个画面给忘了。此刻，他显露出了男孩子的本性，在房间里蹦来跳去，并要着宝把自己扔到床上去。他在心里期望着今晚的梦不会受到《洗脚》画面的侵扰。

这是一个冰冷的、没有生气的房间，在擦得很亮的炉子里，火刚点上，火苗虽竭力想要燃起来，却似乎依然有些飘摇不定。窗子里是

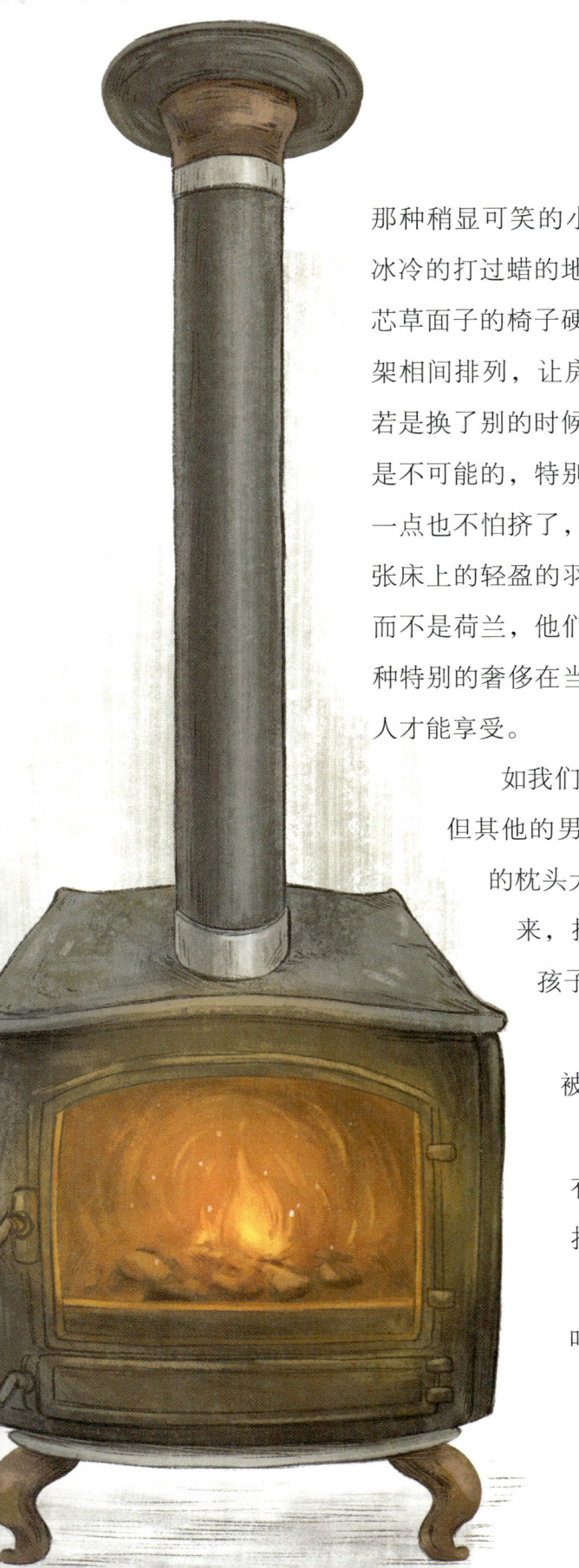

那种稍显可笑的小窗格,没什么装饰,但擦得很亮,冰冷的打过蜡的地板看着像一片黄色的冰面。三把灯芯草面子的椅子硬邦邦地靠着墙,与三副窄窄的木床架相间排列,让房间看着像医院里没有人住的病房。若是换了别的时候,这些男孩子会觉得两人挤一张床是不可能的,特别是在这样狭窄的住处,但今晚他们一点也不怕挤了,只想让疲惫的躯体快点躺到铺在每张床上的轻盈的羽毛铺盖上去。如果孩子们是在德国而不是荷兰,他们还能盖上一条绒毛或羽绒被。但这种特别的奢侈在当时只有富有的或有古怪偏好的荷兰人才能享受。

如我们所见,路德维希并没怎么失去活力,但其他的男孩子,在无力地尝试了一两个回合的枕头大战后,以极其庄严的方式消停了下来,投入了夜的怀抱。一天的疲劳让男孩子变得更懂规矩了!

"晚安,伙伴们!"彼得的声音从被子下面传来。

"晚安。"所有人都作了回应,只有雅各布例外,他已经在队长身边打起呼噜来了。

"我说,"又过了一会儿,卡尔叫了起来,"请大家谁也不要打喷嚏。

路德维希正害怕着呢。"

"没有的事儿。"路德维希用被闷住的声音反驳道。接着是一阵低声的争吵，最后只听卡尔说："反正我是不知道什么是害怕的，但你可真是个胆小鬼，路德维希。"

路德维希用困倦的声音闷哼了一下，没有再作回答。

此时已经到了午夜时分。火焰在飘摇了一阵之后终于熄灭了，在原先火光占据的地方，装在小方格里的月光落到了地板上，缓缓地，缓缓地在房间里移动着。还有一样别的东西也在移动着，但孩子们却没有看见。熟睡中的孩子根本没有想过要有任何警惕性。在夜晚的头几个小时里，雅各布·普特一直在一点儿一点儿地卷着被子，直到把被子全都卷到了自己身上。现在他像一只巨蛹一样躺在床上，身边是快要冻僵的彼得，因此在梦境中，彼得正在最寒冷的冰山中用尽全身力气滑着冰。

我刚才说了，除了月光之外，还有一样东西正在光秃秃的、擦得亮亮的地板上移动——动得没有月光那样慢，却跟月光一样偷偷摸摸，难以察觉。

快醒来吧，路德维希！《洗脚》中的情形正在成真！

不，路德维希没有醒来，但他在睡梦中发出了呻吟。

卡尔难道没有听见吗——那勇敢、无畏的卡尔？

没有。卡尔正在做着溜冰比赛的梦。

那雅各布呢？范·摩恩呢？本呢？

他们也没有。他们也在做着溜冰比赛的梦，卡特琳卡在他们的梦中歌唱着，欢笑着，轻快地从他们身边掠过；偶尔还会有一阵巨大的管风琴发出的声浪从他们中间奔涌而过。

那东西还在移动着,慢慢地,慢慢地。

彼得!彼得队长,有危险!

彼得没有听见我们的呼唤,但在他的梦中,他滑了有好几千英尺,从一座冰山滑向另一座冰山,越滑越累,越滑越冷……这种惊愕令他醒了过来。

哦!实在是冻坏了!他绝望无助地从"巨蛹"那里扯了一下被子,但一点儿用都没有。被子、床单、床罩,全都被雅各布那一动不动的身形死死地卷着。

好清澈的月光!他想。明天的天气肯定不错。咦?那是什么?

他看到了那正在移动的东西,或者更确切地说,是某样趴在地板上的黑黑的东西,而随着彼得发出动静,那东西停了下来。

他静静地看着。

过了一会儿,那东西又动了,离他越来越近。那是一个人手足并用地在地上爬!

队长的第一反应就是想叫喊,但他还是先花了一点点时间考虑了一下。

那个在地上爬的人手里拿着把亮闪闪的刀子。这很可怕,但彼得很自然地稳住了心神。那个人的脑袋转了过来,彼得闭上眼睛假装睡

着了，但在其他时候，队长的目光比任何东西都要锐利。

那个小偷爬得越来越近，越来越近。他的背现在已经离彼得很近了。那人把刀子轻轻地放到了地上，然后一只手悄悄地伸了出去，从队长床边的椅子上拽过了衣服——偷盗开始了。

彼得等待的时机到了！他屏住呼吸，从床上弹起，使出全身力气跃到了小偷的背上。这突如其来的打击把那个坏蛋惊得愣在了那里。从地上抓起那把刀对彼得来说只是一秒钟的事。小偷开始反抗了，但彼得像个巨人那样骑在他卧倒在地的身体上。

"如果你敢乱动，"勇敢的男孩用他所能发出的最可怕的声音说道，"哪怕动上一英寸，我就把这把刀插到你的脖子里。伙伴们！伙伴们！快醒醒！"他口中叫喊着，手依然摁着那黑色的脑袋，刀子保持着一刺即中的距离，"快来帮忙！我抓住他了！"

"巨蛹"翻了个身，但是没有其他的表示了。

"起来，伙伴们！"彼得叫道，身体没有一点移动，"路德维希！兰伯特！卡尔！你们都死了吗？"

死了？才没呢！范·摩恩和本一下子就站了起来。

"嘿！怎么回事？"他们叫道。

"我抓了个盗贼。"彼得平静地说，"躺着别动，你个坏蛋，否则我砍了你的脑袋！伙伴们，快把你们床上的绳子割下来——有的是时间——他要是敢动我就叫他变成死人。"

彼得觉得自己有一千磅重。的确，手里有刀子，他是有那个分量的。

身下的那个男人咆哮着、咒骂着，却不敢动弹。

路德维希这会儿也起来了。他有一把大折叠刀，那是他最珍视的宝贝，就放在马裤的口袋里，这会儿该发挥作用了。他们一把将床板上铺着的东西都给掀开，床板是用一根绳子穿前绕后地绑到一起的。

"我来割。"路德维希说着从打着绳结的地方把绳子给割断了，"把他给抓紧了，彼得！"

"不用怕！"队长答道，说着用刀在盗贼身上戳了一下以示警告。

男孩子们马上就像一群见义勇为的热心人一样扯起绳子来。最后终于将绳子从床板上拆了下来——又长又粗的一根。

"好，伙伴们，"队长下令道，"把这个无赖的两条胳膊举起来！把他的双手放到背后去！对——抱歉挡着你们了——捆结实点儿！"

"对，还有脚，也捆上，你个坏蛋！"孩子们极其兴奋地喊着，用足力气捆了一个又一个结。

他们手底下的囚犯突然换了一种腔调说话。

"哦——哦！"他呻吟道，"求你们放过我这个可怜的病人吧——我只是在梦游而已。"

"呃！"兰伯特咕哝了一声，手上依然还在拽紧绳结，"睡着了是吧？好，那我们就让你清醒清醒。"

只听那男人的唇齿之间冒出一串激烈的咒骂，接着又换了一副可怜的样子："求求你们帮我松绑吧，好少爷！我家里还有五个小孩子。看在老天爷的分上我发誓，只要你们放了我，我给你们每人一个十荷兰盾的银币。"

"哈哈！"彼得笑了起来。

"哈哈！"其他男孩子也笑了。

见此计不成，那人又改成了威胁，这些话让路德维希听了有些心惊，不过他手上还是用了加倍的力气继续将绳子绑好。

"老实点，入室行窃先生。"范·摩恩出言警告他，"那把刀离你的喉咙可是很近啊。要是你让我们的队长紧张了，会发生什么那可就说不准啦！"

那盗贼听懂了他话中的暗示，垂头丧气地陷入了沉默。

正在这时，床上那只"巨蛹"突然惊醒，一骨碌坐了起来。

"怎么回事儿？"他开口问道，眼睛兀自闭着。

"怎么回事儿！"路德维希重复道，声音中半是颤抖，半含笑意，"起来吧！雅各布，有活儿要你干。过来坐到这家伙背上，我们好穿衣服，都冻得半死了。"

"什么家伙？天哪！"

雅各布带着他身上那一大卷床罩什么的迅速地滑落到地板上，只瞧一眼便已弄清楚了状况，于是挨在彼得边上一屁股重重地坐到了盗贼的背上，那家伙顿时发出一声惨呼。

"普特威武！"小伙伴们都为他叫好。

彼得站起身来，又弯下腰从地上那人的腰带上拿走了一把手枪，"现在不用再压着他了，伙伴们。你们知道吗，在过去的十分钟里我一直在盯着这件漂亮的小武器呢。保险都打开着，只要稍稍扭动一下就会走火。现在没危险了。我必须穿上衣服。兰伯特，你和我一起去找警察。真没想到会这么冷。"

"卡尔上哪儿去了？"某个男孩子问道。

他们相互看了看，很显然，卡尔并不在他们中间。

"哦！"路德维希叫道，他终于感到害怕了，"他上哪儿去了？也许他跟这个强盗打了一场，被他给杀了。"

"胡扯什么呢！"彼得一边系着宽大外套上的扣子一边平静地说道，"在床底下找找。"

他们照做了，但卡尔不在那儿。

正在这时，他们听到从楼梯上传来一阵骚乱。本赶忙打开了门。店主几乎是摔进来的。他手上拿了一把大口径的短铳。两三个住客跟在他后面；在他身后的是他的女儿，一手高举着平底锅，另一只手里拿着蜡烛；在她的身后，苍白的脸上满是惧色的，正是勇敢的卡尔！

"人在这儿，店主。"彼得用下巴指了指地上的俘虏。

店主举起了短铳，女孩尖叫了起来，雅各布比平时灵活了许多，一骨碌就从盗贼的背上爬了起来。

"别开枪，"彼得制止道，"他的手脚都被绑上了。来，把他翻过来，让我们看看他长什么样儿。"

卡尔快步走上前来，怒冲冲地吼道："对，咱们把他翻过来，他肯定不乐意。好在我们抓住了他！"

"哈哈！"路德维希笑了起来，"你刚才上哪儿去了，卡尔少爷？"

"我上哪儿去了？"卡尔气呼呼地回道，"我跑去报警求助了，还能上哪儿去！"

所有的男孩交换了一下眼神，不过他们这会儿心情大好，因此并没有说出什么不好的话来。卡尔的胆子大了不少，于是由他带头，其

他三个人帮着，把地上那个无助的家伙给转了过来。

等到那个盗贼面孔朝上，对大家怒目而视，口中骂骂咧咧的时候，路德维希从女孩手里接过了烛台。

"我得好好看看咱们这位'美人儿'。"他一边凑上前去一边说道，但话还没说完便大惊失色，手中的蜡烛也差点掉落下来。

"《洗脚》里的那个人！"他叫了起来，"伙伴们，他就是那个坐在火炉边的家伙！"

"当然就是了，"彼得说，"我们在他面前像白痴一样数钱。但这跟'洗脚'有什么关系，路德维希兄弟？在监狱里待上一个月，这样的惩罚就够了。"

店主的女儿之前离开了房间。现在她跑了进来，手里拿着一双巨大的木鞋。"看，爸爸，"她叫道，"这是他那双丑陋的大鞋。他就是那个少爷们上床睡觉后我们给安排到他们隔壁的那个人。啊！把这几位少爷安排到这里，看也看不到，听也听不到，这实在是我们的错。"

"这个恶棍！"店主咬牙切齿地说，"他玷污了我的房子。我马上就去找警察。"

没过十五分钟，两个睡眼惺忪的警官就来到了房间里。在告诉克勒夫先生他必须第二天一早带着这些孩子来向治安官提出申诉后，他们就带着俘虏大步离开了。

或许有人会觉得，那天夜里，队长和他的小队已经没法再睡觉了，但对于年轻人们和毫无愧怍的心灵来说，没有什么能够牵绊住他们去往梦河里徜徉。孩子们实在太累了，不可能让抓强盗这么一件小事搅得他们整晚睡不着。他们马上回到床上，徜徉在了由熟悉的事物构建成的奇怪场面中。路德维希和卡尔把他们的铺盖铺到了地板上，一个早就已经忘掉了《洗脚》和溜冰比赛的一切，但卡尔却一直醒着。他听到了钟琴每晚奏出的庄严肃穆的音乐以及守夜人在正点之间插入的刺耳的梆子声；他看见月光从窗前慢慢消逝，红色的朝霞慢慢映入窗棂，在这期间他一直都在思考：唉！我的表现是有多傻啊！

在独自一人，周围没有人看着或听着的时候，卡尔·舒美尔其实并不像他穿着靴子趾高气扬地走来走去时那样强大。

第 23 章
法庭之上

你可以想象,在经过了昨晚的刺激后,店主的女儿会怎样卖力地在第二天早晨为孩子们准备一顿丰盛的早餐。店主有一面中国的铜锣,敲起来的声音比十二个早餐铃铛都要响。它敲出可怕的起床号,那"当——"的声音会响彻整个房子,即便是睡意最深的住客也会被吵得再也睡不下去,但这天早上小姑娘却没有让它响起。

"且让那些年轻的先生们再睡会儿吧!"她对那个浑身汗乎乎的厨房小哥说道,"等他们睡醒后得让他们好好吃上一顿。"

十点钟的时候,彼得队长带着他的队伍懒懒散散地下楼。

"这是很关键的一小时,"店主对他们粗声说道,"我们就要出庭了。对一家受人尊敬的旅店来说,这是一件很重要的事。你们会在做证时说实话的吧,少爷们?说你们在红狮得到的是最好的食物和住宿条件。"

"当然会的,"卡尔傲慢地答道,"同住的人也很令人愉快,尽管他们会在很不合理的时间来访。"

瞪大了眼睛的一声"哼！"就是店主对此的回答，但他的女儿更懂得该如何沟通。她朝卡尔摇晃着自己的耳环，直截了当地说："并不是很令人愉快，少爷，从您逃跑的样子就可以判断出来！"

"无礼的东西！"卡尔低声咕哝了一句，忙着蹲下来检查溜冰鞋上的鞋带。而在门外的厨房小哥从门缝里听到了这话，虽不敢出声，但也笑得直不起腰来。

吃过早饭后，孩子们便由惠更斯·克勒夫和他女儿陪着去了治安法庭。

店主在证词里主要讲了一件事，那就是像入室盗窃这种事直到昨晚之前从来没有在红狮旅店发生过，而红狮旅店是一家受人尊敬的旅店，像莱顿的任何一家旅店那样受人尊重。

男孩们依次讲述了各自了解的事情经过，并且确认被告席上的男子就是在昨晚夜深人静时进入他们房间的那个人。路德维希吃惊地发现被告席上的人居然只是普通身材——特别是自己发了誓后在法庭上描述说那人身材魁梧，肩膀宽厚，两条腿十分粗壮。雅各布发誓说他是被盗贼在地板上踢腾、打斗的声音给吵醒的，而彼得和其他孩子们（他们很抱歉没有把整件事跟他们这位睡不醒的伙伴解释清楚）则做证说，自从匕首抵上他的喉咙后，那个家伙便再也没有动过一丝一毫，直到他从头到脚都被捆起来后，才被翻过来看他是谁。

接下来是店主女儿做证，她的话让其中一个男孩涨红了脸，倒让整个法庭上的人都露出了笑容。"要不是那边那位年轻英俊的先生，"她指了指彼得，"他们都会被杀死在床上的，因为那个可怕的男人有一把很大的、亮闪闪的刀子，就跟法官阁下您的胳膊一样长，"她是这么认为的，"那位年轻英俊的先生跟他经过了好一番搏斗才夺下了刀子，但他很是谦虚，不愿说出口，愿老天保佑他！"

最后，稍稍经过了一番公诉人的提问和盘问后，证人们被遣散了，盗贼则交给了治安法庭，择日宣判。

"恶棍！"孩子们来到大街上时卡尔恶狠狠地说道，"就该把他马上送进监狱。我要是你的话，彼得，我肯定会马上杀了他！"

"这么说来，他倒还算是幸运的，落入了更温和之人手中。"彼得平静地回答道，'据说他之前就被逮捕过，罪名是入室盗窃。他这次没能成功偷到东西，但也把门锁给撬开了，我认为从法律的意义上讲已经构成了入室行窃。他还带了一把刀和一把手枪，这对他来说更不利，可怜的家伙！"

"'可怜的家伙！'"卡尔模仿着他的口气，"别人还以为他是你兄弟呢！"

"他的确是我的兄弟，而且就那种意义来说，他也同样是你，卡尔·舒美尔的兄弟。"彼得盯着卡尔的眼睛回答道，"我们说不出换了其他的情况自己会变成什么样子。自从我们出生之时起，我们便受到保护，与恶隔绝开了。如果有欢乐的家庭和正派的父母也许会让那家伙成为一个好人，而不是现在这个样子。法律对他做的，应该是救疗而不是摧毁。"

"说得太好了！"兰伯特发自肺腑地说道，路德维希·范·霍普则用愉悦而又骄傲的眼神望着自己的兄长。而身为家中独子的雅各布·普特把这看在眼里，不禁从内心深处希望埋在家乡老教堂里的那位夭折了的小弟能够依然活着，在自己身边伴着自己一起成长。

"哼！"卡尔对这话颇为不屑，"能够像圣人一样宽恕与原谅，这固然是不错的，但我这人生来就心肠硬。这些善念在我听来，就像噼里啪啦掉在我身边的冰雹——就算真听进去了，也会让我觉得跟我没太大关系。"

从这种有点儿笨拙的让步中，彼得分辨出了一缕善良的感情。他伸出手去，用真诚而又坦率的语气说道："来，伙计，握个手，让我们做好朋友吧，哪怕我们不能在所有的问题上都保持一致。"

"我们俩一致的地方比你以为的要多。"卡尔气呼呼地说道，手还是跟彼得的紧紧握到了一起。

"好了，"彼得轻快地回应道，"现在，范·摩恩，我们等着听本的心愿了。他想要去哪儿？"

"可以去埃及博物馆吗？"兰伯特在跟本简短地商量后回答。

"那是在布里德大街上。就去博物馆吧。出发，伙伴们！"

第 24 章
受到围困的城市

"我们面前这个宽阔的广场,"跟本走在一起的兰伯特对前者说道,"在夏天的时候很美,绿树成荫。人们管这儿叫'遗址'。若干年前这儿还都是房子,拉彭堡运河就在这儿穿过街道。有一天,一艘装载着四万磅火药，要去往代尔夫特的驳船正靠着河边停泊着。驳船上的人想要在甲板上做饭，结果还没等大家明白过来是怎么回事，先生，所有的一切就全都被炸飞上了天，死了好多人，把大约三百栋房子给炸毁了。"

"什么！"本惊叫道，"一场爆炸居然炸毁了三百栋房子！"

"是的，先生，我父亲当时就在莱顿。他说那时的情形实在是太可怕了。爆炸发生在中午，就像火山爆发了一样。城市的这个角落顿时成了一片火海，建筑轰然倒塌，男女老少都在废墟下呻吟。国王亲自来到了莱顿，做出了非常高尚的举动。父亲说，他整晚都在大街上奔走，鼓励幸存者们尽力阻止火势，尽可能多地从瓦砾和垃圾堆下抢救出生命。除了国库支出的十万荷兰盾之外，他还想方设法在全国范围内为灾难受害者募捐。我父亲当年只有十九岁，我想那是在1807年吧，但他对这事儿记得非常清楚。他的一个朋友，卢扎克教授，就是在那场灾难中遇难的。为了纪念他，人们给他立了一块碑，在圣彼得大教堂里，就在再往前些的地方——那准是你看到过的最奇怪的东西，上面刻着教授的形象，描绘的是他在爆炸后被找到时的样子。"

"多么古怪的想法啊！布尔哈夫的纪念碑是不是也在圣彼得大教堂里？"

"我不记得了，也许彼得知道。"

队长说纪念碑是在那里，而且他们那天去也许能看到，这让本听了很开心。

"兰伯特，"彼得继续说，"问问本昨天晚上有没有在市政厅看到范·德·沃夫的画像。"

"没有。"兰伯特说,"我可以替他回答。去得太晚,不让进了。我说,伙伴们,本知道得可真多,这可真棒。他跟我说过的已经够出一卷荷兰历史了。我敢打赌,围攻莱顿城的故事他肯定舌头一卷就能说上来。"

"那他的舌头可得烫着了,"路德维希打断道,"如果北尔德·戴克的叙述是真的话,那可是打得相当'火热'的一段历史。"

本看着他们,脸上带着探询的笑容。

"我们正在说围攻莱顿城的事。"兰伯特解释道。

"哦,对,"本一听便热切地说道,"我都忘了这事儿了。这里正是故事发生的地方。让我们为范·德·沃夫来上三声欢呼吧。真棒——"

范·摩恩赶紧对他说了一声"嘘!"并解释说,尽管荷兰人都很爱国,但青天白日里如果有一队孩子在大街上欢呼,那警察马上会有话要说的。

"什么?不让给范·德·沃夫欢呼?"本气咻咻地叫了起来,"他是历史上最伟大的人之一!只要想一想!难道不是他连续数月抵挡住了那些凶残的西班牙人?当时,莱顿城四面都被敌人给围住了。巨大的黑色烽火台把火光和死亡的讯息直送到城市的中心——但没有人愿意屈服投降!每个人都是英雄——连女人和孩子都像狮子那样勇敢而又凶猛。供给断绝了,铺路石缝隙间的草也吃完了——直到人们连马肉、猫肉、狗肉和鼠肉也都不拒绝。后来又起了瘟疫——数以百计的人死在了街上——但还是没有人投降!等到他们

再也无法承受的时候,等到人们来到公共广场,把范·德·沃夫簇拥在他们中间,乞求他放弃。但你们知道这位高贵的老市长怎么说?'我发过誓要保卫这座城市,在上天的庇佑下我说到做到!但只要我还活着就别指望我会投降。'"

本的举动变得有些滑稽可笑起来。兰伯特也假意用手去捂他的嘴。其结果便像是那种"塑料扭打"——看着让人害怕，实则只是为了好玩儿。

"怎么回事啊，本？"雅各布急忙走上前来问道。

"哦，根本没事儿，"本喘着粗气说，"范·摩恩只是害怕会在

这个安静的小城里爆发一场英国式的骚乱。他不让我为老范·德·沃夫欢呼——"

"是的，是的——欢呼没什么好处——为了这事儿闹出这么大动静来。你们可以在市政厅里看到老范·德·多斯的肖像。"

"看到老范·德·多斯？我还以为挂在那儿的是范·德·沃夫的肖像呢。"

"对对对，"雅各布赶忙纠正道，"是范·德·沃夫——不过也没什么大不了的！两个不都是好人吗——"

"对，范·德·多斯是一位高贵的荷兰老人，但他不是范·德·沃夫。我知道他像一块砖那样牢牢地守护着这座城市，还——"

"你为什么要这么说呢，本杰明？他可不是用砖来守城的，他用枪，像一个战士那样战斗。你这人就是碰到什么都喜欢开玩笑。"

"不！不！不！我说他像一块砖那样守护城市，这是非常高的褒奖，我想让你明白。就算是惠灵顿公爵，我们都会说他是一块砖。"

雅各布脸上还有一些不解，但他的火气已经渐渐消退了。

"好吧，这没什么大不了的。我之前没有以为战士就是砖，不过这不要紧了。"

本善意地笑了笑，看到自己的表哥说英语说得那么吃力，他又回过头去面对他那懂两门语言的朋友。

"范·摩恩，据说那些把围困已解的消息带来城里的信鸽们就在莱顿的某个地方。我真的想去看看它们。你想想！正当山穷水尽的时候，如果不是海上起了风并且变了风向，让荷兰的船只直接开了进来，把人员和供给送到了城门口，这一切还真不知道会变成什么样子。那些信鸽往返送信，起到了重要的作用。我从哪儿读到过，自那以后，这些信鸽就被这里的人们充满敬意地照料着，死后就被制成标本，保存在市政厅里。我们一定要去看看它们。"

范·摩恩笑了："按照这个标准的话，本，你要是去了罗马，我想你肯定会想去看看那只曾经救过古罗马帝国首都的鹅。不过要想看那些鸽子倒是不难，它们就跟范·德·沃夫的画像在同一栋建筑里。本，你觉得哪一场保卫战更伟大，是莱顿保卫战还是哈勒姆保卫战？"

本略微思忖了一下后答道："范·德·沃夫是我最佩服的英雄之一。你们知道，我们各自都有最喜欢的历史人物，但我真的认为哈勒姆保卫战与莱顿保卫战相比，其呈现出的是更加英勇、更加壮烈的抵抗。其次，他们给莱顿的受难者们树立了勇气与坚韧的榜样，因为哈勒姆保卫战先于莱顿保卫战发生。"

"我对于哈勒姆保卫战所知不多。"兰伯特说，"只知道那是在1573年。来攻打的是谁？"

"西班牙人。"本说，"荷兰人坚守了好几个月。没有一个男人愿意投降，当然，女人也没有肯投降的。她们与自己的丈夫和父亲一起并肩英勇作战。有三百个女人投到了卡纳乌·赫塞勒尔的麾下，她是一个了不起的女人，跟圣女贞德一样勇敢。围城期间，西班牙军队的统帅是托莱多的弗雷德里克，他是阿尔瓦公爵的儿子。在被切断了所有可能的外援后，城中的居民似乎没有希望了，但他们对着城墙外面高喊，表达他们的蔑视与反抗。他们甚至把面包扔进敌人的兵营，表示他们根本不怕挨饿。直到最后他们都进行着英勇的抵抗，等待着一直也没有到来的援兵——甚至变得越来越勇敢，直到供给完全耗尽。接下来的事情非常可怕。随着时间的推移，数以百计的人饿死在街头，活着的人几乎连埋葬他们的力气都没有。最后，他们做出了孤注一掷的决定，与其在漫长的折磨中死去，宁可拼死一搏，由最强壮的人构成一个方阵，把最虚弱的人围在中心，大家一起冒死向外冲，哪怕希望非常渺茫，也要试着从敌人的阵中冲出去。西班牙人在得知荷兰人或许会拼死一搏后，相信没有什么是他们不敢做的，于是决定劝降他们。"

"此时提出应该正是时候吧，我想。"

"对，靠着欺骗与阴谋，他们不久后获得了一条入城的通道，许诺说会向市民提供保护，并赦免所有的人，只除了那些市民们自己认可的应当受死的人。"

"不会吧？！"兰伯特饶有兴趣地说道，"这事儿就这么完结了，我猜。"

"才不是呢！"本回答，"因为阿尔瓦公爵早就已经对他儿子下令，叫他破城后一个人也不要放过。"

"啊！我现在记起来了。如果你读到过阿尔瓦公爵和他的军队是怎样对待荷兰人的，就不会对荷兰人不喜欢西班牙人感到奇怪了。不过正如我之前告诉过你的，我对于历史事件总是记不太清。所有东西都叫我给记混了——从大洪水到滑铁卢战役。不过有一点是很明显的，那个阿尔瓦公爵大概是世上最坏的人了。"

"这只能让我对他有一点模糊的了解，"本说，"不过我不想去了解这样一个坏蛋。如果他有头脑，有军事技能，有这些那些的又能怎么样:我还是喜欢范·德·沃夫这样的人——唉,现在是怎么回事?"

范·廖恩沿着街道前前后后地望着,一脸迷惑的表情:"我们已经走过博物馆了,可我没有见到伙伴们。咱们往回走吧。"

第 25 章
莱顿

男孩们在博物馆碰了头,马上就开始仔细欣赏它丰富的馆藏,大家对埃及人的生活——无论是古代还是现代,都有了新的理解。本和兰伯特经常去参观大英博物馆,但在他们见到莱顿博物馆的丰富馆藏

后，仍然感到惊奇。那里有古埃及的家用器皿、服饰、武器、乐器和石棺，还有男人、女人、猫、野山羊以及其他生物的木乃伊。他们见到了一大奎被埃及国王戴过的黄金臂镯，他戴着这些臂镯的时代，这里展出的木乃伊中的一部分说不定正步履矫健地行走在底比斯[1]的大街上。这里还陈列着一些珠宝和小饰物，有的是法老的女儿戴过的，有的是以色列的孩子们在离开埃及时借走的。

有些有趣的文物来自古罗马和古希腊，有些稀奇古怪的古罗马陶器是在海牙附近出土的——这些是尤利乌斯·恺撒的同胞在那里定居时留下的文物。他们在哪里没有定居过呢？如果有朝一日在邦克山纪念碑附近的茵茵绿草下发现了古罗马的遗物，至少我是一点都不会感到吃惊的。

---

1 底比斯：公元前14世纪中叶建立的埃及王国都城。

离开了这家博物馆后,孩子们又走进了另一家,在这里他们见到了奇妙的动物化石、骨骼、鸟类、矿物、宝石和其他天然标本。不过由于他们并非饱学之士,所以只能信步走过,望上一会儿,分享一下他们有限的自然史知识,并由衷地希望自己能知道得更多些。即便是老鼠的骨骼也让雅各布大感迷惑。真奇怪啊!他还不习惯看着这些怕猫的小动物以骨架子的形式跑来跑去——他又怎么能想象到它们的脖子竟是如此的奇怪?

除了自然历史博物馆外,圣彼得大教堂也值得一观。这里有卢扎克教授的纪念碑;还有黑白大理石组成的布尔哈夫纪念碑,碑下有他的骨灰瓮,碑上雕刻着他人生四个时期的标记;还有布尔哈夫的圆形纹章图案,周围装饰着他最喜欢的格言——"简单是真理的标志"。他们被允许进入教堂的露天茶室,这里是市民们夏天最爱去的地方。经过一些光秃秃的橡树和果树后,他们爬到了位于茶室中央的一个高高的土堆上。这里是一座圆塔的遗址,有些人说该塔是盎格鲁-撒克逊人的国王汉吉斯特建造的,又有些人说这里曾是荷兰某位古代伯爵的城堡。

孩子们走在土堆顶上的石墙附近时,几乎不怎么看得到周边的城市。在两个多世纪前,这座塔矗立得比现在还高,被围困的莱顿市市民们曾对着塔顶的瞭望者发出狂热而又绝望的呼喊:"有援兵来吗?水面在上涨吗?你看到什么了?"

整整好几个月,那瞭望者只能回答:"没有援兵。在我们的周边除了敌军外什么都没有。"

本将这些念头驱离了脑海,坚定地望向下面空荡荡的茶室,用自己的想象为其中添满了夏日的欢乐人群。他想要忘掉那日日的战争阴云，只构想出露天茶室中享用着咖啡和茶的男女老少，以及从他们之中升腾而起的袅袅烟圈。但一场悲剧还是不受他控制地发生了。

普特那会儿正在把身子探出高墙的边沿。以他平时的状态来看，他应当是会头晕摔倒的。本不耐烦地转过脸去。如果像他那样神经衰弱的家伙还只想着要冒险，那就让他摔倒去吧。突然，可怕的事情发生了！那重重的一记坠落的声响到底是怎么回事？

本一时无法动弹，只能大口大口地喘着粗气："雅各布！"

"雅各布！"另一个吃惊的声音叫了起来，接着又是另一个。本差点快要晕倒了，好不容易才强撑着把脑袋转了过来。他看见一群男孩子围在对面的墙沿处，但里面没有雅各布！

"天哪！"他叫着冲向前去，"我表哥在哪儿？"

人群分开了，毕竟所谓的人群其实也只有四个人。在他们中间坐着雅各布，正在捧腹大笑。

"是不是把你们都吓着了？"他用自己的母语荷兰语说道，"我告诉你们是怎么回事吧。墙上有一块大石头，我把我的——我的脚伸到外面，就为了把它朝外面推一点点，接下来我就只知道石头掉了下去，而我就坐在这上边，两脚悬空着。要是在那一刻我没有猛地往后一倒，我肯定就跟着那块石头一起滚下去了。唉，也没什么大不了的。帮我一把，伙伴们。"

"你受伤了？"本会这么说是因为他看到在伙伴们将自己的表哥扶起来时，雅各布有一瞬间收起了笑脸。

雅各布竭力让自己脸上再次堆满笑容："哦，没有——我只是在站起来的时候有一点痛,不过没什么大不了的。"

范·德·沃夫位于高地教堂的纪念碑当天不对外开放,但男孩们在市政厅度过了令人快乐的时刻。市政厅是一栋长长的不规则形状的建筑,多少算是哥特式风格,从建筑外形来说令人不快,但年代赋予了它特别的美。它那小小的尖顶挂着铃铛,看着像是从别的建筑那里借来的,急匆匆地放了上去作为收束之笔。

沿着大台阶拾(qú)级而上,孩子们马上就来到了一个黑黢黢的大房间,里面陈列着卢卡斯·范·莱顿的杰作,他是一位出生于三百七十年前的荷兰艺术家,十岁时便已画艺精湛,十五岁时更是声名鹊起。这幅画的名字叫《最后的审判》,考虑到其创作年代久远,堪称稀世珍品。不过孩子们倒并没有兴趣去发掘其妙处,他们更感兴趣的是这是一幅三联画——也就是说这幅画分作了三段,外侧的两幅分别装上了铰链,可以往中间关上,盖住画面的主要部分。

哈雷尔·德·摩尔和其他知名荷兰艺术家的历史题材画作吸引了他们一会儿,而当本站到那幅看着脏兮兮的范·德·沃夫的肖像画前时,脚下则像生了根一样,最后大家生

拉硬拽才把他给拖走。

市政厅和埃及博物馆都在布里德大街上，那是莱顿城中最长、最繁华的一条街。这条街上没有运河流过，两边的房子漆成五颜六色，尖顶屋两端的山墙延伸到了街道上，看着真的是很赏心悦目。有些房子非常高，有一半的高度都集中在台阶般的屋顶上；还有一些则匍匐在公共大建筑物或教堂的跟前。这条大街干净、开阔、遮阴良好，点缀着许多优雅的大宅，与阿姆斯特丹最美的那些地段不相上下，又各有千秋。这里的人们为了保持街道的整洁真是做到了一丝不苟。许多下水道上面盖着的板可以像活板门一样开启，街道上配备了水泵，水泵顶上有亮闪闪的黄铜装饰，冲刷和擦亮它们的花销都归在公共支出中。由莱茵河沟成的无数水道在城市内纵横交错，莱茵河在经过长途旅行后已经变得迟缓而又疲惫，但一百五十多座石桥将被分隔开的街道又重新连接到了一起。这条世界闻名的河流到了这里已经不再是美丽的、自由奔流的莱茵河了，而是成了环绕在莱顿城城墙之外的一条护城河，过了横跨其上的吊桥便可从气派非凡的城门进入城中。名贵的树木拱卫、遮蔽着优美而又宽阔的马路，这些马路毗邻着运河，为后面的房子增加了一抹超凡脱俗的风姿，令这一方带着书卷气的世外桃源在气质上更上一层楼。

本在巡视着拉彭堡运河边的建筑时，对久负盛名的莱顿大学的外表多少有些失望。但当他回想起它的历史时——回想起它的创立是为了向市民们在围城中所展现的英勇致敬，在大学成立之日市民们还举行了盛大的表演；回想起它所培养出的知识界和科学界的伟大人物，以及数以百计正在受益于课程与极具价值的科学博物馆的学生们——他打算不去计较其在建筑上的美中不足，但是他不由自主地觉得，这所学校配得上任何美景。

彼得和雅各布在看着这所校园时则怀着一种更深、更实际的兴趣，因为几个月后他们就将踏入这座校园，成为这所大学的学生。

"可怜的堂吉诃德如果来到世界的这个角落挑战风车，那他肯定要绝望了，"本在兰伯特跟他指点了乡野的一些奇特与美丽之处后说道，"这儿全都是风车。我想你还记得他跟一架风车的辉煌决斗吧。"

"不记得。"兰伯特直截了当地说。

"嗯，我也不记得了，我是说，记不太清楚了。但他冒险时应该发生过这种事，如果没有的话，其实也应该有一场。看啊！它们在多么疯狂地挥舞着巨大的手臂——正是能够挑动那疯骑士来上一场生死决斗的东西。谁见了它们都会感到困惑的。帮我数一下我们能见到多少架风车吧,范·摩恩,我要在我的笔记本里好好记录一下。"在他们俩都认真点了数后,本少爷用铅笔在本子上记下了这么一条:184X年12月,放眼莱顿全景时见到98架风车。

他本来很想去造访一下画家伦勃朗诞生的那座老旧的红砖磨坊,但在得知这会让他们多绕不少路后便作罢了。到了这时候,很少有像本一样饥肠辘辘的少年会在一英里之外的伦勃朗故居和近在咫尺的午餐之间犹豫太久。本选择了后者。

午餐后他们休息了一阵,接着又吃了一顿,从形式上看美其名曰晚餐。晚餐后孩子们坐在旅店里烤火,除了彼得,他用这个时间又去找了一次博克曼医生,结果依然无功而返。

这一夜过去后,这伙人再次准备上路滑冰。他们离海牙有十三英里,人也不似前一天早上刚离开布鲁克的时候对一切都感觉那么新鲜了,不过好在大家的精神还是不错,而冰面也非常棒。

第 26 章
林中宫殿

又继续溜冰上路后,他们在路上见到了不少精致的乡村房舍,这些村舍的装饰和周围的环境都是照着最典型的荷兰风格来布置的,看着却很是不俗,都是大而整齐的房子、精心打理的花园、四四方方的篱笆和宽阔的沟渠——其中的一些还有小桥横卧其上,中间有一扇门,到了晚间可以小心地锁上。这些随处可见的身处在风景中的沟渠,早就已经失去了夏日的景致,此时正在阳光下闪着亮光,宛如玻璃上装饰用的丝带。

男孩子们非常英勇地继续他们的旅途,一路上一直都在表演着令人惊叹的"巧技",那就是从口袋里掏出姜汁面包,又令其迅速消失。

转眼便滑完了十二英里,只要再用力滑上几下,他们就要到海牙了。此时摩恩提议说,他们应该稍稍改变一下路线,穿过博施进入海牙城。

"同意!"所有的人异口同声地喊道——转眼间他们就把溜冰鞋

给脱了下来。

博施是一个很大的公园，或者说一片树林，差不多有两英里长，里面有一所著名的森林之家——豪斯登堡——有时候皇室成员还会到这里来住。

这栋建筑虽然从外表上看对于一座宫殿来说有些平常，但内部的装修却很是优雅，画满了精美的壁画——墙壁上、天花板上都是趁泥灰还未干的时候直接画上去的人物群像和图案。有些房间里挂着中国的丝绸壁毯，绣工非常精致。有一个房间里挂着好多家族肖像，其中一些皇室中的孩子被某一把斧子给变成了孤儿，这样的事在欧洲历史中并不鲜见。这些孩子曾多次进入到荷兰艺术家范·戴克的笔下，他是这些孩子的父亲英王查理一世的宫廷画师。这些孩子长得都很好看，如果他们的心灵能跟他们的外表一样完美，那英国这个国家能少受多少苦难啊！

环绕宫殿的公园漂亮迷人，尤其是在夏天，因为花朵和鸟儿的明媚活泼将这儿变得如同仙境。挺拔的橡树排成长列，高高地昂着它们骄傲的头颅，因为它们很清楚，永远也不会有哪只不敬的手能令它们低头。事实上，多年以来，这片树林一直享有着等同于圣地的地位。小孩子哪怕是想去折下一根最小的树枝也不被允许。伐木人的斧斤之声从来不曾在那里响起。即便是战争和动乱经过时，它们也会充满敬意，在毁灭之路上暂时停下脚步。西班牙的国王腓力二世——尽管他下令杀死过数以百计的荷兰人，也颁布命令不许手下动这美丽树林里哪怕一根树枝。在国家的财政曾一度陷入极度匮乏的情况时，官员们准备牺牲这片树林来填充几乎见底的国库。但人们听闻消息后从

　　四方跑来施救,他们高尚地献出了所需要的钱款金额,让博施森林免于覆灭。

　　因此,那些橡树会拥有那样一种傲然、无畏的气度,又有什么可奇怪的呢?来自整个荷兰的鸟儿告诉它们,别处的树是怎样被砍倒,截成各种形状的木材——但它们却从未被触碰过。年复一年,它们生长成从未遭修剪的茂盛和美丽;它们那延展广阔的枝叶会在歌声中焕发出活力,在草坪和小径上投下凉爽的树荫,或向阳光照耀的池塘中自己的倒影鞠躬致意。

　　与此同时,似乎是为了报答市民们允许它们恣意生长,这里的自然脱离了一成不变的水准,优雅地穿戴起了人们恭恭敬敬地奉献给它的装饰。于是草坪斜斜地展出一片丝绒般柔嫩的青绿;小径在其间蜿

蜓隐现；一丛丛的花朵染上了绚烂的色彩，释放馥郁的芬芳；池塘和天空则含情脉脉地相互凝望。

即便是在冬日，博施公园也依然不失其美丽。枝头虽已叶落枝枯，但在它们脚下的池塘依然静卧，每道涟漪都铺展成平滑的镜面。湛蓝的天空在头顶鲜艳明亮，当它透过那些横柯与疏条望下去，它见到了另一片蓝天。这片蓝天远不似自己那般鲜艳，正透过冰面下黯淡的影子向上望着自己。

当落日西沉，彼得与自己面前这城市中那万千窗棂和泛着光的屋顶交换着惜别的眼波，他从来没有觉得夕阳如此美丽。海牙这座城本身也从未像此刻这般散发着如此的魅力。他不再是彼得·范·霍普，即将拜访一座伟大的城市，也不再是一个醉心于游历的翩翩少年。他是一位骑士，一位满身风霜与疲惫的探险者，一位长大了的侏儒，一位正在走向魔法城堡的圣徒，在那里，奢华与安乐正在等待着他。因为此刻距离他亲姐姐的家已经不到半里之遥了。

"终于要到了，伙伴们，"他喜滋滋地大声说道，"我们可以期盼今晚住在一个供皇家休憩之所——有舒适的床、温暖的房间和可口的食物。我以前从未意识到这些东西是多么奢侈。在红狮旅店住的房间让我们都开始意识到自己的家有多好了。"

第 27 章
商界王子和公主姐姐

彼得会觉得他姐姐家的房子像一座魔法城堡实在是有些道理的。尽管它很大很漂亮，整栋房子却像笼罩在一道安静的咒语之下。蹲伏在门口的石狮子看着就像是被魔法变成石头的。房子里面则有魔仆守护着，这些魔仆化身为红脸的仆人，只要听到铃声或门环的召唤，便会倏然间无声地出现在你面前。那里还有一只猫，像"穿靴子的猫[1]"一样善解人意。大厅里还有一个黄铜的小矮人，它站在那里伸直着双臂，随时愿意接过手杖和雨伞。在房子的围墙里边安然立着一个"快乐花园"，那里面的花朵坚信现在是夏季，一处活泼的喷泉正在独自开心地笑着，因为"冬霜先生"无法找到它。就在孩子们到达的当口，房子里还有一位睡美人，不过待彼得像一位真正的王子那样轻快地跑上楼梯，亲了亲她的眼睑后，魔法就消除了。公主变成了他自家

---

[1] 穿靴子的猫：意大利童话中一只拟人化的猫，它拥有一双有魔力的靴子并且十分聪明。

的好姐姐，而童话中的城堡也变成了海牙最漂亮、最舒服的宅子中的一座。

正如同孩子们所确信的那样，他们受到了最诚挚的欢迎。在他们与充满活力的女主人交谈了一会儿后，"魔仆"中的一位领着他们去吃大餐。他将他们带进一个挂着红色窗帘的房间，那里的地板和天花板都像打磨过的象牙一般光可鉴人，目光所到之处，镜子里的人突然变成了一群脸颊如玫瑰般红润的少年。

他们正在吃的有鱼子酱，有意大利杂烩菜，有香肠和芝士，当然还有沙拉、水果、饼干和蛋糕。这帮男孩子如何能把这样混杂的一堆东西给吃下去，本着实有点儿搞不大懂，因为沙拉是酸的，蛋糕是甜的，水果清淡而精致，而意大利杂烩菜里则有很多的洋葱和鱼。但就在他这么想的时候，已经饱餐一顿，不久后他就把心思都放到思忖自己到底更喜欢咖啡还是茴香甜酒的问题上去了。还有一件事也颇令人愉快——那就是吃盛放在磨砂银餐具中的食物，用高脚小酒杯喝酒，那小小的利口酒杯也许还是《仲夏夜之梦》[1]中仙后泰坦妮亚啜饮过的。这位年轻的绅士在后来写给母亲的信中说，虽说家中的器皿也是相当漂亮高级的，但他却是到了海牙之后才了解了刻花玻璃、瓷器和银制餐具是些什么东西。

当然，彼得的姐姐很快就知道了这些男孩子的冒险经历：他们是怎样一路滑了四十多英里，看到了沿途难得的景致的；他们是怎样

---

[1]《仲夏夜之梦》：英国作家莎士比亚于1595年创作的喜剧，讲述了两对贵族青年男女及居住在森林中的仙王与仙后在经历种种离奇的误会和曲折后，终于和好并修成正果。

丢了钱包，又怎样失而复得的；小队中的一个成员是怎样晕倒，从而给了他们一个借口开启一段冰船上的风帆之旅；又是怎样抓了一个盗贼，再次拯救了他们那岌岌可危的钱包。

"现在，彼得，"故事讲完后这位仙女般的人物说道，"你必须马上给布鲁克家里写信，你们的历险可以告一段落了，你和你的旅伴们全都被拘禁起来了。"

孩子们闻言大吃一惊。

"我才不会写呢。"彼得笑道，"我们明天中午就走。"

但他姐姐已经做了与此不同的决定，而一位荷兰女士不达目的是不会轻易罢休的。简言之，她给出了非常诱人的安排，她表现得非常兴奋，用英语和荷兰语对他们连哄带骗，让他们连插嘴的机会都没有，最后终于说定了，他们会在海牙至少再待上两天。孩子们对这样的安排都很是高兴。

接下来就聊到了盛大的滑冰大赛。范·根德太太欣然承诺届时会出席。"我要来见证你的胜利，彼得，"她说，"你是我知道的滑得最快的人。"

彼得脸红了，在卡尔替他作答的时候他轻轻咳嗽了一声。

"啊，夫人，他滑得是很快，但布鲁克所有的男孩子都是滑冰高手——就连捡破烂的都是。"他气呼呼地想到可怜的汉斯。

姐姐笑了起来。"那可就让比赛变得更精彩了。"她说，"但我还是希望你们每个人都能成为优胜者。"

正在这时，她的丈夫范·根德先生走了进来，孩子们感受到的魔法顿时变得完满了。

　　家中那些看不见的仙女和精灵们马上聚集到了他们的周围，低声诉说，贾斯珀·范·根德有一颗跟他们一样年轻而又活力充盈的心，如果他在这个世界上爱什么东西胜过工业的话，那就是阳光和嬉戏。他们还隐约提到他有一颗充满爱的心和一个充满智慧的头脑，最后，孩子们知道了，他是一个说话算话、言出必践的人。

　　因此当他一边跟他们所有人握着手，一边坦诚地说着"很高兴认识您"时，孩子们都觉得很放松，开心得像一群小松鼠。

　　客厅里挂着上等的绘画作品和精美的雕塑，稀有的荷兰版画作品集，还有许多来自中国和日本的美丽而又奇妙的东西。孩子们觉得，要想把这房子里的珍宝仔细看上一遍，恐怕得花上一个月的时间。

　　本有些欣喜地注意到，桌子上摊着几本英语书。他还看到，在雕

花的立式钢琴的上方，挂着与真人同等大小的奥兰治亲王威廉和他那英国王后的画像。

威廉在1691年冬天造访海牙，当他踏上荷兰的海岸时，整个国家都对他发出了热烈的欢迎。许许多多的人会聚到海牙来迎接他。成千上万的人沿着冰冻的运河从阿姆斯特丹、鹿特丹、莱顿、哈勒姆、代尔夫特坐着冰橇或滑冰而来。从早到晚，首都的庆祝活动连绵不绝，街道在各色旗帜、常绿植物搭建成的拱门、各种纪念品以及表示欢迎的标语和招牌的装扮下变得华丽无比。威廉看见自己祖先的丰功伟绩和往日盛景被描画在街道两边的旗帜和挂毯上。到了晚间，人们在冰上燃放起了璀璨绚烂的烟花。冰面光滑如镜。闪耀的光之喷泉自下方蹿起,随后遇到闪亮的瀑布,在其上方跳跃。接下来一团羽毛般深红或绿色的,火又将数以百万计的红宝石和绿宝石抖入冰面那火红的深处。在此期间人们一直在高喊着:"保佑奥兰治亲王威廉!国王万岁!"欢乐与激情已经令他们几近癫狂。国王在听到他们的欢呼时也不禁心潮澎湃。受自己国家的人民爱戴是一件很了不起的事情。他的英国朝臣们在欢迎仪式上对他极尽赞美之词。

本盯着画像看的时候,范·根德先生在跟孩子们讲他最近一次安特卫普之行的经历。安特卫普是昆汀·马西斯的诞生地,在成为画家前他是一个铁匠,因为爱上了一位艺术家的女儿,他潜心学习绘画,终于成为一名伟大的画家。孩子们问他们的男主人有没有见过马西斯的画作。

"见过,"他回答道,"的确都是非凡之作。他有一幅著名的三联画陈列在安特卫普大教堂下属的一个小教堂中,这幅画画得特别棒。不过我得承认,我更感兴趣的是他的井。"

"什么井,先生?"路德维希问。

"其中一口位于城市的中心,就在刚才说的同一座教堂附近,这座教堂巍峨的尖顶工艺十分精美。那口井的上方罩着一个哥特风格的顶棚,顶棚上画着一个穿着全副铠甲的骑士。整个顶棚都是由金属制成的,这证明马西斯不仅是画家,也是锻造方面的艺术家。的确,马西斯得享大名主要因他在冶炼方面展现了高超的技巧。"

接下来,范·根德先生给孩子们看了一些精美的柏林铸铁首饰,是他在安特卫普买的。这些漂亮的圆形饰物是根据比较小众的画作设计的,周边有精美的花饰和透雕——他说,这值得让这片土地上最美丽的女士佩戴。说罢，他微微欠了欠身，微笑着把那条项链递给了脸上飞霞的范·根德太太。

在她低头看向礼物的时候，她那明媚的年轻脸庞上的某点神韵没有逃过她丈夫的眼睛，他很认真地说道："我能知道你此刻的想法，亲爱的。"

她抬起头来，脸上是嬉笑的表情。

"啊，现在我敢肯定了！你在想的是那些帮助普鲁士免于亡国的高尚女人。我从你眼中那骄傲的光中看出来的。"

"那这回我眼中骄傲的光让你上当了，"她回答道，"我脑子里可没在想这么崇高的事情。跟你承认吧，我只是在想，这条项链配我那件蓝色织锦外套一定很漂亮。"

"是这样啊，是这样啊！"她的丈夫颇有点儿沮丧地说道。

"不过我倒是有可能会想起一件事，贾斯珀，这会让你的礼物增添一些更深层次的价值。你还记得这件事吗，彼得？说的是在法国入侵普鲁士的时候，普鲁士因为缺钱而无法组织抗敌，结果女人们把她们的金银饰品和珠宝捐给了国库，这才力挽狂澜——"

啊哈！范·根德先生在遇到妻子那满含激情的一瞥时想道，这会儿她眼神里有骄傲的光了，真的。

彼得挺不厚道地说："即便是那样的情形，女人们仍然证明了她们有虚荣心。因为她们还是会买珠宝首饰。如果王国需要金银，她们会放弃金银而用铁制首饰，但要她们不用首饰却是做不到。"

"那又怎样？"他姐姐说，眼睛里又闪烁起满含激情的光芒，"就算因为时势而改变了首饰的材料，但喜欢美丽的东西可并不是什么罪过啊。我想说的只是，女人们拯救了她们的祖国，也间接地为制造业引入了一个很重要的分支。是这样吗，贾斯珀？"

"当然是，亲爱的，"她丈夫说，"不过彼得并不需要我来向他证明，在全世界的范围内，当祖国陷入危难之时，女人们是不会袖手旁观的，只不过，"他对自己的妻子微微鞠了一躬，"他自己国家中的女人们在女性爱国与奉献的记载中是最出类拔萃的。"

接着，他又转向本，跟他用英语介绍了这座古老的比利时名城。他讲到了安特卫普城名字的由来。本曾经学到过，安特卫普的名字来自"码头"这个词[1]，但范·根德先生跟他讲了一个比这更加有趣的缘起。

据说在大约三千年前，舍尔德河边——也就是如今安特卫普城所在的地方，住着一个名叫安提格诺斯的巨人。对于所有从他城堡前经过的航行者，他要向他们索取一半的货物。当然，并不是所有人都甘于接受这么霸道的规定。因此，对于那些不服的商人，安提格诺斯为了让他们懂规矩，便把他们的右手砍下来扔到河里。就这样，"扔手"就成了安特卫普[2]并成了这里的地名。这座城市的纹章盾上有两只手，还有什么能比这更好地证明这个故事的真实性，特别是在人们愿意相信的时候！

范·根德先生在用两种语言讲述了关于安特卫普的故事后，忍不住又讲了其他一些传说故事——有的用英语，有的用荷兰语。于是，

---

[1] 英语中"安特卫普"的拼写与"在码头上"相近。
[2] 荷兰语中"安特卫普"的拼写与"扔手"相近。

时间便被矮人们和巨人们扛在他们矫健的肩膀上，快速地向着就寝的那一刻滑去。

这样愉快的一场聚会实在是令人不忍打断，但范·根德家里有着严格的作息时间。在热情友好地道了晚安之后，便没有人能再拖拖拉拉了。在这帮孩子们上楼的时候，家宅中那些看不见的"仙女们"也再次围到了他们身边，轻声告诉他们：正是有条不紊和恪守规矩才成就了这家主人事业上的兴盛。

这栋大宅子里可不会有"带三张床的漂亮的房间"。有的房间里会有两张床，但每位客人都是单独睡的。天亮之前，这个

小团体所奉行的格言显然是"每个男孩自成一蛹",而至少彼得对此是不会有任何不满的。

尽管已经很累了,但本在注意到了房间角落里奇特的铃绳后,又开始仔细观察起了床上的寝具。每样东西都令他惊叹——精美的枕头缀饰着昂贵的花边,还绣上了华美的纹样;被套里面填上了天鹅的羽绒,粉红色的缎面被上还绣着花环。他一晚上都没怎么睡着,一直在想,这是多么古怪的一张小床啊,虽说有那么多古怪的地方,却还那么舒服、那么漂亮。第二天早上他仔细地检查了一下床罩,想在下一封写给家里的信中把这东西好好描述一番。这是一个漂亮的日本床罩,质地精良,色彩鲜艳,而且他后来才知道,这么一个床罩得要三百多美元。

地板是打蜡的拼花木地板,几乎全都被一张华丽昂贵的、有着厚厚黑流苏的地毯覆盖着。在另一个房间里,从地毯边缘露出一整圈的则是椴木地板。墙面上蒙的是深红色的丝绸,四面都悬着挂毯,墙的顶端是镀了金的檐口,从那里投下的光线一直照到光滑的地板上。

在雅各布和本睡觉的房间,门口的上方有一只青铜的鹳,其向外探出的脖子上装着一盏灯,可以将客人引到外面的大房间去。在两张用白色木材和象牙雕刻而成的窄窄的床之间,放着范·根德家族的传家宝,一把巨大的橡木椅子,那是奥兰治亲王在一次讨论国事的会议上坐过的。椅子的对面摆着一个古色古香的雕花衣柜,它的主人在上光、打蜡方面做得一丝不苟,衣柜里面则放满了贵重的亚麻衣物;衣柜旁边有一张桌子,桌上放了本很大的书,书上那巨大的金色环扣跟封面相比显得有点儿破旧,那有棱纹的封面非常结实,经过了六代人的传承依然完好无损。

第二天早上，彼得第一个起了床。他知道自己的姐夫有守时的习惯，因此颇费了一番心思保证没有一个孩子睡过头。他发现叫醒雅各布·普特是一件难事，他先把这位年轻的绅士从床上拽起来，然后在本的帮助下，两人拖着他在房间里转了一会儿，这才把他给弄醒了。

雅各布一边穿着衣服，一边兀自哼哼唧唧，因为房间里的毛毡拖鞋是待客用的，对他肿胀的脚来说有些嫌小，另一边彼得则在写信告诉他们在布鲁克的朋友，他们这一队人已经安全抵达了海牙。他还在信中求母亲托人带话给汉斯·布林克尔，说博克曼医生还没有到莱顿，但他已经把汉斯要他转告的话写成了一封信，留在了医生每次到了莱顿都会去住的那家旅馆。"请再告诉他，"彼得写道，"等回程经过莱顿时我会再到那儿去一趟的。那个可怜的孩子似乎很确定，'医生'会急着赶去救他的父亲，但我们比他更了解那位坏脾气的老先生，他并不会做出这样的事来。如果您愿意行此大善，不妨请一位来自阿姆斯特丹的出诊医生尽快去一下他们的小屋，前提是布林克尔太太同意接受其他医生的诊治，而不是坚持要请医生之中的王者——博克曼医生。

"知道吗，母亲，"彼得继续写道，"我一直都认为姐姐和姐夫的大宅子略有点儿安静、缺少人气，但我向您保证，现在它已经不是这样了。姐夫说我们让他希望自己能拥有一屋子自己的孩子。他还答应让我们骑他那些血统纯正的黑马。他说，只要能牢牢地握紧缰绳，它们便如同小猫咪一样温顺。之前听雅各布说过，本是个很出色的骑手，我的马术也相当不错。所以今天早上，我们俩会像旧日的骑士那样共同策马出行。等我们回来后，范·根德姐夫说他会把自己那匹英国小马借给雅各布，另外再去弄三匹马来，然后他会带着我们这支马队浩浩荡荡地在城里兜上一圈。姐夫会骑父亲从弗里斯兰省给他送去的那匹大黑马。姐姐那匹长着长长白色尾巴的漂亮混色马瘸了，而她又不肯骑别的马，否则她也会陪我们一起去的。姐姐跟我说了这个计划后，我昨晚兴奋得一夜都没怎么合眼。只有想到可怜的汉斯·布林克尔和他那生病的父亲，我才会稍稍抑制一下自己的喜悦，不然的话我都要开心得唱起歌来了。路德维希已经为我们起好了名字——布鲁克骑兵队。我们恭维自己说，我们若是一亮

相，定会夺人眼球，尤其是排成一路纵队……"

布鲁克骑兵队果然没有令人失望。范·根德先生很积极地弄来了好马，所有的男孩子都会骑马，不过谁也不像彼得和本那样称得上是完美的骑士。他们把海牙给看了个够，海牙也把他们给看够了——并通过小孩子和货车上的小狗之口表达了对他们的赞许。他们表达赞许的方式是沉默的，是用他们明亮的眼睛。这些眼睛看东西时并不会很深入，但在看到帅气的卡尔时会发亮，而在看

到一个胖乎乎的少年骑在马上，摇晃着腮帮子上的两团肉咯噔咯噔地从他们面前经过时，会因为觉得好玩儿而一闪一闪地放出光来。

回来后，男孩子们一致宣布摆在客厅中的那只大瓷炉绝对是一件很有用的家具，因为他们可以围拢在它旁边取暖，还不会烧到自己的鼻子，更不会让皮肤生出冻疮来。这个炉子非常大，所以尽管屋子里别的地方也很热，却让人觉得满屋子的温暖都是从这个炉子里发散出来的。它那纯白的侧面和锃亮的铜环很是耐看，我们不懂领情的本一边在它旁边烤得越来越暖和舒适，一边却正为他的下一封信构思出一个语带调侃的句子，大意是荷兰的炉子自然应该长得像个大雪塔才行，不然是无法与这个国家的古怪相匹配的。

要想把男孩子们在这一两天里所有见到的东西和做过的事都记录下来，会把这本小书变成一本令人生畏的皇皇巨著。他们参观了黄铜大炮铸造厂，见到液体的燃烧剂流入模具，然后看着那些赤裸着上身的工匠们站在阴影里，像是魔鬼在玩弄着火焰。他们很喜欢那些气派的公共建筑、很棒的私人房屋、雅致的街道和高贵的博施森林——那是爱美的荷兰人的骄傲。宫殿里那华美的拼花地板、画着壁画的天花板和美轮美奂的装饰，让本看得很是开心。令他感到意外的是，有些教堂居然如此普通——建筑的外观倒是能看出匠心的，但里面就显得有些简单和寒酸了，那些墙壁分明只是刷白了而已，除此之外什么都没有。

如果没有印刷出来的文字记载，那么荷兰的故事便几乎都是由建筑来讲述的。我在这里不想进入这个话题，只想说本——他读到过荷兰的挣扎、过错以及偶尔会遭遇到的可怕的惩罚——每当踏足一个荷兰的小城，他都会在精神上带着恐惧跨越过那满是血污的历史的踏脚石。他无法忘记西班牙的腓力国王和阿尔瓦公爵，即便心中正在为那些受困城市获得解放后的繁荣而感到欣喜。他看着那些最驯顺的荷兰人，从他们的眼中探寻火的痕迹，那火曾照亮了那些无法无天、铤而走险的人憔悴的脸庞；他们的压迫者曾戏谑地称他们是一群"叫花子"，而他们满含骄傲地承载着这样的名号，成了在陆地和海洋上令人为之色变的存在。在哈勒姆的时候他曾畅想过，不知那里的空气中是否还回荡着受压迫者们的呼喊。在莱顿，他的心中被同情塞得满满，当他想到满身伤痕、饥饿至极的人们在围城结束后，由阿德里安·范·德·沃夫率领着，迈着踉跄的步伐，为了莱顿城重获自由而去唱响一曲光荣的赞美诗！数千个颤抖的声音唱出由衷的感恩祈祷。一时间，歌声越来越嘹亮，然后又突然化作了一片抽泣——再也没有人能多唱哪怕一个音符。但谁能说那样的赞美诗，直到唱完都不会在天堂中被听到呢！

　　这里，在海牙，其他的思绪又涌入本的脑海——关于荷兰如何在后来的岁月中不情愿地受到了其他国家的奴役，以及如何在忍辱负重、历经磨难后，矢志不渝地挣脱了奴役。这正是他喜欢荷兰的地方。他想，在那些多少有些勇气的国家中，有哪一个能承受那么多的苦难，将自己所有的财富都送进别国的国库，无奈地把自己国家风华正茂的青年送进别国的军队。而仅仅在不久以前，炮声又越过日耳曼海，在他们的耳畔隆隆地响起。

　　不过如今，所有的战争终于都结束了。荷兰现在虽是小国，却自由独立，再也不用看他人眼色，本杰明是许多为此而感到高兴的人之一。当他的思绪来到这个满含仁慈的结局时,他便做好了准备,要好好地享受一下荷兰的首都所有的美妙之处。他因为自己对荷兰由衷的、带着智慧的兴趣而令范·根德先生感到高兴——其实所有的男孩子也都很讨范·根德先生喜欢,因为在所有旅游观光的人中,他们是最开心快活、最善于观察的那一群。

第 28 章
游历海牙

莫瑞泰斯皇家美术馆[1]是世界上最优秀的美术馆之一,那里有着太多值得细看的藏品,然而孩子们只进行了一场仅小时的走马观花式参观。尽管他们在那儿逗留了将近半天,孩子们觉得自己只来得及匆匆地瞥了一眼同是在这座建筑中的皇室藏宝阁。他们觉得,日本好像

---

[1] 莫瑞泰斯皇家美术馆:位于荷兰海牙的一幢住宅建筑,是世界建筑史上的重要作品之一。目前被辟作博物馆,艺术典藏丰富。

把他们国家的宝贝都给送到这个由墙壁围着的空间里来了。在很长一段时间里，荷兰作为一个把贸易放在极其重要地位的国家，是唯一被允许与日本通商的国家。如果有谁想要了解日本，那在参观了海牙的博物馆后，他就根本不用真的往日本跑上一趟了。

一个房间接一个房间里满满地放着的都是来自这个国家的物件——各种不同身份地位与行业所特有的服装、装饰品、家用器皿、武器、盔甲和外科器械。展品中还有一座日本制作的精巧的出岛[1]模型，那里有荷兰设在日本的工厂。如果用带放大功能的歌剧眼镜来看的话，那模型简直跟真的岛一模一样，让人觉得就像格列佛无意中来到了日本的小人国。你可以看到数以百计的小人穿着本土的服装或站，或跪，或弯腰，或伸手——尽在劳作，或做劳作状——而他们的住所，甚至住所中的家具皆展现在眼前，清晰如画。在另一个房间中有一座巨大的玳瑁玩具屋，被布置成荷兰的风格，里面放着衣着高贵的荷兰人偶，那姿态是为了让人一瞥之下便了解荷兰人的生活方式而摆出来的。

格蕾泰尔、希尔达、卡特琳卡，甚至是骄傲的里奇·柯比斯，若是见到了这个肯定会喜欢的，但彼得和他那勇敢的小队却正眼也没瞧一下就从边上走了过去。打仗用的器具有幸勾留了他们一个小时——包括棍棒、短剑、匕首和火铳之类的。不过最吸引他们的是神奇的东洋刀，有了这样一把刀在手，就能像传说中的日本武士那样，一刀下去把一个人劈开！

---

[1] 此处原文为"Island of Desina"，推测应为"Island of Deshima"，即出岛。它是一座建在日本长崎的扇形人工岛，最初是江户时代幕府为隔离西方殖民者而建，后来成为荷兰贸易站的所在地。

藏品中还有来自中国和其他东方之地的珍宝。当然也会有荷兰本国的历史文物，对这些珍贵文物我们这些荷兰少年看的时候很是淡定，但一个个却都悄悄地、不无得意地把本拉过来，特意指给他看。

博物馆里还陈列着一个小屋的模型，那是彼得大帝在萨尔丹学习造船时期生活过的地方。此外，还有"叫花子联盟"用过的钱包和碗，这些人在奥兰治亲王的率领下团结到了一起，把荷兰从西班牙的暴政中解救了出来。还有海军将领范·斯佩克的佩剑，他在大约十年前因不愿向敌人投降而炸毁了自己的军舰，并与之一同沉入海中。还有海军名将范·特罗普穿过的留有弹痕的盔甲。雅各布在四下里看了看，想要找到这位勇敢的将军曾绑在船头的那把扫帚，但没有看到。英国的威廉三世在他生命中的最后几天里穿过的西装背心引起了本极大的兴趣。整个小队的人久久地盯着"沉默者"威廉在代尔夫特被巴尔塔萨·杰拉德刺杀时穿的衣物[1]，目光中混杂了崇敬与恐怖。其中包括一件黄褐色的紧身皮上衣、普通的灰布外套、一顶柔软的呢帽，以及一个高领颈套，上面挂着一枚"叫花子联盟"勋章——这些衣物本身与亲王身份并不是很相配，不过那件紧身上衣倒是因上面的血渍和弹孔而具有了悲剧的吸引力。本在盯着这些衣物看的时候很容易觉得，沉默者——尽管这和他伟大的性格相符，但在衣着上未免太过简单了一点。然而，本这种对贵族的偏见马上就遭到了颠覆，因为兰伯特告诉了他威廉的新娘首次进入海牙时的情形。

---

[1] 成为英国国王的奥兰治亲王威廉的曾祖父也叫威廉，人称奥兰治亲王"沉默者"威廉，他于 1584 年 7 月 10 日被杰拉德刺杀。

"他的新娘是美丽的路易莎·德·科利尼,她将成为亲王的第四任妻子。"兰伯特说,"当然,我们荷兰人是很懂得献殷勤的,不会允许夫人自己走着进城。不会的,先生,我们——确切地说是我的先辈们——派了一辆干净的敞篷邮车去接她,邮车上横着架了一块木板让她坐!"

"的确是很会献殷勤啊!"本大声说道,在他那礼貌的笑声中似乎带了一丝讥笑,"而她还是一位法国海军上将的女儿。"

"是吗?的确,我差点把这给忘了。不过你知道,即便是在往日荷兰国力强盛的好时光里也是奉行朴素之风的,事实上,我们这个民族直到今日也一直都是非常朴素、非常节俭的。范·根德家的宅子毫无疑问是个例外,你懂的。"

"我认为是一个非常令人愉快的例外。"本说。

"当然,当然。不过,这话我也就只跟你说说,尽管范·根德先生的家业是他自己挣下的,但他其实是可以做到既有钱又节俭的。"

"正是如此。"本以一种深刻的口吻说道,同时轻轻抚摩着自己的上唇和下巴。近来他觉得这两个地方都在确凿无疑地显现出他即将成年的标志,真令人欣喜。

在城中漫步时,本经常会希望能有一条好的英国式人行道。这里跟荷兰其他城市一样,是没有马路牙子的,没有高于路面供步行者专用的人行道,不过这里的街道很干净、很平整,所有的交通工具都很严格地各行其道。说来奇怪,尽管路上连一点儿雪都没有,可放眼望去,雪橇居然和马车的数量相当。雪橇一路与青砖或鹅卵石的路面摩擦着,有的雪橇在前面加了一个洒水的装置以减少摩擦,而有的则用浸过油的破布来减少摩擦时发出的噪声,驾驶者偶尔会把破布上的油挤一点儿到滑板上。

对于荷兰的劳工们很少发出声音的工作方式，本是感到很意外的。即便是在仓库和码头周围也没有人声鼎沸的场面，没有工人之间喊来喊去的景象。他们叼着的烟斗动上一动，或脑袋微微一偏，或扬一扬手，似乎便是全部所需的信号了。满载的奶酪或鲱鱼从大车和运河船上一路抛送到仓库里，工人们都不用说上一句话，但路人就得自己多加小心，别给砸到了，因为荷兰人要是工作起来，是很少会往身前身后张望的。

可怜的雅各布·普特似乎注定了要承受这一路上所有的意外，走着走着冷不丁被一大包奶酪砸到，差点背过气去，细一看却是一位胖胖的荷兰人正在将它扔向自己的工友。他坐了一会儿顺过了气来，一点儿也没有露出生气的样子。本对他的遭遇表现出极大的同情，但雅各布坚持说这没什么。

"那你被砸到的时候干吗要龇牙咧嘴的呢？"

"干吗要龇牙咧嘴？"雅各布平静地重复道，"嗯，是因为——"

"因为什么？"本故意盯住他不放。

"啊，因为——因为——你管那个叫什么，就是你用鼻子尝的那个？"

本笑了起来："哦，你说的是味道。"

"对，就是这个词，"雅各布急切地说，"是味道。我皱起脸来就是因为它的味道。"

"哈哈！"本叫了起来，"这可真是好笑，一个荷兰崽（Dutch）居然怕闻奶酪！你永远也别想让我相信！"

"哎，不是这么回事，"雅各布回答道，一边迈着还有点儿沉重的脚步来到本的身边，心情却是一点儿没受被砸的影响，"等你碰到了那种奶酪再说吧——就这么简单。"

又过了一会儿他用楚楚可怜的语气补充了一句："本杰明，我不喜欢被人叫成荷兰崽（Dutch）——这名儿不好。我是个荷兰人（Hollander）。[1]"

就在本向他道歉的时候，兰伯特跟他打了招呼。

"等等！本，这儿是鱼市场，在这个季节没什么好看的，不过如果你想的话，我们可以去看看鹳。"

本知道在荷兰人的心目中鹳占据着非常重要的地位，这种鸟的形象甚至出现在了代表首都的纹章里。他注意到在荷兰，人们把大车轮子放到茅屋的屋顶上，就是为了吸引鹳来此筑巢。从布鲁克到海牙的路上，他在许多三角形茅草屋顶上见到了它们巨大的鸟巢。但现在是冬季，这些鸟巢都是空的。没有贪吃的小鸟会对着一个向自己走近的长了白色翅膀的大家伙张开

---

[1] 荷兰本土的十二个省中只有北荷兰省和南荷兰省的人自称 Hollander，这两个省人口稠密，是荷兰的政治和经济中心，而 Dutch 则是指荷兰全境的人民。

嘴——不如说是伸出整个脑袋——嗷嗷待哺，那大家伙伸长了脖子和腿，嘴里叼着什么东西晃来晃去，那正是它们的早餐。那些久喙(huì)的鸟儿此时已去了遥远的地方，在非洲的海滩上捕食，而等到它们开春回来的时候，本对这个堤坝之国的造访早就结束了。

因此，在范·摩恩带着大家穿过鱼市场的时候，他急切地向前滑着，想要看看荷兰的鹳是否是他在伦敦的动物园里看到过的那种闷闷不乐的样子。

还是那个老故事。被驯服了的鸟是悲伤的鸟，无论你怎么说。这些鹳住在养狗场一样的地方，像罪犯那样脚上拴着链子，尽管应该是享受用公款养着的殊荣。夏天的时候它们会被放出来在市场附近转转，鱼摊对它们来说就像是自助餐厅。一些没有品尝过的美味——比如生鱼和屠户切出来的边角碎肉，此刻正摆在养狗场的铁笼边。但这几位城市的贵客更喜欢单腿站立，向后仰着它们长长的脖子，脑袋靠着边，眨巴着眼睛，做着白日梦。如果要它们用眼下的这种宠物一般的状态来交换繁忙的生活，成为辛勤工作的鹳妈妈或鹳爸爸，在破旧老宅的屋顶养育一个令人烦恼的家庭，每次冒险出去嬉戏都会被转动的风车吓个半死，想必它们是会欣然接受的吧！

本没过多久就得出了结论，而且是很正确的结论，即海牙是一座令人赞叹的美丽城市，因为它不仅有漂亮的街道，还有榆树荫蔽的公园。这里人们最多见的打扮跟伦敦和巴黎的一样，而他那双英国耳朵许多次都在听到英语单词后感觉"如听仙乐耳暂明"。这儿的商店在很多方面都和牛津街与斯特兰德街上的商店不同，但往往在它们的门口会立着用灯光照亮的印刷告示，上面写着"店内可讲英语"。其他一些店则号称自己有伦敦烈性黑啤酒出售，还有一家竟承诺用英国烤牛肉来款待其顾客。

几乎每一家商店的门上都挂着一块写着"香烟有售"的牌子。这里的药店橱窗里没有彩色的玻璃罩或者高高的装着水蛭的罐子，而是在入口处扎着一个开口的土耳其结[1]——又或者，如果这是一家特别高级的店，会摆上一个木雕玩偶，它们都摆出很爽快地打着哈欠的样子。

这些玩偶奇怪的面孔中有一些让本觉得很是滑稽：它们看上去像是刚吃了一剂泻药着急上茅房似的。但范·摩恩称自己一点儿都看不出它们哪里好笑。有一位药剂师倒是挺聪明的，既然看着像吃了泻药，他就索性在自家的店门口放了一个张口的人头像[2]，让人们一看就知道这个地方是卖药的，而他的店里还真就是只卖药。

还有一样东西也吸引了本——送奶工的车子。这些车都不怎么大，车上装满了亮闪闪的铜壶，或是石头罐子，由狗拉着。送牛奶的人萎靡不振地走在自己的车子边，维持着狗的队列顺序，然后把奶送到客户手中。有些鱼贩子也用小狗拉车，而当拉鲱鱼的狗碰巧遇到拉牛奶的狗时，它一准会走得拿腔拿调起来，还会在经过对方的时候发

---

1 土耳其结：一种装饰性绳结。
2 在16至18世纪，荷兰的药店外会摆设张口的人头像作为招牌，它们通常张开嘴伸出舌头，以表示药味的苦涩。

出一阵低吼。有时候一条拉牛奶车的狗会在另一辆牛奶车横穿过大街的时候认出自己的旧相识来，这时只听得车上的牛奶壶好一阵咣当咣当作响，特别是当这些壶还是空的话！每条狗都会凭空一跃，根本不管主人的哨子是否正吹个不停，非要跟对方在马路中间打招呼不可。有时候它们可以一呈心意相互充满探询地嗅上一阵，但一般而言小一点的狗会亲热地扑上去咬大一点的狗的耳朵，或是双方为了活动活动身体而友好地扭打在一起。唉！可怜了，那些装牛奶的壶；可怜了，那些拉牛奶车的狗！

几鞭子抽下去后，每条狗也算尽情地表达过自己的感情了，便重新变得端庄起来，跑着小碎步回到自己的工作中去。

如果说动物中有一些会在行为举止上略有偏离正轨的话，另有一些则都还是非常规矩的。事实上，城里还有一所狗学校，是专为了训练它们而开设的。本或许看见过一些这所学校的毕业生。有很多次他注意到两只狗拉着车在大街上碎步小跑，那副尊贵的样子一点都不输高头大马，对于轻快地跑在它们身边的那个人发出的指令，即便再细微、再不易察觉，小狗们也定会遵从无误。有时候，车上装的货都送完了，小贩会跳上车去，舒舒服服地坐车回他在城外的家去；而又有些时候——这情景让我说来颇感遗憾，一个病颓的妇女步履沉重地走在车子边上，头上顶着个装鱼的篓子，怀里还抱了个孩子，而她家的男主人则舒舒服服地坐在车上，手中的负担充其量不过是一个粗短的陶土烟斗，烟斗里冒出来的烟正袅袅地、充满爱怜地朝着她的脸上飞去。

第 29 章
休息的一天

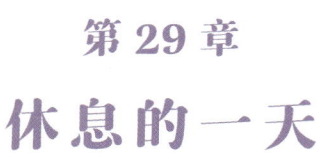

观光游览终于结束了,这些男孩子们对海牙的访问也告一段落。他们和范·根德一家度过了快乐的三天。说来也怪,在这段时间里,他们一次也没有穿过溜冰鞋。第三天其实是休息的一天。城市的喧嚣与骚动平息了下来,甜美的礼拜日钟声把无忧无虑的、平静的思绪送入了他们的心中。本听着这熟悉的音乐,

感到神的世界是完整而又统一的。如同无论时钟表盘写的是哪片土地上的语言，它都会敲响报时的钟声，只要我们用心去倾听，无论在哪里，教堂钟声也都跟我们故土上的钟声一样。

循着这清澈的钟声，我们这一小队男孩子跟范·根德太太和她丈夫一起，步行在宁静却拥挤的大街上，最后来到了城市南端一家漂亮的老教堂。

教堂内部很大，尽管有着巨大的彩色玻璃窗，光线却似乎还是有点暗，不过四周的墙壁都是白色的，几缕红色和紫色的阳光明晃晃地

落在柱子和长椅上。

本看见几个老妇人迈着轻柔的步子在廊中走着，每个人手里都拿着高高的一沓脚炉分发给大家。只见她们很熟练地把最下面的炉子抽出来，没多久就把手里的炉子都派发完了。本看到范·根德先生在把自己的妻子安排坐到正中一片专为妇女准备的区域后，自己竟然跟男孩子们一起坐在了边上一张舒服的长椅上。对此，他有些不解。不过他不知道，在这个国家里，这只是一项很普通的习俗而已。

为城里尊贵显赫的人们所准备的长椅围成了圆形，每个圆里面都立着一根柱子。这些长椅雕工精美，构成了一个个巨大的底座拱卫着高大的柱子，这些柱子在远处空空的白墙的映衬下显得分外挺拔。细看这些柱子，除了高大之外还比例匀称，只是表面已然有了不少划痕和损伤，那是许久以前施加于它们身上的暴力所留下的。然而，人们感觉这再自然不过，在它们消失于头上高深的穹顶之前，它们那柔和的轮廓又会呈现出丰美和华贵。

稍后，本的目光又向下落到了大理石的地板上。这是一片由墓碑组成的硬路面，几乎所有构成路面的大块平板上都刻着死者的安息地。一个盾形的徽章图形刻在每一块石头上，再加上碑文和生卒年月，道出了长眠于其下的人的情况，有时候一个家庭中的三个人会一个叠一个地躺在同一个陵寝中。

他不由得去想那肃穆的葬礼队伍高举着火把，蜿蜒穿过高大的走廊，抬着静默的棺木，走向一处黑暗的墓穴，那里的石板已经抬了起来，正静待着它的来临。他更不由得想到梅布尔——那在花骨朵儿一般的年华便已死去的妹妹，正躺在一片阳光普照的墓园里，那里有一条小溪淙淙流过，在阳光下泛着粼粼的波光。在风中微微摆舞的绿树聚在一处，彻夜絮语。那里的花儿可以靠拢在墓碑的周围，月亮和星星将光华宁静地洒在上面，晨起的鸟雀在头顶甜美地歌唱。

稍后，他又将目光从地面向上移动，落到了橡木雕成的讲坛上，这讲坛无论是样式还是做工全都华美精巧。他没有看到牧师——不过，没多久他便看到牧师慢慢地从盘绕的楼梯走了上去——那是一个面相温和的人，脖子上戴了个环状领，一件短披风几乎垂到了膝盖。

在此期间，不断有人静悄悄地走进教堂。这儿越坐越满。周边长椅上坐着的是一脸肃容的男人们，而中心区域坐的则是穿着鲜艳的礼拜日服饰、光彩照人的女人们。突然，一阵轻柔的簌簌声从讲坛附近传来，所有的眼睛都望向了正出现在讲坛上的牧师。

尽管牧师讲得很慢，但本还是几乎一点儿都没听懂。但等到唱赞美诗的时候，他全身心地投入了进去。一千个人的声音同时响起，充满着爱与赞美，构成了一种比他能直接听懂的更壮美的语言。

仪式举行到一半时，本看到一只小小的袋子突然摇晃着出现在他面前，这才从庄严辉煌的气氛中醒觉过来。袋子的边上挂着个叮当作响的小铃铛，跟一根长长的棍子绑在一起，一个执事的手里拿着那棍子。

幸好本随身带着几个硬币,不然那叮当作响的袋子可要在他面前白晃了。

　　那天早上,我们这位英国男孩的脸上曾不止一次地浮现出阴郁的表情。他很想站起身来呵斥某些人,这些人做的事情让他很是痛苦——有些男人在仪式期间一直戴着帽子,或是在想要摘的时候就摘了下来,许多人则是在起身离开的时候戴上帽子。也难怪这些事让本对于行为得体的观念产生了动摇。不过如果他能努力体会到荷兰人应当遵从他们本国的习俗,他本该生出一种更为豁达的感觉来。但他的英国心此时一遍遍说的却是:"太无礼了!"

第 30 章
回家之路

礼拜一清晨,天光已大亮,时候却尚早,孩子们跟善良好客的男女主人道了别,踏上了回家之路。

彼得在有石狮子把守的大门口又逗留了片刻,因为他有许多道别的话要对姐姐讲。

本看着他们俩互相道别,不由得觉得,亲吻跟钟表一样,在每个地方都是差不多的,这实在是很奇妙的事情。他离家的时候妹妹詹妮给他的英国式亲吻所表达的感情,跟范·根德太太给彼得的荷兰式亲吻所表达的是一样的。路德维希也得到了他那份告别,是他姐姐以最一板一眼的方式给出的。尽管他很爱姐姐,但对于姐姐把他当成个小孩子,在他额头额外加了个"带给母亲"的吻,他还是略微露了一点苦笑。

现在,他已经跟卡尔和雅各布一起上了运河。他们是在想着姐姐或是那些亲吻吗?才不是呢。他们为自己重新穿上了溜冰鞋而感到非常开心,迫不及待地向着布鲁克飞驰而去。他们像疯子一样在原地旋转或画着大圈，尽情放纵着自己，一边嘴里咕哝着"彼得和唐德"这些个让人不知所云的话。

之前一直在街角等着他们的兰伯特和本开始有点儿不耐烦了。

队长终于跟他们会合了，不久后，他们就跟其他人一起来到了运河上。

"快点啊，彼得，"路德维希咕哝道，"我们都快冻成冰棍儿了——哈！我说的吧！就知道最后一个换上冰鞋的还会是你。"

"你知道？"他的哥哥抬起头来饶有兴趣地看着他，"真聪明！"

路德维希笑了起来，却竭力想装出生气的样子说："我是说真的，我们总得在新年前到家吧。"

"好了，孩子们，"彼得扣完最后一个搭扣后一弹而起，高声说道,"我们的路线非常明确!就把这想象成是大赛吧。预备!一、二、三,跑!"

相信我,在最初的半个小时里谁都没怎么说话。他们就像六个体育之神墨丘利[1]滑行在冰面上。用直白的话来说,他们快得像闪电。不——那还是一个比喻。事实是,当你看到六个男孩子从你身边呼啸

---

[1] 墨丘利:罗马神话中众神的使者,即希腊神话中的赫尔墨斯,掌管商业、交通、畜牧、竞技体育等,传说他精力充沛、行走敏捷。

而过的时候,你都不知道该说什么好。我只能告诉你他们每个人都使出了全力,弯下身子,眼神热切,飞一般地在运河上那些悠闲的溜冰者中间穿梭,最后惹得运河上的守卫对他们高喊:"别那么快!"但这却只是让他们滑得加倍来劲儿,旁观者们都给看呆了。

但惯性定理要比运河上的守卫更强大。

又过了一会儿,雅各布的速度慢了下来,接着是路德维希,接着是兰伯特和卡尔。

不久后大家都暂停了下来,想要好好喘口气,最后却发现他们站成一堆目送着彼得和本远去了,他们俩到了远处仍滑得飞快,就像是在玩儿命一样。

"很明显,"兰伯特等到自己和三个伙伴又滑动起来后说道,"不到筋疲力尽,他们俩谁都不肯放弃。"

"真傻,"卡尔咕哝道,"才上路就要把自己弄到筋疲力尽!但他们是在来真的——肯定的。哦!哦!彼得露出疲态了!"

"才不是呢!"路德维希叫道,"我敢打赌他不会输!"

"哈!哈!"卡尔冷笑道,"我告诉你吧,小屁孩,本领先了。"

如果路德维希在这个世界上不喜欢什么东西的话,那就是被人叫作小屁孩——也许就因为他的确是个小屁孩。一听这话,他马上就来气了。

"哼,你算什么。得了吧,先生!现在再好好看看,难道不是彼得领先吗?"

"我觉得是他领先。"兰伯特插话道,"不过隔得这么远,我不是很肯定。"

"我觉得他没领先！"卡尔反驳道。

雅各布变得焦虑起来——他一直都很厌恶争论——于是他用哄孩子的语气说道："别吵架——别吵架！"

"别吵架！"卡尔嘲弄地模仿道，一边溜冰一边回头看向雅各布，"谁在吵架？普特，你就是个傻瓜！"

"我忍不住就那样说了。"雅各布懦弱地答道，"看啊！他们已经快到运河转弯的地方了。"

"这下可以看清楚了！"路德维希兴奋地嚷道。

"彼得会先到的，我知道。"

"他不会——因为本领先了！"卡尔坚持道，"天哪！那艘冰船要撞到他了。哦，没有！他躲过去了！他们真是一对傻瓜。哇！他们转弯了。谁领先？"

"彼得！"路德维希欣喜地叫道。

"队长好样的！"兰伯特和雅各布一起叫道。

卡尔的语气软了下来："原来是彼得啊。我一直都以为跑在前面的那个家伙是本呢。"

运河的这个拐弯处显然是他们定下的终点，因为过了这个弯之后，两人突然就停了下来。

卡尔又说了几句，大意是"他很高兴他们没有丧失理智，总算停下来休息了"，四个孩子继续默默地滑着去追赶伙伴。

刚才卡尔一路上都在心里暗暗使劲儿，希望自己能跟上彼得和本，因为他很肯定自己能轻松地成为溜冰大赛的获胜者。他滑得很快，但姿态绝对算不上优雅。

四个男孩子靠近的时候本正在望着彼得,眼神中既有懊恼,也有佩服和意外。

他们听到他用英语说:"你在冰上可真是一只完美无缺的鸟,彼得·范·普特。我可以告诉你,你是第一个在公平的比赛里赢过我的人!"

彼得能听懂的英语比会说的多,他笑着对本微微欠了欠身,表达对他的恭维的谢意,没有再答什么。很可能是因为他还没完全喘过气来。

"本,你这是何苦呢?把自己弄得像火炉里的砖一样热——这样可不好。"雅各布带着哀怨评论道。

"没有的事儿!"本答道,"这么冷的天,一会儿就凉下来了。我不累。"

"不过彼得赢了你,我的朋友,"兰伯特用英语对他说,"而且赢得堂堂正正。我现在就在想,到了溜冰大赛那天会是怎样的结果呢?"

本的脸微微一红,他笑了笑,笑声中带着骄傲和不服气,似乎是在说:"这次只是随便玩玩。不管怎样,我到时候一定会赢的!"

第31章
男孩们和女孩们

大运河边有个村子叫福尔豪特,位于海牙与哈勒姆的中间,等孩子们到了福尔豪特的时候,被迫停下来开了个会。风在刚开始的时候虽然还算适中,但后来越刮越大,到最后顶着风已经几乎没法滑冰了。整个乡间的风向标显然陷入了一场"一边倒的阴谋"。

"我们根本别想着对抗这样的风,"路德维希说,"简直像刀子一样,能把人的喉咙给割开。"

"那就把嘴闭紧了。"卡尔友好地对他咕哝道,他胸部宽阔,壮得像头牛一样,"我的意见是继续走。"

"在这件事上,"彼得插进来说道,"我们必须问问队伍中体能最弱的,而不是最强的。"

队长的原则固然没错,但实行起来对路德维希少爷来说可算不得是恭维。只见他耸了耸肩反驳道:"谁弱了?不是我弱,是风比我们谁都强。我希望你们能放下面子来承认这一点！"

"哈！哈！"范·摩恩笑了，此时的他几乎连站都站不住，"说得没错。"

就在此时，风向标们用一记特别的猛颤相互传递信息——随即，一阵疾风赶到了。就连胸膛宽阔的卡尔都险些被掀翻，风差点让雅各布喘不上气来，还把路德维希吹翻在地。

"这下不用再考虑了，"彼得大声叫道，"脱掉冰鞋！我们到福尔豪特村去躲一躲。"

在福尔豪特村里，他们找到了一家有大院子的小旅店。院子里堆着不少货，然而更棒的是，这里居然有着一整套九柱游戏[1]的用具。于是，这些孩子稍后就把在这儿的逗留变成一场欢乐的嬉戏。即便是在这个有遮蔽的空间，风也依然带来了一些麻烦，但他们有了很好的落脚处，对此就不是很介意了。

他们先尽情吃了一顿，然后去玩游戏。这儿的瓶柱有他们的胳膊那么长，滚球有他们的脑袋那么大，他们身上还有很多力气可以用来滚球，院子里有足足六十码的长度空间可以当球道——也难怪他们能玩得那么开心了。

那天晚上，彼得队长和他的队员们睡得很香。没有蹑手蹑脚的盗贼进来扰他们的好梦，而且，因为他们每人都分到了一个单独的房间，所以连第二天早晨的枕头大战也没有。

啊！他们吃了一顿多么丰盛的午餐啊！店主看上去都有点被吓坏

---

[1] 九柱游戏：起源于德国的一种球类游戏，被认为是现代保龄球运动的前身。

了。在问过他们家住何处后,他认定了布鲁克那里的人在让自家孩子挨饿。这真是一种耻辱。"而且他们是多好的年轻绅士啊!"

所幸的是,风在一番折腾后把自己累得精疲力竭,在堤坝之外的大海摇篮里睡着了。天空中有了要下雪的迹象,除此之外天气算是不错了。

对经过了好好休息的男孩子们来说,滑冰到莱顿就跟玩儿似的。在莱顿他们稍作停留,因为彼得还要到金鹰旅店去跑上一趟。

他离开莱顿的时候心里轻松了不少。博克曼医生到过旅店了,他读了有汉斯口信的那封短笺,动身去了布鲁克。

"我不敢说是因为你的信才让他这么快出发的,"店主解释道,"布鲁克某个有钱的太太突然发了急病,他被人急匆匆地给叫走了。"

彼得的脸色变得煞白。

"那家人叫什么?"他问。

"说实话,我一只耳朵进一只耳朵出的,也没记住,不过我拦过他的。对于那些见不得旅行者舒舒服服住下的人,但愿他们发瘟病才好,不过他们肯定是没等他喘口气就把他给叫走了。"

"你是说住在布鲁克的一位夫人?"

"是的。"店主粗声粗气地说,"还有别的事情吗,少爷?"

"没有了,老板,只是我和我的伙伴们想要稍微吃点东西,再喝点热咖啡。"

"啊,"店主的声音顿时又变得可亲起来,"会有东西吃的,咖啡也会有的,而且是莱顿城最好的。走到炉子那儿去吧,少爷——我刚才又想了一下——那是一位来自鹿特丹的寡妇,我记得他们是这么说

的，来拜访一个叫范·斯托佩尔的人，如果我没弄错的话。"

彼得听到这话，松了一口气道："他们住在施罗森磨坊旁边的那栋白色房子里。好，先生，请上咖啡吧！"

一伙人离开金鹰旅店的时候，彼得在心中暗骂自己道："我怎么这么傻呢，一听有人生病就认定了是自己的母亲。可尽管如此，那个女人也是某个人的母亲，可怜的女人。不知道她会是谁呢？"

那天，在莱顿和哈勒姆之间的运河上人不算太多。不过，随着离阿姆斯特丹越来越近，他们发现自己再次置身于移动的人群中。巨大的破冰机[1]在这个冬季第一次投入使用，但剩下能溜冰的地方也还有很多。

"为到家来上三声欢呼！"在雄伟的西部码头映入眼帘之际，范·摩恩叫了起来。"好哇！好哇！"每个人都喊了起来，"好哇！好哇！"

这套欢呼的把戏对于我们这个小队来说是舶来品，那是兰伯特·范·摩恩从英国带来的。他们总是用英语来喊，这被看作一种颇为英勇的行为。只要环境允许，他们便很热衷于叫上这么几声，惹得他们那些喜爱安静的同胞们又惊又恼。

因此，在他们到达阿姆斯特丹的时候，造成了一场大轰动，尤其是在码头那群小孩子们当中。

已经越过了艾尔河，他们现在置身于布鲁克的运河上。

先到的是兰伯特的家。

---

[1] 破冰机：一种重型机械，在被拖动着前行时，装在机器上的大铁钉会把冰打碎。有些小的破冰机是由人力驱动的，但大的破冰机得由马来拉。

"再见，伙伴们！"离别时他喊道，"我们这次活动是荷兰从古到今最棒的一场。"

"我们也这样认为。再见，范·摩恩！"其余的孩子回道。

"再见！"

彼得对他挥手喊道："我说，范·摩恩，记得明天开始上课！"

"我记得。我们的假期结束了。再见。"

"再见！"

布鲁克已然在望。啊，多么开心的相遇啊！卡特琳卡正在运河上！卡尔见了真高兴。希尔达也在！彼得顿时觉得精神饱满起来。里奇也在！路德维希和雅各布争先恐后地想要上前跟她握手，差点撞到了一起。

荷兰的女孩子都很谦逊，一般也都很文静，但她们的眼睛很能表达喜悦。有那么一会儿，希尔达、里奇或是卡特琳卡中究竟是谁感受到了最多的喜悦，从外表上看很难判断。

安妮·博曼也在运河上，穿着她那身优雅的农家服饰，看着甚至比其他几个姑娘还要漂亮一些。但她没有跟里奇那群人混到一块儿，看上去也没有特别的开心。

她最想要见到的人并不在这群刚到的人中间，他甚至没在运河上。自从圣尼古拉斯节前夜，她都没到过布鲁克附近，因为她一直都在阿姆斯特丹照看卧病在床的奶奶。最近她刚得了一段休息期——用她奶奶的话说，因为她之前一直没日没夜、尽心尽力地看护着自己。

安妮把她的休息期全都花在了全力往返布鲁克上，希望能在运河上见到自己的母亲，或许还能见到格蕾泰尔·布林克尔。可这两个人

她一个也没见到,她都顾不上瞥一眼她母亲的小屋就得匆匆赶回去了,因为她知道,到了这会儿,可怜的奶奶肯定正在床上呻吟,等待有人来帮她在小床上翻个身。

"格蕾泰尔会在哪儿呢?"她在飞快地掠过冰面的时候想道,"每天的这个时候她总是能挤出一点时间偷闲的。可怜的格蕾泰尔!有那么一个脑子不清醒的父亲是多么可怕的一件事啊！我肯定会既为他感到难过，又对他感到害怕——那么强壮，却又那么陌生！"

安妮没有听到关于他病况的消息。布林克尔太太和她的事情并没有引起当地人多少关注。

如果格蕾泰尔不是被人们叫作养鹅女¹的话，她原本可以在周围的农户中交到更多朋友的。可实际上，安妮·博曼是唯一一个既不羞于承认，又敢于付诸行动的格蕾泰尔和汉斯的朋友。

附近的孩子们笑话她交了如此不堪的朋友，如果他们取笑的是汉斯，她便只是脸红，或是回以不在乎的、蔑视的大笑；可如果他们作践的是小格蕾泰尔，就总是会唤起她心中的愤怒。

----

1 养鹅女的英文原文也有傻女孩的意思。

"养鹅女，没错！"她会说，"我可以告诉你们，你们当中的任何一个人都比她更应该去干这个活儿。我爸爸在去年夏天的时候经常说，看着这么一个眼睛明亮、很有耐心的小姑娘在照看鹅群，他心中真是有点不忍。哼！她可不会像你，扬松·科尔普那样去伤害那些鹅，也不会像你，凯特·沃特斯那样从它们的身上踩过去。"

这番话无疑会引发一阵对身形笨拙、脾气又坏的凯特的嘲笑，安妮则会高傲地扬长而去，把那几个爱嚼舌根的小家伙留在原地。也许此刻她脑子里想到了那几个爱跟格蕾泰尔过不去的家伙，因为她眼里闪过不安的神色，接着她又不止一次抗拒地摇了摇那漂亮的脑袋。待到那阵心绪过去后，她的脸上又现出一种明媚、乐观、深情的神色，惹得不止一个疲惫的工人回头看她，并在心里希望能有这样一个快活、容易知足的少女给自己当女儿。

那天晚上布鲁克有五个家庭充满了欢乐。

孩子们平安无恙地回来了，也发现家里一切都好。即便是隔壁范·斯托佩尔家那位得了急病的太太也已经脱离了危险。

但转眼就到了第二天早上！啊，学生们还没睡醒，学校的铃声就叮咚叮咚地响了起来，可真是够烦人的。

路德维希很肯定，他从来没听过这么讨厌的课。就算是彼得在这时也觉得很凄惨。卡尔说，如果一个人浑身像骨头散了架一样却还非要他去上课，那世上就没有比这更不像话的事情了。雅各布清醒地跟本说了一声"再见！"然后就走了，身上背着的书包仿佛有一百磅重。

第 32 章
危 机

让这些孩子慢慢从疲劳中恢复吧,我们来看看布林克尔家的小屋。

格蕾泰尔和她母亲自从我们上次见面以后会不会就没有醒过?床上那个生病的男人会不会连身都没有翻过?那还是四天前了,这几个人还跟以前一样凄苦。不,也不能说完全一样,因为拉夫·布林克尔的脸色更苍白了。他的烧已经退了,尽管他自己根本不知道发生了什么。当时简陋却整洁的屋子里只有他们几个,可现在,在房间的对角处,又多了几个外人。

其中一个是博克曼医生,他正在跟一个结实的年轻人说着话,后者非常认真地听着。他是博克曼医生的学生和助手。汉斯也在那里,他站在窗子附近,恭恭敬敬地随时等候召唤。

"福伦霍温,你看,"博克曼医生说,"这个病例显然是——"接下来医生说了一串很古怪的拉丁文和荷兰文术语,我没法很容易地将它们翻译出来。

过了一会儿，发现福伦霍温看着自己的眼神有点儿空洞，博学的医生只能换更简单的词语来跟他说。

"这或许跟瑞普·东德尔敦克的病例很像，"他用低沉、含糊的声调说道，"他从沃波尔普鲁特磨坊的顶上跌落下来。经过这场事故后，他智力衰退，变成了白痴。最后他跟那个家伙一样无助地躺在床上。哼哼，这也跟他很像，那家伙也时常抬起手来抱住自己的脑袋。我博学的朋友冯·查普曼为这位东德尔敦克进行了开颅手术，发现颅腔内有一个小小的黑色液囊压迫了大脑。这就是问题产生的原因。我的朋友冯·查普曼移除了这个液囊——精彩绝伦的手术！知道吗，根据凯尔苏斯[1]的说法——"这里医生再次切换到了拉丁语。

"那个人活下来了吗？"助手充满尊敬地问道。

博克曼医生皱起了眉头。"这不重要。我相信他是死了，可为什么不去想想这个病例的伟大之处呢？现在考虑一下——"接着他又投入到了更深奥的拉丁文之中。

"可是，先生，"助手温和地坚持道，他知道如果不把医生从他最喜欢的深奥的医学中给拽回来的话，他会一头扎进那里好几个小时，"先生，您今天还有别的预约啊。三个有腿病的病人在阿姆斯特丹，记得吗，还有一个有眼病的在布鲁克，那个患了肿瘤的在运河的北边。"

"肿瘤那个可以等一等，"医生思忖了一番后说道，"那也是一个美妙的病例——一个美妙的病例！那个女人有两个月没有把头从肩膀上抬起来了——硕大的肿瘤啊，先生！"

---

[1] 凯尔苏斯：古罗马医学家，著有一部百科全书，现仅存与医学相关的八卷，被称为《医术》。

医生到了这会儿已经是在大声说话了。他已经不大记得自己身在何处了。

福伦霍温又作了一次尝试。

"躺在床上的这个可怜家伙,您觉得他还有救吗?"

"啊,对,当然。"医生略有点儿慌乱地说道,因为突然意识到自己扯得有些远了,"当然,那就是说——我希望如此。"

"如果荷兰有什么人能行的话,先生,"助手诚实地低声说道,"那就是您。"

医生看上去不是很高兴,他用粗鲁的声音道出了一个慈爱的请求,请他以后少说这样的话,然后叫汉斯到自己的身边来。

这个奇怪的人很怕跟女人说话,尤其是谈外科手术上的事。"谁也说不准她们什么时候会尖叫或晕倒。"因此他把拉夫·布林克尔的病情解释给汉斯听,告诉他自己认为要拯救病人而该做的事。

汉斯认真地听着,脸上一阵红、一阵白,不时朝病床投去充满忧虑的一瞥。

"您是说这有可能会要了父亲的命,先生?"最后他用颤抖的声音叫了起来。

"有可能,孩子。但我坚信这病能被治愈而不是要命。啊!如果男孩子们不是些笨学生的话,我可以把整个事情摊在你们面前讲明白些,不过这样做没用。"

对于他的这种恭维汉斯没有什么反应。

"这样做没用,"博克曼医生生气地重复道,"我提出的是一个伟大的手术计划,但真还不如用斧子来做呢,因为你听了以后问的只

是：'会要命吗？'"

"可这个问题对我们来说意味着一切，先生。"汉斯含着眼泪不卑不亢地说。

博克曼医生看他的眼神里突然流露出了沮丧。

"啊！的确如此。你是对的，孩子，我是个傻瓜。好孩子，没有谁想要让自己的父亲死——我当然是个傻瓜。"

"先生，如果这种病继续下去的话，他会死吗？"

"哼！这可不是什么新的病。这东西会恶化得越来越快——对大脑造成压迫——不久就会那样把他带走。"说到"那样"的时候医生打了个响指。

"而做手术也许能救他。"汉斯接着问下去，"那我们要过多久才能知道呢，先生？"

博克曼医生越来越不耐烦了。

"一天以后，也许只要一个小时。跟你母亲商量一下吧，孩子，让她来决定。我的时间很紧。"

汉斯走到母亲身边。刚开始，当她举目望向他的时候，他连一个字都说不出来。然后，他把目光移开，用坚定的声音说道："我要和母亲单独说几句话。"

小格蕾泰尔不是很明白正在发生的事情，她匆匆地朝汉斯投去气呼呼的一瞥，随即朝外走去。

"回来，格蕾泰尔，坐下吧。"汉斯抱歉地说道。

她照做了。

布林克尔太太和她儿子站在窗边说话，医生和他的助手则俯身在床边，低声地交谈着。根本不用怕病人会被吵到，他的样子就像是又聋又瞎一样。只有他那微弱、可怜的呻吟才显示出他还是个活人。汉斯说话的样子很诚恳，声音很轻，因为他不想让妹妹听到。

布林克尔太太干裂的嘴唇张开着，她靠向汉斯，摩挲着他的脸庞，仿佛是在怀疑他的话有什么言外之意。她曾一度发出短促又惊恐的呜咽，让格蕾泰尔吓了一跳，但在那以后，她就一直很平静地听着。

等汉斯讲完后，他母亲转过身来，长久地、充满痛苦地望向脸色苍白、没有知觉地躺在那里的丈夫，然后走到床边跪了下来。

可怜的小格蕾泰尔！这到底意味着什么？她用充满探询的目光望向汉斯。他站在那里，头却微微低着，像是在祈祷——对着医生。医生正在轻柔地抚摩着她父亲的头，像是在检查某种稀奇的石头——对着助手。助手咳嗽了一声然后转过脸去——对着她母亲。啊，小格蕾泰尔，那便是你能做的最好的事情了——去跪到她的身边，将你那温暖的、年轻的臂膀环上她的脖颈，轻声哭泣，恳求上天倾听。

待母亲起身后，博克曼医生眼中带着一丝忧虑，略显生硬地问道："那，太太，手术要做吗？"

"会给他带来痛苦吗，先生？"她用颤抖的声音问道。

"这我说不准。也许不会。要做吗？"

"也许能治好他，您说的，可——先生，您是不是告诉我儿子说——也许……也许……"她说不下去了。

"是的，太太，我说过病人也许会手术失败，但我们希望它能成功。"他看了看自己的手表。助手不耐烦地朝着窗口走去，"快点吧，太太,时间不等人了。做还是不做?"

汉斯用胳膊搂住母亲。这并不是他平时会有的样子。他甚至还把头靠到了母亲的肩膀上。

"大夫在等我们回答呢。"他低声说。

长久以来,布林克尔太太从任何方面来说都是这家的头儿,许多次她都对汉斯非常严厉,用强硬的手段约束着他,并为自己是一位严母而感到高兴。然而现在她感觉自己是如此脆弱,如此无助。儿子那有力的拥抱此刻对她来说举足轻重。甚至触碰到那满头金发都令她感受到力量。

她恳切地向自己的儿子求助。

"哦,汉斯!我该说什么?"

"说上天告诉你的话,母亲。"汉斯低着头说道。

母亲的心中很快地发出了向上天的祈祷。

回答来了。

她转头看向博克曼医生。

"是的,先生,我同意。"

"哼!"医生心里想说的是,"就这还要花那么长时间。"接着他跟自己的助手商量了一会儿,助手看上去像在很是恭敬地听着,内心却非常开心,因为他有个天大的笑话非要告诉自己的同学们不可——他居然真的看到了"老博克曼"的眼睛里有一滴泪。

这段时间里,格蕾泰尔瑟瑟发抖地站在旁边看着,不发一语,但等她看见医生打开一只皮包,从中一件接一件地取出锋利而又闪着寒光的器械时,不由得跳了起来。

"哦,妈妈!可怜的爸爸不是故意要犯错的。他们这是要杀了他吗?"

"我不知道,孩子,"布林克尔太太尖叫道,目光凶狠地看向格蕾泰尔,"我不知道。"

"这样可不行,太太。"博克曼医生厉声说道,同时朝汉斯很快地投去锐利的一瞥,"您和小女孩必须离开房间。男孩可以留下。"

布林克尔太太马上挺直身体控制住了自己,眼睛闪出光来,表情也为之一变,看着像从来就没哭过,从来没感受过哪怕一刻的软弱。她的声音很低却很坚定:"我要跟我丈夫待在一起,先生。"

博克曼医生看着很是吃惊。很少有人违抗他的命令。两人的眼神有短暂的交接。

"您可以留下,太太。"他的声音有了改变。

格蕾泰尔已经消失了。

在小屋的一角有个小小的壁橱,格蕾泰尔那张粗糙的、盒子一样的床收起后便贴墙绑着。没有人会想到,那发着抖的小家伙便趴在那片黑暗中。

博克曼医生脱掉了他厚重的外套,往一只瓦盆里倒满了水,放在了床边,然后转过身来问汉斯:"我可以指望你吗,小伙子?"

"可以,先生。"

"我相信你。站到床头来,这儿——你母亲可以坐到你右边——这样。"他边说边把一张椅子放在了床边。

"记住,太太,在我做手术的时候不要哭,也不要晕倒。"

布林克尔太太用目光作出了回答。

他对此很满意。

"开始吧,福伦霍温。"

啊,那个装着可怕的手术器械的包!助手把那些器械递了过来。格蕾泰尔一直眼中噙泪,从壁橱的门缝里望着,此时她再也无法保持安静了。

她发了疯一样地冲了出来,穿过房间,抓起自己的头巾,从小屋中跑了出去。

第 33 章
格蕾泰尔和希尔达

此时正是休息的时间。学校里刚响起第一声钟声,运河便像是发出了一声巨吼,突然因为男孩女孩们的到来而活了过来。

几十个穿得喜气洋洋的孩子在冰面上相互穿梭着,上午被压抑的欢乐正在歌声、喊叫声和笑声中得到释放。没有什么东西可以抵挡住这股嬉闹的潮流,也没有一点儿与学校课本相关的念头跟着他们来到阳光之下。拉丁语、算术、语法——全都要在乏味的教室里锁上一个小时。如果愿意的话"老师"可以成为一个名词,而且是专有名词,但"他们"可是打定了主意要好好玩耍一番。只要溜冰还是这么好玩儿,那荷兰是在北极还是在赤道又有什么区别呢。他们的原则就是,只要他们能竭尽所能在这场喧闹中不被撞翻,谁又会去在意惯性和地心引力这种事情呢。

玩闹正酣时,一个孩子叫了起来:"那是什么?"

"什么?哪儿?"十几个声音一起叫着。

"怎么啦?你们看不见吗?傻子小屋旁边那个黑黑的东西。"

"我什么也没有看见。"一个人说。

"我看见了。"另一个声音大声叫道,"那是一条狗。"

"哪儿有什么狗?"一个我们之前听到过的尖尖的声音插嘴道,"没有这样的东西——那是一堆破烂。"

"呸!福斯特,"另一个人粗暴地打断道,"已经快要接近答案了。就是那个傻女孩,格蕾泰尔,是她在找耗子呢。"

"啊,那又有什么稀奇的?"福斯特尖声说道,"她整个人不就是一堆破布吗?破布可不就是配耗子的吗?"

"哈！哈！说得好，福斯特！继续努力，你会得到说俏皮话奖章的。"

"你会得到别的东西，如果她哥哥汉斯在这儿的话。我敢向你保证！"说话的是个小个子，声音有点闷，听上去有点感冒。

因为汉斯没有在那儿，所以福斯特听出了这话中的讥讽之意。

"谁管他在不在，喷嚏虫？他那样的人来上一打我都敢揍，还能把你捎上。"

"你能打是吧？那我这就去帮你把人叫来。"似乎是要证明自己的话，"喷嚏虫"用最快的速度滑开去了。

就在这时，冰面上发生了一场追逐战，学校里年纪最大的三个学生成了追逐的对象——一时间，无论大家是敌是友，带着跟先前一样的嬉闹劲头，为了共同的目标联合到了一起。

欢乐的人群中只有一个人还记得傻子小屋边那个黑黑的小身形。可怜的、吓坏了的格蕾泰尔！她脑子里根本没在想冰面上这些人，尽管他们那欢快的笑声轻灵地向她飘去，让她恍如置身梦中。

身后那黑乎乎的窗子里传来的呻吟声多响啊！万一那些陌生人真的是在杀她爸爸那可怎么办！

想到这里，她发出一声惊恐的大叫，从地上弹了起来。

"哦，不！"她呜咽着，又跌坐回之前一直坐着的结了冰的土堆上。母亲在那儿，还有汉斯，他们会照顾爸爸的。但他们的脸色多么苍白啊，而且甚至连汉斯也在哭！

"为什么那个坏脾气的大夫要把他留下而把我给赶出来？"她思忖道，"我可以挨在妈妈身边给她亲吻，那总是能让她轻抚我的头发，对我柔声细语地说话，哪怕是在她刚刚骂完我之后。这会儿怎么这么安静啊！啊，如果爸爸死了，还有汉斯，还有妈妈也死了，那我该怎么办啊？"想到这里，格蕾泰尔冷得浑身发抖，把脸埋到自己的手臂上，哭得好像她的心要碎了一样。

在过去的四天中，这个可怜孩子一直忙里忙外，这已经超出了她体力的极限。自始至终，她都是母亲跟前心甘情愿的小女佣，抚慰、帮忙，在白天帮这个守活寡的女人振作精神，漫漫长夜里在她身边和她一起看护、祈祷。她知道此刻正有什么可怕而又神秘的事情在发生，可怕得连天底下最善良、最好的汉斯也不能跟她说。

接着，新的念头又涌了进来。为什么汉斯会不告诉她呢？真是太不像话了。那不仅是他的父亲，也是她的父亲。她不是小孩子了。她曾有一次从父亲手上夺下了一把锋利的刀子。在那个可怕的夜晚，她甚至还把他从母亲身边拉开，而汉斯，虽然他个子高大，当时却不能跑来帮她。那么，难道她就应该被人当成什么都不会吗？哦，多么安静啊——寒冷又是那么彻骨！要是安妮·博曼不是去了阿姆斯特丹，而是还留在家里的话，她就不会这么孤单。她的脚越来越冷！难道是呻吟声让她觉得自己如同飘浮在空中吗？

不能这样下去——母亲说不定随时会需要她帮忙！

她坐直身子，努力让自己清醒，她揉了揉眼睛，对眼前的景象感到惊奇——惊奇于天空是如此晴朗而又湛蓝，惊奇于小屋是如此的安静，惊奇于远处起伏的笑声。

没多久她的身体又塌了下去，走马灯般出现在她混乱头脑里的奇怪想法变得愈发杂乱。

那位大夫的嘴唇好奇怪啊！屋顶上那个鹳巢似乎正在对她发出沙沙的低语！那只皮包里的刀子是多么明晃晃——或许比银色溜冰鞋更亮。但凡她穿上了自己那件新外套，也不会抖得如此厉害。那件新外套真漂亮——那是她穿过的唯一一件漂亮衣服。上天已经关照她父亲很久了。只要那两个人离开，他还会继续得到上天关照的。啊，现在那两个大夫到了房顶上,他们在朝最高处爬去——不——那是她母亲和汉斯——或者是那些鹳。天这么黑,谁知道呢?土堆在摇晃,在以奇怪的方式摇摆。鸟儿们唱得多么悦耳动听啊!它们一定是冬天的鸟,因为空气中密密麻麻的都是冰凌——不是一只鸟,而是二十只。哦!我听到它们了,母亲。叫醒我,母亲,我要去参加溜冰比赛。我累了,因为一直都在哭啊,哭啊——

一只有力的手搭上了她的肩膀。

"起来,小姑娘!"一个体贴的声音喊道,"这样下去可不行,你躺在这儿会冻坏的。"

格蕾泰尔慢慢地抬起头来。她太困了,所以当她看到希尔达·范·格莱克正俯身用那双和气而又美丽的眼睛望着自己时,并没觉得有什么奇怪。她之前经常在梦里见到。

但她从来没梦到过希尔达用力摇晃自己,几乎是使出了全力在拽自己,也从来没梦到过自己会听到她说:"格蕾泰尔!格蕾泰尔·布林克尔!你必须醒过来!"

这一切是真实的。格蕾泰尔抬头看去。依然是那位可爱娇美的小姐摇晃着、揉搓着,甚至可以说是击打着自己。这一定是个梦。不,那是自家的小屋——还有鹳巢和医生停在运河边的马车。她现在可以相当清晰地看见这些东西了。她的双手感到刺痛,双脚则是一阵一阵地抽痛。希尔达正在强迫她走路。

最终,格蕾泰尔的意识开始恢复正常。

"我刚才睡着了。"她支吾道,一边用双手揉了揉眼睛,脸上满是羞赧之色。

"是的，睡得实在是太熟了，"希尔达笑道，她的嘴唇很苍白，"但你现在已经好得差不多了。靠着我，格蕾泰尔。来，接着走，你很快就会暖过来一些，可以到火边去烤一烤。我带你进小屋吧。"

"哦，不！不行！不行！小姐，不能去那儿！大夫在里面。他让我出来的！"

希尔达听得有点儿糊涂，但她很聪明地忍住了没有当下就要她向自己解释，"很好，格蕾泰尔，试试再走快些。之前我看见你在土堆上，不过我以为你在玩儿。对，就那样，接着走。"

在这一小段时间里，这位好心的姑娘一直在逼着格蕾泰尔来回走动，用一只胳膊扶着她，然后再换另一只，在这么倒腾之间费力地把自己那件温暖的外套给脱了下来。

突然，格蕾泰尔意识到了她要干什么。

"哦，小姐！小姐！"她用恳求的声音喊道，"求求您，千万别想那样的事。哦！穿着，别脱下来，我已经浑身发烫了，小姐！火烧火燎的。不是真的烧起来，但是那种浑身上下都有针在戳的感觉。哦，小姐，千万不要！"

这可怜孩子的焦虑是那么真实，希尔达赶紧安慰道："很好，格蕾泰尔，接着动你的胳膊——这样。哎呀，你的脸颊已经红得像玫瑰了。我想大夫这会儿该让你进去了，他当然会的。你父亲病得这么厉害吗？"

"小姐，"格蕾泰尔一听这话又哭了起来，"我觉得他快要死了。这会儿里面有两个大夫在陪着他，母亲今天都没怎么说话。您能听到他叫唤吗，小姐？"突然一阵恐惧向她袭来，她赶紧又说道，"这儿太吵了，我听不见。他说不定已经死了！哦，我真希望能听见他叫唤！"

希尔达听了听。小屋就在旁边，但什么声音也听不到。

她有种感觉，格蕾泰尔是对的，于是她跑到了窗户边。

"你从那儿看不见，小姐，"格蕾泰尔呜咽着急切地说道，"母亲在里面挂了油纸。但在另一扇窗子，就是南边那一扇，那儿的油纸被撕掉了，可以看到里面。"

希尔达着急地跑了过去，绕过屋角，那里低低的屋顶上边缘缀着的茅草已经松散了。

突然，她想到了什么，停下了脚步。

"像这样朝别人家的房子里张望可不对。"她自语道。于是，她轻柔地把格蕾泰尔唤来，低声对她说："你可以看看——也许他只是在睡觉。"

格蕾泰尔想要用轻快的步伐走过去，但她的四肢都在发抖。希尔达赶紧过去搀扶她。

"恐怕你自己都病了呢。"她亲切地对格蕾泰尔说道。

"不，没病，小姐，可我的心一直都在哭，就算我的眼睛跟您一样是干的。唉，小姐，这是怎么啦，您的眼睛不是干的！您是在为我们而哭吗？哦，小姐，真该让上天看见您现在的样子！我知道，父亲这会儿应该好些了。"小家伙即使是在凑近窗子朝里看的过程中，也都在一遍遍亲吻着希尔达的手。

窗子是破的，只是很寒碜地修补了一下，一张撕破的纸挂在窗扇的中间。格蕾泰尔把脸贴到了窗子上。

"能看到什么吗？"希尔达等了一会儿后终于低声问道。

"看到了——父亲躺在那儿一动不动,头上缠着绷带,大家的眼睛都在盯着他。哦,小姐!"格蕾泰尔几乎喊了起来,随即猛地后退,用熟练的动作脱掉了沉重的木鞋,"我必须到我母亲身边去!您能和我一起进去吗?"

"现在不行,上课铃响了。我会再来的。再见!"

这些话格蕾泰尔几乎没听见。但在此后的许多日子里,她都记住了希尔达转身离去时脸上那明媚却又充满同情的微笑。

第 34 章
苏醒

就算是天使,恐怕也不能无声无息地进入小屋了。格蕾泰尔不敢看向任何人,轻手轻脚地溜到了母亲身边。

房间里非常安静。她可以听见那位老医生呼吸的声音。她几乎还能听见火星落入炉子的灰烬中的声音。母亲的手非常冷,但她的脸颊却似乎在燃烧、在放光,她的眼睛就像是一头鹿的眼睛——那么亮,那么哀伤,那么热切。

终于,床上有了一点儿动静,非常轻,却足够让他们都心中一惊。博克曼医生关切地把身体凑了上去。

接着又是一点儿动静。那双大手,对于一个穷人来说显得那么白净、柔软的大手抽动了一下,然后抬了起来,稳稳地朝着前额摸去。

手摸到了绷带,那动作不是焦躁的、疯狂的,而是带着探询的意味,这让博克曼医生也不禁屏住了呼吸。

"稳一点儿!稳一点儿!"一个在格蕾泰尔听来十分陌生的声音

说道。

"把草垫垫得高一些,伙计们!现在倒上土。水涨得很快,没时间再——"

布林克尔太太像一头年轻的猎豹一样一跃而起。

她抓住了自己丈夫的双手,靠近他喊道:"拉夫!拉夫,我的小伙子,跟我说话呀!"

"是你吗,梅吉?"他虚弱地问道,"我一直都在睡觉,我想是受伤了。小汉斯在哪儿?"

"我在这儿呢,爸爸!"汉斯叫道,他已经欣喜若狂了。但医生拦住了他。

"他认得我们!"布林克尔太太高声叫了起来,"感谢上天!他认得我们!格蕾泰尔!格蕾泰尔!过来,看看你的父亲!"

博克曼医生命令大家"安静!"并想阻止他们靠向床边,但是没用,他根本拦不住他们。

汉斯和母亲围在刚刚苏醒过来的人身边又是笑又是叫的。格蕾泰尔没有出声,但她望着他们的眼神中满含着惊喜。她的父亲用虚弱的声音问道:"小宝宝睡着了吗,梅吉?"

"小宝宝?"布林克尔太太不解地重复了一下,"哦,格蕾泰尔,说的是你啊!他还管汉斯叫'小汉斯'。一睡就是十年啊!哦,先生,您可是我们的救命恩人哪!他整整十年什么都不认得!孩子们,你们怎么不谢谢大夫呢?"

这位好太太已经欣喜若狂了。博克曼医生什么也没说,但当他的目光和她相遇时,他用手指了指天上。她明白了。汉斯和格蕾泰尔也明白了。

他们全都在床边跪了下来，布林克尔太太在祈祷的时候伸手握住了丈夫的手。博克曼医生微微低下了头，助手则站在火炉边背对着他们。

"你们为什么要祈祷呢？"父亲在他们起身的时候无力地望着他们，在口中嗫嚅道，"今天是礼拜天吗？"

这天不是礼拜天，但他的妻子却在低头祈祷——她不能说。

"那你们应该祈祷。"拉夫·布林克尔缓慢而又艰难地说，"我不知道这是怎么回事。我非常、非常虚弱。也许牧师会读给我们听的。"

格蕾泰尔从那个木雕架子上拿起那本大大的书。博克曼医生对自己被称作牧师略感丧气，咳嗽了一声把大书交给了自己的助手。

"念吧，"他含糊地说道，"得让这些人保持平静，不然那家伙还是会死的。"

祈祷后，布林克尔太太对其他人神秘兮兮地做了个手势，意思是说自己的丈夫睡着了。

"太太，"医生一边套上自己厚厚的羊毛手套，一边压低了的声音说道，"一定要保持绝对的安静。你懂的。这实在是一个很不同寻常的病例。我明天还会来的。今天不要给病人吃东西。"说罢匆匆点了下头就离开了小屋，助手也跟在他身后走了。

他那宽阔的马车就停在不远处，医生待在小屋里的时候，赶马车的人几乎一直都在让马沿着运河上上下下地慢跑。

汉斯也走了出来。

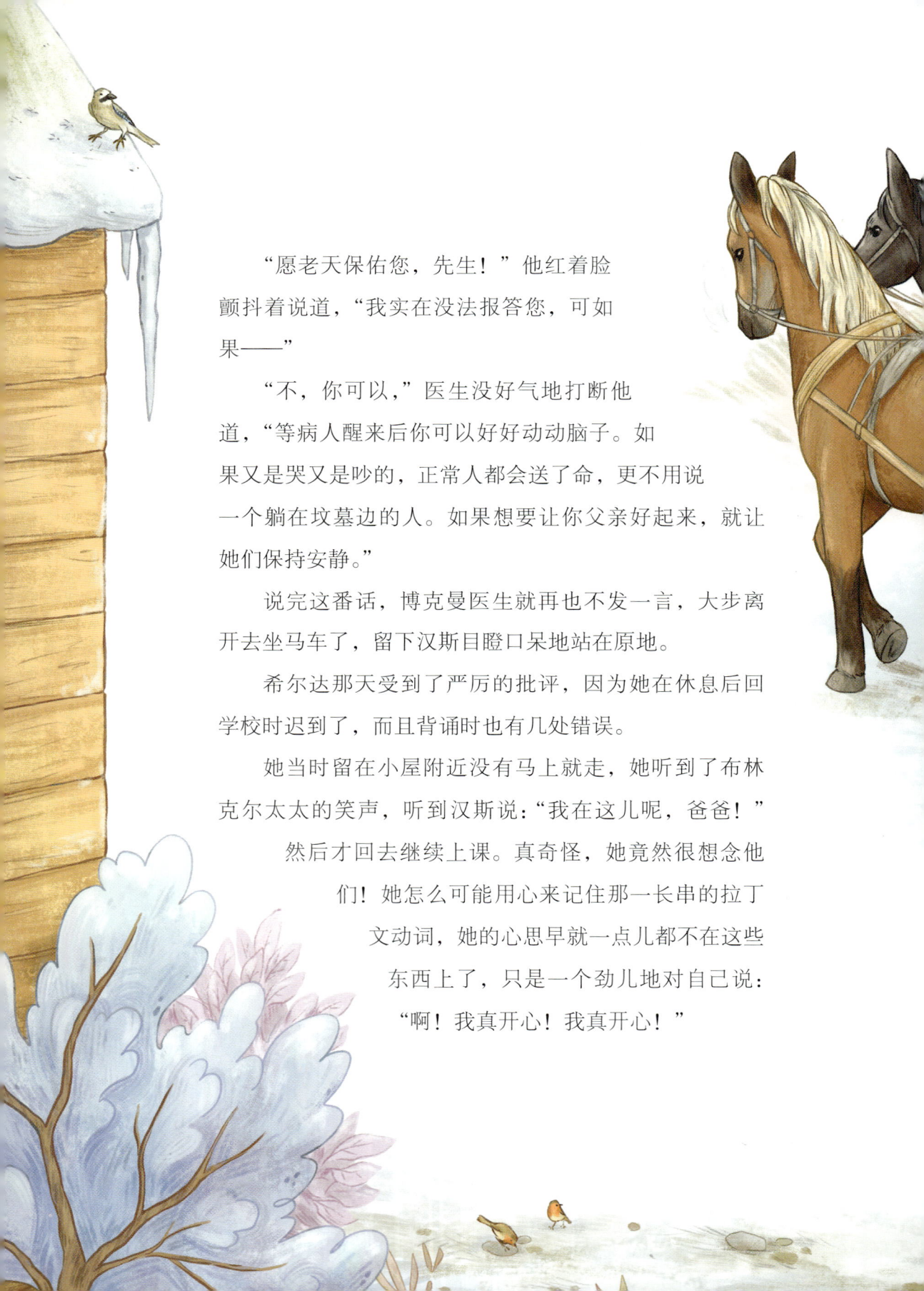

"愿老天保佑您,先生!"他红着脸颤抖着说道,"我实在没法报答您,可如果——"

"不,你可以,"医生没好气地打断他道,"等病人醒来后你可以好好动动脑子。如果又是哭又是吵的,正常人都会送了命,更不用说一个躺在坟墓边的人。如果想要让你父亲好起来,就让她们保持安静。"

说完这番话,博克曼医生就再也不发一言,大步离开去坐马车了,留下汉斯目瞪口呆地站在原地。

希尔达那天受到了严厉的批评,因为她在休息后回学校时迟到了,而且背诵时也有几处错误。

她当时留在小屋附近没有马上就走,她听到了布林克尔太太的笑声,听到汉斯说:"我在这儿呢,爸爸!"然后才回去继续上课。真奇怪,她竟然很想念他们!她怎么可能用心来记住那一长串的拉丁文动词,她的心思早就一点儿都不在这些东西上了,只是一个劲儿地对自己说:"啊!我真开心!我真开心!"

第 35 章
骨头和舌头

人身体里的骨头是很奇怪的东西。人们会觉得骨头对于学校里的事情是一点儿都不知道的。可其实不是。就连雅各布·普特的骨头也如此,它们深埋在肉里,对学习时间里发生的事情很是敏感。

在他回家以后的第二天早晨,这些骨头全都痛得不得了,而且学校的钟声每响一下都会带给雅各布一阵刺痛,仿佛在说:"别敲啦!再敲就要死人啦!"而放学后则正相反,它们全都消停下来,变得舒服无比。事实上,它们似乎要枕在垫子上开始小睡。

其他男孩子们的骨头也是差不多的情形，不过那就没那么值得一说了。他们的骨头和雅各布的比起来离外面的世界更近，因此也就应该更了解世界的运作方式。路德维希少爷的骨头尤其如此，它们和这世界的距离只有薄薄的一层皮。因此它们是你所听说过的懂得最多的骨头。只消平静地把一本有着长长教程的语法书放到他面前，那些狡猾的骨头马上就能把疼痛的感觉传递到他的眼睛边上！如果你请他帮你去阁楼拿一下脚炉，那些骨头马上就会提醒他身体已经"太累了"。如果叫他到一英里外的糖果店去，情况立马就会发生一百八十度的转变，没有一块骨头还会记得自己在当天被使用过。

知道了这些，当我再告诉你这五位男孩子是当天放学时拥出学校的人群中最欢乐的，你便不会感到奇怪了。

彼得的心情非常好。他从希尔达那里听说了布林克尔太太的笑声和汉斯那开心的话语，便已经确信拉夫·布林克尔的病已经治愈了。事实上，这个消息已经向四面八方传开，传出了方圆数英里的范围。以往任何时候都不曾关心过，甚至不曾提起过布林克尔一家，除了带着一声轻蔑的冷笑或是耸耸肩假装怜悯的人，现在都对他们家的历史如数家珍。各种荒诞不经的故事在坊间流传开来，层出不穷。

希尔达在那最激动人心的时刻，曾停下来跟医生的马车夫聊过几句，那时马车夫整理完马鞍后正拍着手。她那颗善良的心被快乐塞得满溢了，便忍不住停下来告诉那个冷冰冰、一脸倦容的人，说她觉得医生很快就要出来了。她甚至向他暗示她怀疑——只是怀疑——医生刚进行完一场精妙绝伦的治疗，让一个傻子恢复了理智。不，不是怀疑，她对此非常肯定，因为她听到了那位寡妇的笑声——不，当然不能说是寡妇,而是他的妻子——因为那个人已经跟随便哪个人一样充满活力了,据她所知,他正坐起身来,像一个律师那样滔滔不绝地说着话呢。

这话说得当然很不严谨,希尔达只是觉得应该是那样的,但并不为说出这番话而感到后悔。

可是能够去散播出人意料的好消息总是那么令人快乐的!

她沿着运河轻快地走着,越来越肯定地重复着自己的过错,一遍又一遍,几乎告诉了学校里的每一个男孩和女孩。

与此同时,扬松·科尔普从远处滑了过来。当然,两秒钟后,他就和马车夫油腔滑调地打着招呼,开起了粗俗的玩笑,马车夫则用懒懒的、不屑的目光望着他。

而这对于扬松来说,已经不啻是在发出让他靠近的邀请了。此刻的马车夫靠在车厢上,收紧起缰绳,低声地朝他的马儿嘟囔着什么。

扬松跟他搭讪道:"我说,傻子小屋里发生什么事儿了?你的老板在那儿吗?"

马车夫故作神秘地点了点头。

"呜我!"扬松吹了声口哨,凑得更近了一些,"老布林克尔死了?"

马车夫因为觉得自己受到重视而有点膨胀了,并相应地保持了沉默。

"我说,老针垫,要是你能开口说话,我会跑回那边的家里给你拿上一大块姜汁面包。"

老针垫也是个人,在这儿一连等了好几个小时已经让他饥肠辘辘了。听了扬松的暗示后,他的表情出现了松动的迹象。

"我说话算话,老家伙,"他的引诱者继续说道,"快点!什么消息？是老布林克尔死了？"

"没有，给治好了！又恢复神志了。"马车夫一个字一个字地朝外蹦着，像是发射了许多颗子弹。

这些话像子弹一样击中了扬松·科尔普。他像中了一枪一样跳了起来。

"上帝啊！你不是在说真的吧！"

马车夫闭上了嘴，意味深长地看向了科尔普先生那寒酸的住处。

就在这时扬松·科尔普看到了远处的一群男孩子。他咋咋呼呼地跟他们挥手打招呼，就跟世界上他这样的孩子一样，不管是在非洲的某地、日本、阿姆斯特丹还是巴黎，他蹦蹦跳跳地朝着他们跑了过去，把马车夫、姜汁面包和其他的一切都给忘了个干净，脑子里只记着那个好消息。

于是，到了太阳落山的时候，周围的乡间已经传遍了，人们说博克曼医生碰巧从小屋跟前路过，给傻子布林克尔灌了好大一剂药，那药是棕色的，就像姜汁面包一样。在把药给白痴灌下去的时候总共用了六个大男人才按住他。药刚灌完，傻子立马跳了起来，该有的能力全都恢复了，他击倒了医生或者用棍子痛打了他（说的人在讲到这里的时候承认有点儿不太确定医生到底挨了哪种惩罚），然后坐了下来，像个律师那样跟他说起话来。在那以后，他又掉过头去跟他的妻子和两个孩子说了非常动听的话。布林克尔太太大笑不已，笑到后来都歇斯底里了。汉斯说："我在这儿，父亲，是您亲爱的儿子！"格蕾泰尔也说："我在这儿，父亲，是您亲爱的女儿！"后来人们看见医生坐在自己的马车里，脑袋向后仰靠着，脸色白得像尸体一样。

第36章
新的警报

博克曼医生第二天造访布林克尔家的小屋时,不由得注意到了这地方的欢快和舒服。一打开门,一股欢乐的气氛便扑面而来。布林克尔太太正坐在窗边织毛衣,一脸心满意足之色,她丈夫正在享受安静的睡眠,而格蕾泰尔正在角落的桌子上无声地揉着面团,准备做黑麦面包。

医生没有待很久。他问了几个简单的问题,似乎对回答很满意。在测了病人的脉搏后,他说:"嗯,还很虚弱,太太。他真的很虚弱。他必须补充营养。你可以开始给他吃东西了。啊!不用太多,但你务必要给他吃有营养的、最好的东西。"

"我们有黑面包,先生,还有麦片粥,"布林克尔太太兴冲冲地答道,"这些一向很对他的胃口。"

医生嘴里响起了啧啧声,眉头也皱了起来:"不是那种东西。他必须吃新鲜的肉汁,干烤白面包,上好的马拉加酒,还有——啊!他看上去很冷啊。给他多盖点儿，又轻又暖的。那个男孩儿上哪儿去了？"

"汉斯，先生，他去布鲁克找活儿去了。马上就要回来了。大夫，您请坐好吗？"

不知是由于布林克尔太太提供的擦得很亮的硬木凳看着不是很有吸引力，还是因为她是个女人，又或是因为她的脸上突然现出了焦虑和沮丧的神色吓到了医生，到底是哪样我说不上来，反正可以肯定的是我们这位古怪的医生的面上有了着急的神色，只见他含含糊糊地说了点"一个很不寻常的病例"之类的话，微微鞠了一躬，便不等布林克尔太太多说一句话就消失了。

他们的大恩人上门造访居然给他们留下了一层阴影，这事儿说来奇怪，却是事实。格蕾泰尔皱起了眉头，一种忧心忡忡的、孩子式的皱眉，她手上使劲地揉着面团，眼也不抬一下。布林克尔太太快步回到她丈夫的床边，俯身望着他，无声却又激动地哭了起来。

没过一会儿，汉斯就踏进了家门。

"怎么啦，母亲，"他吃惊地低声问道，"您这是怎么啦？是父亲的病情恶化了吗？"

她把犹自颤抖着的脸朝他转了过来，没有试图要隐藏自己的悲伤。

"是的，他正在挨饿——正在枯萎。大夫说的。"

汉斯的脸一下子变得煞白。

"这是什么意思，母亲？我们必须马上给他吃东西。来，格蕾泰尔，把粥给我。"

"不！"母亲心烦意乱地说道，但是并没有提高声音。

"这会要了他命的。我们这些可怜的食物对他来说太粗糙了。哦,汉斯,他会死——你们的爸爸会死,如果我们这样消耗他的话。他必须得吃肉、甜酒,还得再添条被子。哎,我该怎么办,我该怎么办啊?"她呜咽着,双手扭绞在一起,"家里连一个子儿都没有了。"

格蕾泰尔噘起了嘴,这是她那会儿唯一可以表达悲伤的方式。她的眼泪一滴一滴地掉落到面团里。

"大夫说他必须吃这些东西吗,母亲?"汉斯问。

"对,他是这么说的。"

"好的,母亲,别哭了,他会有这些东西的。我在晚上之前会把肉和酒带回家。被子就从我床上拿。我可以睡在草堆里。"

"好的，汉斯，可只有这么点儿也还是很危险。大夫说他得盖点儿又轻又暖的东西。他会死的。我们家的煤就快烧完了，汉斯。你爸爸浪费了不少煤，我不看着的时候他就一直朝炉子里扔，这可怜的家伙。"

"不用担心，母亲，"汉斯用快活的语气低声说道，"我们可以把那棵柳树砍了当柴烧，不过我今晚会带煤回家的。虽说在布鲁克没活儿，但在阿姆斯特丹一定能找到的。别怕，母亲，最大的麻烦已经过去了。父亲恢复了理智，我们就能面对任何困难了。"

"对！"母亲呜咽着说道，一边匆匆擦干了眼泪，"这话说得没错。"

"当然是这样。看看他，母亲，他睡得多平静啊。您觉得上天会在刚把他送回给我们后再让他挨饿吗？母亲，我肯定会弄来所有父亲需要的东西，就好像我口袋里装满了金子一样。好了，别再担心了。"汉斯在她脸上匆匆亲了一下就拿上溜冰鞋轻手轻脚地离开了小屋。

可怜的汉斯！虽说今天上午这趟跑下来令他失望，新的麻烦让他心中很不舒服，但他脸上还是带着勇敢的表情，脚下迈着坚定的步伐，口中努力地吹着口哨，心里怀着牢固的信念，事情终会得到解决的。

布林克尔家之前从来没有如此真切地感受到物资匮乏的压力。他们的存煤已经快用完了，小屋中所有的面粉也已经化作格蕾泰尔手中的面团。在过去的几天里，他们很少在意过吃，很少意识到自己的处境。布林克尔太太非常肯定地认为，她和她的孩子们能在最糟糕的情形到来之前挣到钱，于是放纵自己投入到丈夫病况恢复的喜悦之中。她甚至没有告诉汉斯，放在旧手套里的那几个银币已经快用得差不多了。

汉斯现在在责怪自己刚才见到医生走进马车时没有跟医生打个招呼，说上几句，马车就向着阿姆斯特丹的方向疾驰而去了。

"也许这其中有哪里弄错了吧,"他想,"医生肯定会知道,肉和甜酒不是我们吃得起的,可父亲看上去的确非常虚弱——他当然很虚弱。我必须得找到工作。如果范·霍普先生从鹿特丹回来了,我就能有足够的活儿干了。但彼得少爷跟我说过,如果有什么是他能帮上我们的,一定要告诉他。我这就找他去。唉,要是这会儿是夏天该有多好啊!"

汉斯一边想着,一边向着运河疾行。没多久,他就穿上了冰鞋,飞快地朝着范·霍普先生的家滑去。

"父亲必须马上得到肉和酒,"他喃喃道,"但我怎么能及时挣到钱,今天就买来这些东西呢?没有别的办法了,只有像我答应过的那样,去找彼得少爷。一点儿作为礼物的肉和酒对他来说又算得了什么呢?等父亲有东西吃了,我就可以马上去阿姆斯特丹挣钱买明天的东西。"

这时又有别的念头向他袭来——这些念头让他的心跳变得沉重,让他的双颊因羞愧而发烫。"这是在乞讨啊,即便没到这么严重的程度。布林克尔家还从来没有哪一个向人伸手讨要过什么。我要成为第一个吗?可怜的父亲一辈子都那么聪明而又节俭,难道要他刚刚回到生活中来就得知自己家在靠施舍度日吗?""不,"汉斯说出了声来,"宁愿和那块表告别也要比这好上一千倍!"他这么想着就转过身来。这样做没什么可丢人的。我可以马上找到工作,再把它赎回来。不,或许我还能跟父亲讲讲这件事情!

最后这个念头让他高兴得手舞足蹈起来。对啊,为什么不跟父亲说呢?他现在可是个有头脑的人了。"他会醒过来,"汉斯想,"活泼开朗，神清气爽——会告诉我们那块怀表没什么大不了的，当然可以卖掉！"想着这些，汉斯几乎在冰面上飞了起来。

又过了一会儿，溜冰鞋被他脱了下来，在他跑向小屋的时候，那双鞋挂在他的胳膊上晃荡。

他的母亲在门口迎上他。

"哦,汉斯!"她大声说道,脸上泛着喜悦的亮光,"那位年轻的小姐跟她的女仆到这儿来过了。她带来了所有的东西——肉、果酱、酒和面包——装了满满一篮子!后来大夫又从城里派人给你父亲送来了更多的酒、一张很好的床和一些毯子。哦!他现在可以好起来了。愿上天保佑这些好人!"

"愿上天保佑他们!"汉斯附和道。在这一天里,他的眼中第一次噙满了泪水。

第 37 章
父亲回归

那天晚上,拉夫·布林克尔感觉自己好多了,便坚持起身要在放于火炉前的那把粗糙的高背椅上坐一会儿。一时间,小屋里起了一阵不小的骚动。在这种场合中汉斯是最重要的,因为他父亲是个很重的人,需要有个坚实的东西供他倚靠。布林克尔太太虽然不是那种弱不禁风的女人,但因为他们正在采取没有经医生允许便把他给抬起来的这种大胆举动,所以她又是惊恐又是兴奋,尽管她以为自己是丈夫主要的支撑和倚靠,但还是差点儿把他给拉倒了。

"稳点儿,老婆,稳点儿,"拉夫喘息着说道,"是我变老变虚弱了,还是发烧让我这么没用了?"

"听听这家伙!"布林克尔太太笑了起来,"说起话来跟随便哪个人一模一样!好了,你只是烧得身子虚,拉夫。椅子就在这儿,给你布置得温暖又舒适。来,坐下吧——慢慢——好了!"

布林克尔太太一边说着这些话,一边把她那一半负担慢慢地放到了椅子中。汉斯也小心翼翼地做了同样的事。

与此同时，格蕾泰尔照例跑前跑后，把所有能想到的东西递到她母亲手上，或是垫到父亲背后，或是铺在他的膝上。随后她又抽走了先前垫在他脚下的木头板凳，因为汉斯踢了踢火堆，让它烧得更旺了些。

父亲终于坐舒坦了。不足为奇地，他朝自己的四周看着，一副摸不着头脑的样子。"小汉斯"刚才差不多都能把他给抱起来了。"小宝宝"的身高都快有一米三了，此刻正在认真地用一束柳枝清扫着炉膛。他的妻子梅吉跟以往一样美丽迷人，但他觉得似乎只有几个小时的时间里她增加了五十磅。她的脸上似乎有了一些新的皱纹，这让他颇感疑惑。房中不多的几样让他觉得熟悉的东西，包括那张结婚前他自己动手做的松木桌子，那本摆在架子上的书，还有角落里的那个壁橱。

啊！拉夫·布林克尔，即便当你望着眼前所爱之人那充满喜悦的脸庞时，你的眼中也满含着热泪，这才是最自然的事情啊。一个男人生命中失落的十年可不是一笔不大的损失。那是你该作为家中男子汉和顶梁柱的十年，那是你该享受家庭幸福与关爱的十年，那是你该踏踏实实付出劳动的十年，那是你该有意识地享受阳光和户外美景的十年，那是你该充满感激之心好好生活的十年——这一切正是你以前某天曾向往过的东西。然而眨眼间，待你醒过来时却发现这一切全都逝去了，徒留一片空白。难怪滚烫的泪水会一滴接一滴地淌过面颊！

温柔的小格蕾泰尔啊！她生命中的祈祷已经在那些眼泪中得到了回应。在那个时刻她无声地爱着父亲。在看到她突然朝父亲跑过去，伸出臂膀抱住了他的脖子时，汉斯和母亲默默地对望了一眼。

"爸爸，亲爱的爸爸，"她把脸贴在他的脸上，"别哭，我们都在这里。"

"上天保佑你，"拉夫泪流满面地说道，一遍遍地亲吻着她，"我竟然把这些都给忘了！"

俄顷，他再次抬起头来，用喜悦的声音说道："我应该认识她，老婆。"说着，他捧起那张年轻而甜美的脸庞细细地端详着，仿佛正在看着它成长，"我应该认识她的。同样的蓝色的眼睛，同样的嘴唇，还有，啊！天哪，那首她几乎还不会站的时候就会唱的短歌。但那是很久很久以前了，"他叹息了一声，依旧用迷离的目光望着她，"很久以前了，一切都已经逝去了。"

"没有逝去。"布林克尔太太着急地叫了起来，"你觉得我会让她忘记吗？格蕾泰尔，孩子，把你很早以前就会的那首歌再唱一遍！"

拉夫·布林克尔的双手疲惫地垂了下来，眼睛也闭上了，但当格蕾泰尔的歌声如袅袅香烟般萦绕在他身边时，可以明显地看到他嘴角边的微笑。

这是一首简单的小调，她从来就不知道与之相配的歌词是什么。

带着爱的本能她把每个音符都放慢下来，唱得很柔和，直到拉夫都快以为那是他两岁的小宝宝再次来到了他的身边。

歌声一收，汉斯便踮在小木凳上，恳求大家让他到壁橱里找样东西。

"当心点儿，汉斯，"布林克尔太太说，尽管日子过得穷困，她却一直是个爱整洁的家庭主妇，"当心点儿，红酒在你的右手边，白面包就在红酒后面。"

"不用怕，母亲，"汉斯一面答着，一面把手朝最上面一层架子的最后面伸去,"我不会闯祸的。"

找到要找的东西后,他跳下凳子,走向父亲,把一块长方形的松木块放进他手中。木块有一个角已经磨圆了,最上面有一些深深的刻痕。

"您知道这是什么吗,父亲?"汉斯问。

拉夫·布林克尔的脸上放出了光来:"我当然记得,孩子!这是我在给你做的小船,就在昨——唉,不是昨天,而是好多年前了。"

"我从那时起就一直保存着,父亲。等你的手上恢复力气后可以把它做完。"

"好,不过不是做给你了,孩子。我得等着我的孙子孙女了。瞧,你都长成一个大男人了。这些年你一直都在帮你的母亲吧?"

"是的,他可勇敢了。"布林克尔太太从旁说道。

"让我想想,"父亲用迷茫的眼神望着他们,口中喃喃道,"从大水灌进来那天到现在有多久了?那是我最后能记事儿的时侯。"

"我们跟你说的可是实话,拉夫,从那一年的圣神降临周到现在已经有十年了。"

"十年了——我跌了下来,你说?我从那时候起就一直发高烧吗?"

布林克尔太太几乎不知该如何开口。要把所有的事情都告诉他吗?跟他说从那以后他变成了一个傻子,几乎是个疯子?医生可是叫她无论如何都不要让他担忧或兴奋的。

汉斯和格蕾泰尔对此也是一脸惊愕。

"可能吧,拉夫,"她点了点头,起了眉毛,"像尔这样的大个子脑袋着地掉下来,发生什么事都不好说——不过你现在好了,拉夫。

感谢上天啊!"

这个刚刚清醒过来的男人低下了脑袋。

"是的,很好了,我的老婆。"他沉默了一会儿后开口道,"可我的脑子像纺车一样一直转个不停。我只有重新回到堤坝上才能恢复正常。你觉得我什么时候可以工作?"

"听听这男人说的话!"布林克尔太太欣喜之余也对那件事带着些许害怕,"我们得把他弄回床上去,汉斯,这可真不容易呢!"

他们想把他从椅子上抬起来,但他还没做好准备。

"你们都走开!"他说话时脸上带着点儿东西,很像是他往日的微笑(格蕾泰尔之前从来没见到过),"一个大男人需要被人像木头一

样抬吗？我三天前就跟你们说过我要重新回到堤坝上去。啊！在那儿会有一帮仵格健壮的家伙来迎接我。简·坎普赫伊森和小胡格斯弗利特，我敢担保，他们肯定跟你一直是好朋友吧，汉斯。"

汉斯看了看母亲。小胡格斯弗利特已经死了有五年了，简·坎普赫伊森这会儿关在阿姆斯特丹的监狱里。

"对，他们当然会做自己该做的事，"布林克尔太太回避着丈夫的询问，"如果我们跟他们开口的话。但汉斯有活儿要干，有学要上，没空去找伙伴玩。"

"干活儿？上学？"拉夫若有所思地重复道，"这两个孩子能念会算吗，梅吉？"

"你自己叫他们念给你听听不就行了！"她骄傲地回答道，"我在拖地的时候他们一直都在念书。汉斯见到写着大字的书乐得就像兔子进了包菜地一样。至于算术嘛——"

"来，孩子，搭把手。"拉夫·布林克尔打断道，"我得让自己回到床上去。"

第 38 章
上千荷兰盾

看见过布林克尔家小屋里那天晚上寒酸晚餐的人,做梦也不会想到旁边竟然还藏着顿如此精美丰盛的大餐。汉斯和格蕾泰尔在喝着杯中的白水,吃着不多的黑面包时,都用带点儿惆怅的目光望着食物柜,但即便如此,他们的脑海中也没有动过偷拿的念头。

"他晚餐吃得很不错,"布林克尔太太朝边上的床点点头说道,"而且很快就睡着了。啊,这个好人会虚弱好一阵子呢。他盼着能再坐起来,但在我假装顺他的意并且做好了准备后,他不知不觉便又睡着了。记好了,我的闺女,等你结婚后(离这事儿真的发生也许还有很长的时间呢)要记得,跟他拧着来反而做不了主,'谦卑的妻子才是丈夫的老板。'哎呀!吃东西别那么大一口,孩子。你那么大两口都够我吃一顿的了。你这是怎么啦,汉斯?看你这样子,别人还以为墙上有蜘蛛网呢。"

"哦,没什么,妈妈,我只是在想事儿。"

"想什么呢？啊，知道了，问也白问。"她变了语气改口道。

"跟我之前在想的是同一件事。如果我们这会儿指望着能听到那上千荷兰盾的消息应该也不算过分，可怎么开口都——算了——很显然，这事儿他一点儿都不知道。"

汉斯忐忑心忡忡地抬眼望向母亲，怕母亲跟往常一样，只要一说到那笔不见了的钱就会情绪激动起来，可这次她只是小口小口地咬着面包，目光带着悲戚望向窗子。

"上千荷兰盾，"从床上传来一个虚弱的声音，"啊，它们肯定派上大用场了吧，老婆，你的丈夫这么多年都没工作。"

可怜的女人愣了一下，这几句话把迄今为止在她心中闪耀着的希望给摧毁了。

"你醒了，拉夫？"她声音颤抖地问道。

"是的，梅吉，我感觉好多了。我说的是，老婆，幸亏我们之前攒的钱够多。这些钱有没有撑过这十年？"

"我——我——没有得到这笔钱，拉夫，我——"她想把全部的真相都告诉他。这时汉斯抬起手指做了警告的手势，低声说："记着大夫跟我们说的话，不能让父亲担心。"

"跟他说吧，孩子。"母亲颤抖着答道。

汉斯快步来到了床边。

"很高兴你感觉好些了。"他凑到父亲跟前说道，"再过一天你就能又变得强壮了。"

"对，很有可能。那点钱用了多久，汉斯？我听不到你妈说话。她说什么了？"

"我说的是，拉夫，"痛苦令布林克尔太太说话时有点儿踌躇，"我说的是那笔钱没了。"

"老婆，不用苦恼，十年里用完一千荷兰盾不算过分，还要把孩子养大……不过应该能让你们日子过得舒服。你们生过什么大病吗？"

"没有，没有。"布林克尔太太撩起围裙擦了擦眼睛。

"好了，好了，老婆，哭个什么呢？"拉夫温柔地说道，"等我能起身了，咱们很快就又能把个袋子装满了。好在我在摔下来之前把这事儿都告诉你了。"

"告诉我什么了，老公？"

"告诉你我把那笔钱给埋起来了。我刚才还梦到这事儿呢，感觉我好像从来没说起过。"

布林克尔太太一听这话就冲了过来，汉斯一把抓住了她的胳膊。

"嘘！妈妈。"他一边低声说着，一边匆忙把她朝别处拉去，"我们得非常小心才行。"随后，当她双手紧握地等在边上，着急得连气都快透不过来时，他再次来到父亲的床边。心中的急切让他说话时声音有些颤抖，"那可真是一个让人烦恼的梦啊。你还记得是什么时候埋的钱吗，父亲？"

"记得，孩子。跟我受伤是同一天，就在那天天没亮的时候。简·坎普赫伊森在前一天太阳落山的时候跟我说了点儿什么，让我对他的诚信起疑。他是除了你们母亲之外唯一一个知道我们攒下了一千荷兰盾的人，于是我那天晚上起身把钱给埋了起来——我可真是个傻瓜，怎么会想到要去怀疑一个老朋友呢！"

汉斯一边用手势示意母亲跟格蕾泰尔不要出声，一边用带笑的声音继续对父亲说道:"父亲,我敢肯定你已经忘了把钱埋在哪儿了。"

"哈!哈!才没有呢。不过晚安了,儿子,我又想睡了。"

汉斯本来要走开了,但母亲对他做的手势让他不能不从。于是他平静地说:"晚安,父亲。你说你把钱埋哪儿了?我当时还只是个小孩子呢。"

"就在小屋后边那棵小柳树旁边。"拉夫·布林克尔说话时已经昏昏欲睡了。

"啊,对,就在那棵树的北边对吗,父亲?"

"不,是南边。啊,你很了解那个地方啊,小淘气。很可能你母亲把钱挖出来的时候你就在旁边。好了,儿子,小心点儿,把这个枕头给移走吧。晚安。"

"晚安,父亲!"汉斯说这话时已经开心得准备要翩翩起舞了。

那天晚上月亮很晚才升起,满月的夜里月光很清澈,透过小小的窗户照了进来,但月光没有扰了拉夫·布林克尔的好梦。他睡得很香,格蕾泰尔也是。至于汉斯和他母亲,他们有点儿别的事情要干。

在匆匆地准备后,他们带着开朗而又充满期待的脸色,扛着一把破铲子和另一件生锈的工具偷偷出了门,这些都是拉夫以前在堤坝上用过的,那时他身体健壮,天天扛着它们去上工。

门外很亮,他们可以把那棵柳树看得清清楚楚。冰冻的地面硬得跟石头一样,但汉斯和母亲决心已定,他们唯一怕的就是会吵到小屋里睡觉的人。

"这把镐头用来破冰倒是正合适,妈妈,"汉斯用力砸了很多下之后说道,"不过这地也太硬了,跟这镐头倒是棋逢对手啊。"

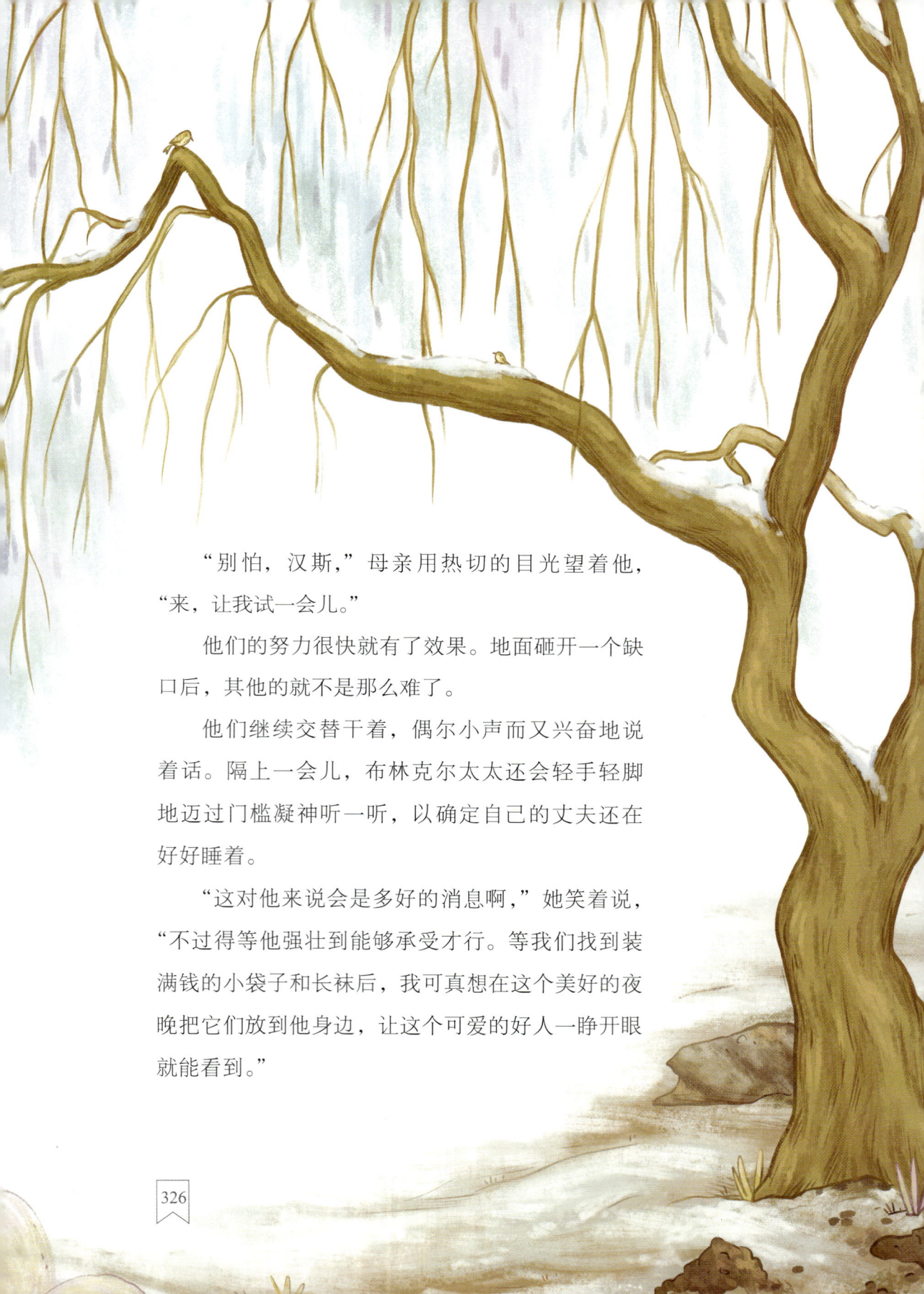

"别怕,汉斯,"母亲用热切的目光望着他,"来,让我试一会儿。"

他们的努力很快就有了效果。地面砸开一个缺口后,其他的就不是那么难了。

他们继续交替干着,偶尔小声而又兴奋地说着话。隔上一会儿,布林克尔太太还会轻手轻脚地迈过门槛凝神听一听,以确定自己的丈夫还在好好睡着。

"这对他来说会是多好的消息啊,"她笑着说,"不过得等他强壮到能够承受才行。等我们找到装满钱的小袋子和长袜后,我可真想在这个美好的夜晚把它们放到他身边,让这个可爱的好人一睁开眼就能看到。"

"还是先找到了再说吧,妈妈。"汉斯喘着粗气,还在用力地刨土。

"毫无疑问,现在它们可不会跑掉了,"她趴在刨开的洞边上,身体因为寒冷和兴奋而颤抖着,"等找到的时候,我们很有可能会发现它们装在很久以前不见了的那只旧陶罐里。"

到了这会儿,汉斯也开始颤抖起来,不过不是因为冷。他已经在树的南侧挖出了一英尺见方的一个坑。现在随时有可能挖到财宝。与此同时,天上的星星相互间眨着眼睛,仿佛在说:"荷兰可真是个古怪的国家!大千世界可真是无奇不有啊!"

"奇怪,你亲爱的父亲居然会把东西埋得这么深,"布林克尔太太的话里已经有了点儿火气,"对了,我敢肯定当时的地面足够软。他不相信简·坎普赫伊森真是太明智了,当时那家伙已经债台高筑了。我怎么也没想到,那么帅的家伙,整天乐呵呵的,最后竟然会进了监狱!好,汉斯,让我来替你一会儿吧。你看到没,越往下挖就越轻松了。我可不想把这株树弄死。你说我们会伤到它吗?"

"说不准。"汉斯严肃地答道。

一个又一个小时，母子俩一直在干着。洞越来越大，越来越深。天空中的云多了起来，每每飘过便投下精灵般的影子。直到月亮和星星渐渐消失了影踪，天边开始露出道道朝霞，梅吉·布林克尔太太和汉斯这才面面相觑，露出了绝望之色。

他们对柳树周围的地面都进行了彻底的、玩儿命式的搜寻，东南西北都找了个遍。那笔藏起来的钱根本就不在这里！

第39章
动人一瞥

安妮·博曼对扬松·科尔普心怀厌恶，这种厌恶是健康的。扬松·科尔普以自己粗鄙的方式喜欢着安妮。安妮公开扬言，"哪怕要了她的命"她也不会对那个令人作呕的家伙说上一句好话。扬松认为她是世界上最甜美、最泼辣的人。安妮在她的玩伴中嘲笑扬松那件又脏又破的外套在风中飘起时的滑稽样子；他则在独自一人的时候感叹她穿着色彩活泼的蓝色衬裙行走时的优雅风姿。她感谢天上的星辰，自己的兄弟跟科尔普家的人一点儿都不像；而他则冲着自己的妹妹大吼，因为在她身上一点儿都见不到博曼家孩子的影子。他的出现让她变得冷酷无情，而只要一见到安妮，他就变得如小羊羔一般温顺。当然，他们经常会有被扔到一起的时候。正是如此，我们才会以某种神秘的方式认识到自己的错误并纠正自己的偏见。不过，在他们俩的情形中，这样的计划没有奏效。见得越多，安妮对扬松就越是讨厌；而扬松则一天比一天更喜欢她。

"他杀死了一只鹳,真是个邪恶的大坏蛋!"她会对自己说。

"她知道我强壮而又无畏。"扬松在心里想。

"他皮肤红红的,脸上都是雀斑,长得多丑啊!"这是她朝他看时心中所给出的秘密评价。

"她老是瞪我!"扬松心想,"不过我可是一个久经考验的人了。"

"扬松·科尔普,你这个无礼的家伙,赶快从我眼前消失!"安妮常常说,"我一点儿都不想你在我身边。"

"哈!哈!"扬松在心里笑道,"女孩子从来就口是心非。只要一有机会我就会陪着她溜冰。"

于是那天早上,这位美丽的姑娘滑着冰从阿姆斯特丹回家,当她感觉有一个魁梧结实的男孩子正沿着运河向她滑来时,就选择了根本不抬头看。

"哼!我要是看他,"安妮心想,"我就——"

"早上好,安妮·博曼。"一个令人愉快的声音说道。

姑娘的脸瞬间就因一个微笑而容光焕发了!

"早上好,汉斯先生,很高兴见到您。"

男孩的脸也瞬间就因一个微笑而容光焕发了！

"早上好，安妮。自从你离开后我们家发生了巨大的变化。"

"怎么会？"她瞪大眼睛叫了起来。

汉斯原本行色匆匆，而且情绪也不高，结果安妮如阳光般和煦的面容让他渐渐变得健谈和放松起来。

他掉过头来，一边慢慢地陪着她滑向布鲁克，一边跟她讲了父亲的好消息。安妮是一个非常真诚的朋友，所以他甚至把家里此刻的困窘也告诉她了，说家中非常缺钱，一切都要看他能否找到工作，而他在附近则是什么工作都没有找到。

汉斯说这些并不是在抱怨，只是因为她望着自己，真的想要知道。他不能说出昨天晚上那苦涩的令人失望之事，因为那并不是完全属于他的秘密。

"再见，安妮！"最后他说道，"早上的时间过得很快，我必须赶快到阿姆斯特丹去把这双溜冰鞋给卖了。母亲必须马上弄到钱。天黑之前我肯定能找到一份工作的。"

"把你的新溜冰鞋卖了，汉斯？"安妮叫了起来，"你可是布鲁克一带滑冰滑得最好的啊！大赛可是五天后就要举行了！"

"我知道，"他回答得很决绝，"再见！回家的时候我会再用原来那双木头冰鞋参加比赛的。"

那一瞥之中的眼神是多么明亮啊！跟扬松那丑陋的露齿笑容简直天差地别——然后汉斯便如箭一般离开了。

"汉斯，回来！"她喊道。

她的声音把那支箭变成了一只陀螺。打了个转之后，他倾斜着身子，用一个长长的侧滑动作，飞快地向她滑了过来。

"如果你能找到一个买主，你真的准备把你的新冰鞋卖掉？"

"那，汉斯，如果你真的准备把冰鞋卖掉，"安妮略带不解地说，"我是说如果你——好吧，我知道有人会想要买，就这样。"

"不会是扬松·科尔普吧？"汉斯这么问的时候脸有点红。

"哦，不是的。"她噘起嘴来显得有点生气，"他才不是我的朋友呢。"

"可你认识他。"汉斯坚持道。

安妮笑了："对，我认识他，这对他来说更糟。好了，求你了，汉斯，别再跟我说扬松了。我恨他！"

"恨他！你会恨别人，安妮？"

她粗鲁地摇了摇脑袋。"对，而且我也会恨你，如果你还要说他是我朋友的话。你们男孩子也许会喜欢他，因为他在去年的露天集市上抓住了抹了油的鹅，还在他那又大又丑的身体被绑在袋子里之后有本事爬到杆子上去，可我对这些东西一点儿也不在意。自从我见到他在阿姆斯特丹想把他的小妹妹从旋转木马上推下去，我就开始讨厌他。而且究竟是谁杀死了你母亲屋顶上那只鹳，这对我们来说根本就不是什么秘密。但我们不应该谈论这么一个邪恶的坏家伙。真的，汉斯，我认识的某个人愿意买你的冰鞋。要是在阿姆斯特丹，恐怕你连这一半的价钱都卖不到。请把冰鞋给我吧。今天下午我就把钱给你拿来。"

如果安妮就算说"恨"的时候也依然很有魅力，那当她说"请"的时候就更没有人能抵挡了，至少对汉斯来说是这样的。

"安妮，"他说着把冰鞋脱了下来，在递给她之前用一团麻线仔细擦了擦，"很抱歉要跟你说得这样细，但如果你的朋友不想要了，能否请你今天把鞋再还给我？明天一早我要帮母亲买泥煤和吃的。"

"我的朋友会要的。"安妮笑了，开心地点了点头，然后用最快的速度滑走了。

在汉斯从他百宝箱一样的口袋中拿出他的木头"冰刀"并小心翼翼地绑到脚上时，他没有听到安妮在低语："真希望我没有表现得这么粗鲁。可怜的、勇敢的汉斯，他是一个多么高尚的男孩子啊！"而在安妮满脑子装着令她欣喜的想法向着家中滑去的时候，她也没有听见汉斯说："我在那儿像只熊一样地发牢骚。但愿上帝保佑她！有些女孩子真像天使！"

也许这样反倒是最好的。人不能指望知道在世界上发生的所有事情。

第 40 章
找工作

享受过奢华后,就很难习惯之前能轻松承受的艰苦了。那两只木头冰鞋吱吱嘎嘎的比当初响得更厉害。汉斯费尽力气才能让自己继续用如此粗糙笨拙的旧东西。不过他并不后悔卖掉自己美丽的冰鞋,而是下定决心要抵挡住心中那份孩子气的烦恼,不去想自己没能把它们再多留住一点点时间,至少留到比赛之后。

"我未经允许就把冰鞋给卖了,"他想,"母亲当然是不会生我气的。她要操心的事情已经够多了。等我把钱带回家,我们有的是时间谈这件事。"

那天,汉斯在阿姆斯特丹的街道中来来回回地走着,到处寻找工作。有一个男人赶着一辆装得满满的骡车进城,汉斯给他搭了把手,挣了几个小钱,但他在哪里都找不到稳定的雇用工作。他本来是很想做做搬运工,或替人跑跑腿什么的,但尽管一路上遇到了很多个手上拎着一大捆东西、拖着步子闲逛的顽童,却没有人愿意出钱让他来帮忙。有些店老板刚刚进完了货，有些则想要一个人来清理货物，不需要身板那么结实的（他们其实想找衣着更整洁些的，但没把话说得那么直白）；有人跟他说一两个月以后再来，到时候运河里的冰也许已经消融了；还有很多人直接对他摇了摇头，什么话也没有说。

在工厂里他的运气也没有变得更好。在他看来，在这么些个大房子里，源源不断地向外输送出数量如此巨大的羊毛、棉花和亚麻制品，举世闻名的染料和颜料，由粗糙矿石加工而成的珍贵的钻石，种类齐全的食物、砖石、玻璃和瓷器——在这些工厂里至少会有一家能让像他这样一个胳膊粗壮、精明能干而又渴望工作的小伙子找到可干的活儿。但没有——他在所有的地方遇到的几乎是同样的回答：眼下并不需要更多的人手。如果他是圣尼古拉斯节之前来的话，他们也许会给他一份工作，因为那时候是旺季，但现在他们拥有的劳动力超过了需求。他希望哪怕就只短短的一刻，他们能看到他的母亲和格蕾泰尔。他不知道自己的眼中会怎样地显露出她们俩的忧虑，而不止一次，当人们对他道出最冷淡的拒绝时，又是怎样地带着一种很不舒服的意识，即：这个小伙子不该被拒绝。某些做父亲的，在他们当天回家时，比平常更加和气地对家中的孩子们说话，因为他们回忆起一张坦率的、年轻的脸在听了他们的话后布满愁容。而有个人真的不等天亮就下定了决心，要跟自己的工头布兰克特去说，如果那个布鲁克的小伙子再来的话，请务必安排一点儿事情给他做。

但汉斯一点儿都不知道这些。太阳西沉的时候，他开始踏上了归路，不清楚自己喉间那像被什么东西给噎住的感觉到底是来自沮丧还是决心。当然汉斯也还有一个机会可以试试。范·霍普先生这会儿或许已经回来了。据说彼得少爷头天晚上去了哈勒姆，去办一桩跟溜冰大赛有关的事儿。不过，汉斯还是准备去碰碰运气。

幸运的是，彼得那天早上就回来了。汉斯到的时候他人在家，而且正准备动身前往布林克尔家的小屋。

"啊，汉斯！"他看到满身疲惫的男孩向着门口走来便喊道，"我正想要见你呢，我正想要见你呢。快进来暖暖身子。"

汉斯使劲拽了拽头上那顶已经戴得很旧了的帽子却没有摘下，他感到尴尬时总是让帽子留在脑袋上。然后他跪了下来，这不是某种新的东方行礼方式，也不是在向主掌此地的清洁女神表示崇拜，而是因为他若是穿着那双沉重的旧鞋子进去，准会把一位在鲁克的家庭主妇给吓得灵魂出窍。在鞋的主人轻手轻脚地走进房子时，这双鞋被留在了外面，像哨兵一样等着主人的回归。

汉斯离开范·霍普家的大宅子时，心中大感轻松。彼得已经从哈勒姆带回了消息，年轻的布林克尔马上就可以开始动手雕刻彼得家避暑别墅的几扇门了。那里有一间工具齐全的工作间，完工之前可以任他使用。

彼得没有告诉他，自己一路溜冰前往哈勒姆就是去跟父亲安排这件事。对他来说，只要能看到年轻的布林克尔脸上露出喜悦而又热切的表情就足够了。

"我觉得我干得了，"汉斯说，"尽管我之前没学过怎么雕门。"

"我敢肯定你能行的。"彼得由衷地鼓励道，"在工作间里所有你需要的东西都能找到。就在那边，几乎被树篱墙完全给遮住了。夏天树篱变绿的时候，从这儿根本看不到工作间。你父亲今天怎么样了？"

"好点儿了，先生。他每时每刻都在好转。"

"这实在是我听说过的最叫人惊奇的一件事。那个坏脾气的老医生毕竟还是有两下子的。"

"啊，先生，"汉斯热情地说道，"他可不止是有两下子。他还很善良。要不是靠着他的好心肠和高超的医术，我那可怜的父亲到这会儿怕是还停留在黑暗中呢。我在想，先生，"说到这里他的眼睛放出了光芒，"外科手术真是世界上最了不起的科学了！"

彼得耸了耸肩道："的确很了不起，但不对我的胃口。这位博克曼医生当然医术高明。说到他的心肠——我可就不敢苟同了！"

"为什么这么说呢，先生？"汉斯问。

正在这时，一位夫人从隔壁房间里缓缓地走了进来。来人是范·霍普太太，只见她戴着最华美的帽子，穿着缀有蕾丝花边的曳地缎子裙。她平静地向汉斯点了点头,汉斯见了她忙从火炉前后退了一步,尽其所知的礼节向她鞠躬行礼。

彼得马上拖过一张高背的橡木椅放到壁炉前,范·霍普太太坐了下来。壁炉两边烟囱的位置上各放着一块软木,彼得拿过一块来垫到了母亲的脚下。

汉斯转身想要离开了。

"请您稍等一下,年轻人。"夫人对他说,"我无意中听到了您和我儿子之间的谈话,好像谈到了我的朋友博克曼医生。您是对的,年轻人,博克曼医生有一颗非常善良的心。彼得,你应该明白,光从行为举止上来判断一个人有可能会让我们犯错,不过良好的仪态风度也绝不应当受到轻视。"

"我无意对您不敬,母亲,"彼得说,"但一个人肯定没有权利走到哪里都对人咆哮、怒吼,而据人们说他就是这样的。"

"人们说。啊,彼得,'人们'有时是所有人,有时则一个也没有。博克曼医生经历过大悲痛。好几年前,他失去了唯一的儿子,当时的情况非常令人痛苦。一个挺不错的孩子,只是行事有点儿鲁莽冲动。在那件事发生以前,杰拉德·博克曼是我见过的最和蔼可亲的人之一。"

范·霍普太太一边说着,一边用慈爱的目光望着两位年轻人。说完后,她站起了身,离开了房间,那份雍雅的仪态跟进来时一模一样。

彼得并没有被母亲的话完全说服,口中嘟囔着"任由自己的悲伤把蜜汁变成了胆汁也是一种罪",一路领着来访的汉斯走向一道窄窄的边门。分手前他关照汉斯保持自己良好的冰上状态:"因为,既然你

的父亲已经没事儿了,你就能以上好的精神状态投入比赛了。在周围这一带,这将是一场前所未有的、最精彩的滑冰大赛。人人都在谈论着这次大赛。别忘了,你可是要力争得奖的。"

"我不会参加比赛了,先生。"汉斯说这话时不由得垂下了眼睛。

"不参加比赛了!到底怎么回事?"这话一问出口,彼得心里马上对卡尔·舒美尔起了疑心。

"因为我没法儿参赛了,先生。"汉斯一边说一边弯下腰来,把脚伸进了他那双大大的鞋子里。

那孩子举止中的某样东西让彼得警醒,此时再逗问下去会有点儿不太厚道。他跟汉斯道了别,若有所思地目送着他远去。

稍后,他对着汉斯喊道:"汉斯·布林克尔!"

"什么事儿,先生?"

"我收回我说博克曼医生的那些话。"

"好的,先生。"

两人都笑了起来。不过当彼得看到汉斯在运河边跪了下来,穿上了木头冰鞋时,他脸上的微笑变成了迷惑与惊异的表情。

"真是奇怪啊,"彼得在转身走进房子时摇着脑袋喃喃道,"那孩子为什么不穿他的新冰鞋呢?"

第 41 章
仙女教母

夕阳西下，已经快要完全看不见了，直到这时，我们的主人公才带着一颗快乐的心到了家。不过，他在用力脱下那副木头冰鞋时脸上露出了一丝自嘲的笑。他迈着疲惫却充满希望的步伐向那栋小棚屋一般的建筑走去，曾几何时，它还被称作"傻子小屋"呢。

即便是眼神比他更差些的人也能看到，在小屋的门边有两个苗条的身影正在走动。

那灰色的、补丁打得很整洁的外套，那外面罩着更旧一些的蓝色围裙和旧蓝裙，那已然褪了色的紧绷的帽子，那两只套在小船般大的鞋子里的灵活的小脚，它们当然都是属于格蕾泰尔的。无论在哪里见到，他都能一眼就认出来。

那明艳妩媚的红色外套，那缀着黑边的漂亮裙子，那在金色耳环上方与其一起颤动的优雅的帽子，还有那双温暖舒适得似乎与双脚长到一起的皮鞋——如果神的使者把这样一套东西直接送到他手里，他

也会发誓说这一定是安妮的。

汉斯发出一声快活的喊叫，加快步伐朝她们奔去。

"哟，姑娘们，我找到活儿干了！"

这声叫喊把母亲也招来了小屋的门口。

她同样也有让人高兴的消息。父亲还在不断地好起来。他今天几乎一整天都坐着，现在则像布林克尔太太宣布的那样"睡得像只安静的小羊羔"。

"该轮到我了，汉斯，"在汉斯告诉了母亲来自范·霍普先生那里的好消息后，安妮把他朝边上扯了扯说道，"你的冰鞋已经卖掉了，呐，这就是钱。"

"七个荷兰盾！"汉斯吃惊地数了数之后喊道，"天哪，这可是我买它们的钱的三倍。"

"这我可管不了。"安妮说，"买的人自己不知道价钱，那也不是我们的错。"

汉斯马上抬眼望向她。

"哦，安妮！"

"哦，汉斯！"她模仿着他的腔调，还噘起嘴来，故意装出一副很邪恶、很不讲道德原则的样子。

"好了，安妮，我知道你是故意这么说的！你得给人退回点钱去。"

"我才不会这么做呢。"安妮并不准备退让，"鞋子已经卖掉了，这事儿就这么结了。"在看到他脸上真切的痛苦之色后，她又放低了声音说，"汉斯，如果我说这件事儿当中并没有什么不对，是那个买你冰鞋的人自己硬要付你七个荷兰盾的，你会相信我吗？"

"我相信。"说着,他那双清澈的蓝眼睛中的光似乎传递到了安妮的睫毛下面,在那里闪烁了起来。

布林克尔太太看到这么多银币很是高兴,但当她得知那是汉斯放弃了自己的宝贝换来的,便叹了口气道:"愿上天保佑你,孩子!你心里肯定很不舍得!"

"这儿,母亲,"汉斯边说边把双手伸进口袋深处一通掏摸,"这儿还有——要是这样下去我们会变得有钱的!"

"对,说得没错。"母亲急切地伸出手来,随后压低了声音说,"要不是简·坎普赫伊森的话我们应该是有钱的。三年前他在柳树底下待过,汉斯,肯定是这么回事!"

"确实,像是这么回事。"汉斯也叹了口气,"好了,妈妈,我们必须勇敢地放弃那笔钱。它肯定是不见了。父亲已经把知道的都告诉我们了。我们别再想着这件事了。"

"说说容易,汉斯。我会尽力不去想的,可日子这么难过,我那可怜的老公等着要用那么些个好东西。天哪!女孩子可真是会跑啊!刚才还在这儿,一会儿就没影了。她们跑到哪里去了?"

"她们跑到小屋后面去了,"汉斯说,"很可能是故意躲着我们呢。嘘!我去替尔把她们抓来!这两个都比那边的兔子跑得还快,脚步更轻,但让我先来吓唬她们一下。"

"咦,竟然有只兔子。等等,汉斯,这可怜家伙肯定是没吃的了,要不然也不会在这么冷的天里还冒险从窝里跑出来。我去屋里给它拿点儿碎面包。"

说着,这个好心的女人就急急地跑进小屋去了。没过多久,她又

出来了,但汉斯忘了要等她,而那只兔子在屋子周遭很冷静地巡视了一番后,已经蹦蹦跳跳地去了某个没人知道的地方。转过屋角,布林克尔太太就看见了孩子们。汉斯和格蕾泰尔正站在安妮的跟前,安妮则大大咧咧地坐在一个树桩子上。

"这真是美得跟一幅画儿一样!"布林克尔太太赞叹道,一边停下脚步来欣赏这三个孩子,"我在海德堡那座大宅子里见过很多画儿,哪幅都没有眼前的这幅漂亮。我的两个孩子一般般,可安妮你看着真像是个小仙女。"

"像吗?"安妮笑了起来,浑身都散发着生气和活力,"好吧,那么,格蕾泰尔和汉斯,假设我就是来看望你们的仙女教母,现在我要满足你们每人一个愿望。你想要什么,汉斯少爷?"

安妮望着他的时候脸上有一丝认真的神情掠过,也许她从内心深处期盼,哪怕只有一次,能让她拥有仙女的力量。

有那么一刻,似乎有个声音在对汉斯低语,说安妮绝不是个普通

的凡人。于是他严肃地开口说道:"我的愿望是,能找到我昨天晚上在找的东西!"

格蕾泰尔一听这话便开心地笑了。布林克尔太太哼了一声:"亏你说得出口,汉斯!"说罢便意气消沉地回小屋去了。

仙女教母腾地站起身来,在地上跺了三次脚。

"你的愿望可以实现,"她说,"让他们道出心中所愿吧。"然后,她故作一本正经地把手伸进围裙口袋,拿出一颗大大的玻璃珠,"把它埋到我跺脚的地方,在月亮升起前,你的愿望将得到满足。"

格蕾泰尔更是前仰后合地笑了起来。

仙女教母摆出一副不开心的样子。

"淘气的孩子,"她训斥道,"作为对你嘲笑仙女的惩

罚，你的愿望将不会得到满足。"

"哈！"格蕾泰尔高兴地笑道，"这话最好留到我开口求你了再说，教母大人。我还什么愿都没许呢！"

安妮很入戏。尽管他们俩都在笑，可她脸上一点儿笑容也没有，就那样板着脸大步走开了，完全是一副尊严受到冒犯的样子。

"晚安，仙女！"他们在她身后叫了一遍又一遍。

"晚安，凡人！"她终于应了一声，随即便越过一道被冻住了的沟渠，快步向着家中跑去。

"哦，她可真像鲜花——那么甜美，那么可爱！"格蕾泰尔用无比欣羡的眼光望着她的背影说道，"想想，她跟她奶奶一起在那个黑暗的房间里待了多少日子啊。唉，汉斯哥哥！怎么回事？你这是打算要干吗？"

"等着瞧！"汉斯回了一句便跑进小屋去，接着又飞快地跑了出来，手里拿着铲子和破冰用的镐头，"我要把我的魔法珠子埋起来！"

拉夫·布林克尔依然睡得很熟。他的妻子从快要见底的储备中拿了一小块泥煤，放到了炉火的余烬上。然后她打开门，平静地唤道："进来吧，孩子们。"

"妈妈！妈妈！快来看啊！"汉斯叫道。

"我的老天啊！"布林克尔太太一边叹着一边跨过门槛，"这孩子得的是什么病啊！"

"快来，妈妈，"汉斯一边兴奋地叫着，一边每说一个字便用尽全力把镐头一下下地砸进冰里，"您没看见吗？这里就是那个地点——就是这儿，树桩的南面。我们昨天晚上怎么就没想到呢？这个树桩就是那棵老柳树——那是你去年春天砍倒的，嫌它挡了土豆地里的阳光。父亲出事那会儿还没那棵小树呢……哟！"

布林克尔太太说不出话来了。她跪倒在汉斯的身边，正好看到他从土里挖出了那只旧石罐！

他把手伸进罐子里拿出一块砖，然后又是一块，然后又是一块，接着是那只长袜和那口袋子，黑乎乎的，长了霉，佢满满地装着他们那笔不见了许久的财宝！

这是怎样的时刻啊！大家放肆地笑着！大家放肆地哭着！待走进小屋后又是翻来覆去地一通细数！拉夫没被他们吵醒简直就是奇迹。不过他肯定做着开心的梦，因为他的嘴角挂着一抹笑意。

我可以肯定地告诉大家，布林克尔太太和两个孩子吃了一顿丰盛的晚餐。那些美味的好东西现在已经没必要再省着了。

"我们明天给你们父亲买点儿新鲜的好东西，"布林克尔太太说着把冷肉、红酒、面包和果酱端了上来，放到了干净的松木桌子上，"坐过来，孩子们，坐过来。"

那天晚上，安妮入睡前在心里想，不知道汉斯弄丢了的是不是一把刀子，若是他真的找到了，那该是多有意思的事情啊。

汉斯那晚几乎没怎么合眼，直到他发现自己在灌木丛中艰难地行进，身边到处是一罐罐的金子，还有怀表和溜冰鞋，每根树枝上都有亮闪闪的珠子在轻轻摇摆。

说来奇怪，只要他一靠近，每株小树就会变成一个树桩，树桩上坐着他能想象出的最美的仙女，穿着红色的外套和蓝色的裙子。

第 42 章
神秘的怀表

在仙女教母造访他们家这天,除了失踪的财宝外,还有另一样东西也重见天日了,就是那块怀表的故事。在整整十年里,拉夫忠实的妻子始终小心翼翼地守护着这块怀表。有许多时候,因为感受到了令她心痛的诱惑,使得她几乎都不敢看那块表,生怕自己看了就会忍不住辜负丈夫对自己的嘱托。看着自己的孩子们忍饥挨饿,而她的心里很清楚,如果把表给卖了,就能让他们的小脸蛋上的玫瑰重新绽放,这实在是太叫人为难了。"但是不行,"她在心中对自己说,"无论发生什么,梅吉·布林克尔绝不是会忘记自己老公最后嘱托的人。"

"替我收管好这个,老婆。"他在将怀表递给自己的时候这样说道——这就是全部了。后面没有跟着什么解释,因为那句话刚说完他的一个工友就冲进了小屋,口中喊着:"快来吧,大哥!水涨起来了!堤坝上需要你。"

拉夫随即就动身出门了,而那是布林克尔太太最后一次见到他神智清醒的样子。

那天，汉斯去阿姆斯特丹找工作了，格蕾泰尔干完家务后出门溜达，顺便找点儿木块、树枝之类能烧的东西。布林克尔太太压抑着心中的激动，把怀表放到了丈夫的手中。

"在你的父亲一句话便能把一切都解释清楚的时候，再等下去就没有道理了，"她后来对汉斯说，"没有哪个女人会不想知道他是怎么得来那块表的。"拉夫·布林克尔把那件擦得锃光瓦亮的东西放在手中翻过来倒过去地看了许久，又仔细看了系在表上的那根熨烫得很平整的黑色缎带。他似乎没怎么认出来，直到最后才说："啊，我想起来了！看样子你一直在擦拭它，老婆，它亮得就跟一枚新银币一样。"

"对。"布林克尔太太得意地点了点头。

拉夫重新望向怀表。"可怜的孩子！"他喃喃地道了一声后便陷入了沉思。

这对他妻子来说实在是难以忍受。"可怜的孩子！"她语带讥讽重复道，"你觉得我站在这儿是为了什么，拉夫·布林克尔，我把织布的事也搁下了，难道不是为了听你多说两句吗？"

"我全部告诉你了，很久以前。"拉夫吃惊地望向她，很肯定地说道。

"实际上，你根本就没说过！"妻子反驳道。

"如果没说过的话，也是因为这不关我们的事，以后也不用再说了，"拉夫悲伤地摇了摇头说，"很有可能，当我在人世间如同行尸走肉一般的这段时间里，那个可怜的孩子已经死了，进了天堂。他看着应该是能进天堂的，可怜的孩子！"

"拉夫·布林克尔!没想到你打算这样对待我,枉我从二十二岁起就一直照顾你、忍受你,这真是可耻。对,是耻辱。"他的妻子脸色涨得通红,气都有点儿接不上来了。

拉夫的声音还是很微弱:"我怎样对待你了,梅吉?"

"怎样?"布林克尔太太模仿着他的声音和语调说道,"怎样?还不就是世上任何一个女人都会遇到的那样,在男人落难的时候不离不弃,可——"

"梅吉!"

拉夫张开双臂朝前探出身子，眼中满含着泪水。

布林克尔太太一下子就跪倒在他的身前，紧紧攥住了他的双手。

"哦，我都做了什么呀！把我的好老公弄哭了，他醒过来还不到四天呢！看着我，拉夫！不，拉夫，我的好宝贝，真抱歉伤害了你。在等了十年之后还是听不到关于这块表的真相确实很不好受，不过

我不会再问你了,拉夫。我们把这件让我们俩第一次红脸的事儿放一边吧,毕竟上天把你又送还给了我。"

"我怎么哭了,像个傻子一样,梅吉,"他边说边亲吻着她,"你理应知道真相。不过,要说这件事,就像是在讲述一个已逝之人的秘密。"

"你说的这个人——这个孩子,你认为他死了吗?"布林克尔太太问道。她把怀表藏进了手里,但充满期待地坐到他床边长长的脚凳上。

"很难说。"他回答。

"他当时病了吗,拉夫?"

"不,应该是没病,但是惹麻烦了,老婆,很大的麻烦。"

"他干坏事了吗,你觉得?"她压低了声音问道。

拉夫点了点头。

"谋杀?"她低声说,说话时连眼都不敢抬。

"倒确实是,他说跟那个有点像。"

"哦,拉夫,你吓到我了。跟我再多说点儿,你说得没头没尾的,身子还在发抖。我必须要知道全部。"

"如果我在发抖的话,老婆,那肯定是因为发烧。我的灵魂可是一点儿罪恶感都没有,感谢上帝!"

"喝一小口这种红酒,拉夫。呐,这就好多了。照你的说法,这有点儿像是一桩罪案。"

"对,梅吉,像是谋杀。他亲口对我说的,不过我可不会相信。他是一个很有希望的小伙子,朝气蓬勃,面相忠厚,像我们家那个,但不如我们儿子那么勇敢、坦诚。"

"是的，这我知道。"布林克尔太太平静地说道，唯恐打断了丈夫的讲述。

"他跟我的相遇有点儿突然。"拉夫接着说道，"我以前从来没有见过他的脸，那么苍白，一脸惊恐。他一把抓住了我的胳膊，说：'你看着像是个诚实的人。'"

"对，这话说得一点儿不错。"布林克尔太太插了一句以示强调。

拉夫脸上露出些许迷惑的表情。

"我说到哪儿啦，老婆？"

"那孩子抓住了你的胳膊，拉夫。"她用热切的眼神望着他。

"对，是这样。我自己说的话听在耳朵里感觉怪怪的，一切都像是一场梦，你明白吗？"

"嘘！这不奇怪，可怜的老公，"她叹了口气，轻抚着他的手，"总得要经历这样一个过程，不然你的神智是不会完全恢复的。好，那个孩子抓住你的胳膊，说你看上去很诚实。后来呢？当时是中午吗？"

"不，天还没亮呢——离晨钟响起还有很久。"

"那跟你受伤是在同一天，"布林克尔太太说，"我知道你好像是半夜里去上工的。你说到了他抓住你胳膊了，拉夫。"

"是的，"她丈夫接着说了下去，"我到这会儿还能清楚地记得他的脸——那么白，一副惊惶的样子。'往下游捎上我一段。'他说。你应该还记得，我当时在很下游的地方上班，几乎要近了阿姆斯特丹。我告诉他我不是船夫。'这是生死攸关的事，'他说，'带我走上几英里。那儿有艘小船没有上锁，不过那可能是一个穷人的船，我可真不想抢他的东西！'（原话可能会有出入，老婆，因为一切都像是一场梦。）后来，我就带着他顺流而下——走了也许有六到八英里——然后他说剩下的路他自己到岸上去走。我急着把船驾回去。在跳下船之前，他似乎哽咽着说道：'我能信任你。我做下了一件事——上天知道我根本不是故意的——但那个人死了。我一定得逃离荷兰。'"

"那是什么事？他说了吗，拉夫？他是不是朝同伴开枪了，就像有人在哥廷根大学[1]做的那桩事一样？"

"这我想不起来了。也许他跟我说过，但一切都像是一场梦。我说我是个守法的荷兰公民，不能为了帮他脱罪而欺骗自己国家的法律，但他一个劲儿地说：'上天知道我是无辜的！'他在星光下望着我，样子跟我们的小汉斯一样好看，眼神也跟小汉斯一样清澈——于是我就飞快地把船划走了。"

"那肯定是简·坎普赫伊森的船，"布林克尔太太冷冰冰地说道，"别人不会那么粗心地把桨留在那里。"

"对，那当然是简的船。那家伙礼拜天很可能会过来看我的，如果他听到了消息的话，小胡格斯弗利特也会来的。说到哪儿了？"

"说到哪儿了？其实没说多少——那个小伙子还没把表给你呢——唉，我担心他这表来路不正！"

"怎么会呢，老婆，"拉夫的话里带着受伤的语气，"他的衣着又软和又高级，跟王子似的。那块表是他自己的，这再明显不过了。"

"那他怎么会把这表给人了呢？"布林克尔太太问道，她望着炉

---

[1] 哥廷根大学：位于德国西北部的哥廷根市，是二战前西方世界的学术中心。

火的眼神略有不安，因为又得往里头添煤了。

"我刚刚跟你说过。"他一脸的迷惑。

"那就再说一遍。"布林克尔太太很巧妙地避开了又一次跑题的可能。

"就在从船上跳下去之前，他把怀表递给我说：'我居然要从自己的国家逃走了，我以前从来没想过自己会做出这样的事儿来。我信任你，你的样子很诚实。可否请你把这个拿去给我的父亲——不是今天，等一个礼拜吧——跟他说这是他不幸的孩子给他的，告诉他如果有朝一日他想要让我回到他身边，我会不顾一切地回来的。叫他送一封信到……到……哪里？其余的我都不记得了。我不记得该把信送去哪里。可怜的孩子，可怜的孩子！'"说着，拉夫从妻子的腿上拿过怀表，悲伤地又加了一句，"直到今天这表也没能送到他父亲的手中。"

"这事儿就交给我吧，拉夫，别怕——等格蕾泰尔回来后。她很快就回来了。那位父亲叫什么名字，你说了吗？你要上哪里去找他？"

"唉！"拉夫很慢很慢地回答道，"都不记得了。我还记得那孩子的脸和他那双大大的眼睛，跟当天一样清晰……我还记得他打开怀表，从里面拿出一样东西来亲吻……别的就再也没有了。其余的东西在我脑子里转啊转的，每当我努力要想的时候便会听到水流奔涌的声音朝我扑来。"

"对，看得出来，拉夫，不过我在发完烧的时候也会有同样的感觉。你累了。我得再把你弄回到床上去躺好。咦，这孩子上哪儿去了？"

布林克尔太太打开屋门，对着外面叫道："格蕾泰尔！格蕾泰尔！"

"朝边上站一点儿，老婆，"拉夫一边略带虚弱地说，一边朝前探出身子,竭力朝外面光秃秃的风景望去,"我有点儿想要站到门外去,就一次。"

"不行,不行,"她笑道,"我要告诉大夫你抓耳挠腮、坐立不安就为了到外面去。如果他说可以,那我等到明天就把你裹得暖暖的,让你自己去站上一会儿。不过这会儿门开这么大肯定把你给冻着了。我敢肯定,那个围裙兜里装得满满的,在运河上像个野孩子一样溜冰的准是格蕾泰尔。嘿,老公,"她砰地关上门,几乎叫了起来,"您怎么不叫我扶着就朝床边走!会摔倒的!"

布林克尔太太情急之下用到的"您"说明她心中既害怕又欣喜,甚至盖过了她突然间对丈夫生出的怒气。没多久,他便舒舒服服地躺在了新被子下面。在妻子给他掖好被角,把他安排得又暖和又舒适时,他宣布说这将是他最后一次在大白天时躺在床上了。

"对,我也这么指望着呢,"布林克尔太太笑道,"瞧你都已经可以那么灵活地走来走去了。"待拉夫闭上眼睛后,布林克尔太太赶忙把火重新给弄旺,或不如说先把它给弄小了一点,因为荷兰人用的泥煤跟荷兰人颇有几分相似,不会一下子就让炉子热起来,但一旦点着后却能经久地保持热度。这之后,她把受到冷落的纺车放到了一边,从某个不起眼的袋子里拿出自己的编织活儿,在床边坐了下来。

"要是你能记得那个人的名字,拉夫,"她小心翼翼道,"我可以在你睡觉的时候把怀表给他送去。格蕾泰尔马上就能回来了。"

拉夫努力想了想,可还是想不起来。

"会不会是波姆霍芬?"她提示道,"我听人说起过他的两个孩子学坏了——是叫杰拉德和兰伯特吧?"

"也许是吧。"拉夫说,"看看表上有没有字母缩写,或许能为我们指明一点儿方向。"

"对啊,老公,"布林克尔太太开心地叫了起来,赶忙打开了表盖,"瞧啊,你比过去还要聪明!肯定的。这儿果然有字母!L.J.B.。L是兰伯特,B是波姆霍芬,肯定没错。J是什么我说不上来,但他们家的人以前都是傲气十足、花里胡哨的,像漂亮的孔雀。这种人准会给自家孩子取个中间名的,不过不会出自书里。"

"这我不知道,老婆。我觉得书里都是些长长的、辨不出男女的名字。但你一下子就猜得八九不离十了。你每次都是这样的。"拉夫闭着眼睛说,"那就把表拿到波姆金克斯家去试试运气。"

"不是波姆金克斯,我不认识有谁是这个姓的,是波姆霍芬。"

"对,就送他们家去。"

"送他们家去?你说得倒轻巧,老公!他们一大家子四年前就全都搬去美国了。你还是先睡觉吧,拉夫,你看着有点儿苍白无力。最好的办法就是,好好睡上一觉,第二天一早就知道要怎么做了。"

"啊,格蕾泰尔小姐!您总算回来啦!"

在拉夫那天晚上醒来前,仙女教母来到了小屋,这些我们都知道了,后来那笔财富重见天日,并再次被安全地锁到了那口大箱子里,布林克尔太太和她的两个孩子很奢侈地吃了一顿有肉、白面包和红酒的大餐。

布林克尔太太心情大好,于是在她认为还算是谨慎的范围内向孩子们透露了那块怀表的来龙去脉。两个可怜的孩子从懂事起就一直牢牢地保守着这个秘密,所以她觉得,只有把真相告诉他们才算公平。

第 43 章
一个发现

第二天的太阳为布林克尔一家带来了繁忙的一天。首先,那一千多荷兰盾失而复得的消息要告诉父亲。这样的消息想必是不会对他造成伤害的。随后,在格蕾泰尔忙忙碌碌地执行着母亲"把房子打扫得跟刚酿好的啤酒一样清新"的命令时,汉斯和母亲则喜滋滋地上路去购买泥煤和食物。

汉斯无忧无虑而又心满意足,而布林克尔太太心中则满是带着欢喜的忧虑,因为一夜之间,如同雨后出现的蘑菇般,家中涌现出了许多需求,这些不合情理的需求加到一起怕是一万荷兰盾都不够用。这位快乐的妇人在去阿姆斯特丹的路上跟汉斯夸下了海口要买这买那,可结果带回家的东西却相当有限。所以,汉斯背靠在壁炉的烟囱上挠着头,很是不解,搞不懂"钱袋子越大,口子扎得越紧"这话到底是在雅各布·凯茨的画里见到过,还是自己发烧的时候在梦里见到过。

"在想什么呢？大眼仔？"母亲用轻快的声音问道。她一边忙东忙西准备晚餐，一边猜着他的心思。"在想什么呢？我说，拉夫，你能相信吗，这孩子刚才想要把半个阿姆斯特丹顶在脑袋上搬回家。天哪！他想买回家的咖啡够我们把这口大锅都装满。'不行，不行，我的孩子，'我跟他说，'船要是装太满，漏水了都来不及逃命。'哎哟，他当时瞪着我的那个眼神啊——喏——就跟这会儿一样。让开点儿，孩子，到别处去待会儿。再这么瞪下去、想下去，你就要跟烟囱长一块儿去了。拉夫，这是你的椅子，你坐上首，这才是你该坐的地方，因为我们家现在可是有管事的男人了——这话我当着国王的面都这么说。对，就是这样——靠着汉斯。你现在也有能帮上忙的人了！这孩子真是见风就长，昨儿个还满地爬呢，一转眼都这么高了。坐下，老公，坐下。"

"你还记得吗，老婆，"拉夫小心翼翼地在大椅子里坐舒服了之后开口道，"你当年在海德堡那所大宅子里干活的时候，他们家有一个神奇的八音盒，能让你干起活儿来心情舒畅。"

"啊，当然记得。"布林克尔太太答道，"用一把黄铜钥匙转上三下，那个神奇的玩意儿就能放出好听的音乐来，听得人浑身都舒坦。我记得可清楚了。不过，拉夫，"她的表情瞬间就变得严肃起来，"你该不会想把钱扔到这种地方，买这么一个玩意儿吧？"

"不不不，我才不会呢，老婆，因为好心的上天没让我花钱就已经给了我一个八音盒了。"

其余三人相互对望了一眼，眼神中带着些惊恐，然后又都望向了拉夫。他的幽默感难道已经恢复了吗？

"是的，这是一个就算有人拿五十袋财宝也休想从我这儿买走的八音盒。"拉夫又强调道，"要给她上发条得用一根拖把杆儿，随后她就会在房间里到处移动，到哪儿都像一阵风，走到哪儿就把音乐带到那里，直到你很肯定地说，是那群鸟儿又回来了。"

"我的老天啊！"布林克尔太太惊叫道，"这男人究竟是怎么啦？"

"没怎么，又安逸又开心，老婆，就是这么回事儿！问问格蕾泰尔，问问我的小八音盒格蕾泰尔，你老公今天可有缺少这安逸和开心。"

"没有，母亲，"格蕾泰尔笑着说道，"而且他也是我的八音盒。你走了以后我们有一半的时间都在一起唱歌。"

"啊，是这么回事儿啊。"布林克尔太太大感快慰地说，"汉斯，你光吃这么一块可绝对不行，不过算了，小鸟儿，你们之前饿久了。来，格蕾泰尔，再来片香肠。这会让你脸上有血色。"

"哦，哦，妈妈，"格蕾泰尔笑了起来，一边急切地向前伸出了自己的盘子，"女孩子的脸上可不会有血——你想说的是有玫瑰红吧。是这么说的吧，汉斯？"

汉斯还在急切地吞咽着一大口食物，以便能对这个关于诗意表达的问题作出合适的回答，但布林克尔太太已经快刀斩乱麻地解决了这个问题。只听她说道："管它是玫瑰红还是血色，对我来说都是一样的，反正是要让红颜色回到你们快活的脸上。光妈妈一个人脸色苍白、满脸疲态就够了——"

"打住，老婆，"拉夫赶紧打断了她，"你这会儿可是比我们两只小鸟儿加到一块儿还要鲜嫩，还要像玫瑰。"

这句话虽然并不能显示出拉夫最近苏醒过来的神智已经恢复到了原来的程度，然而这给他的夫人带来了极大的满足。于是，这顿晚餐便以极为愉快的方式进行了下去。

晚餐后一家人便聊起了怀表的事，对那几个神秘的缩写字母也进行了一番讨论。

汉斯正起身把凳子朝后边推开，准备马上开始动手做范·霍普先生的活计；他母亲也刚刚起身，准备把那块怀表放回原来藏着的地方。正在这时，他们听到了轮子碾过冰冻地面的声音。

有人敲了敲门，不等里面的人反应就推开了门。

"请进。"布林克尔太太说话中带了点慌乱，一只手急急地把那块表贴紧了胸口，不想让人看到，"哦，是您哪，先生！您好！孩子他爸已经快好了，您看。家里有点寒碜，让您见笑了，先生，我们刚吃完了晚饭还没收拾呢。"

博克曼医生几乎没注意到布林克尔太太充满歉意的表达。他一副行色匆匆的样子。

"啊哼！"他清了清喉咙，"我发现，这儿好像并不需要我。病人恢复得很快啊。"

"他会恢复好的，先生。"布林克尔太太大声说道，"昨天晚上我们找到了一笔丢失了十年的钱，有一千多荷兰盾。"

博克曼医生睁大了眼睛。

"对，先生，"拉夫说，"我叫我老婆告诉您，不过就让它成为我们之间的秘密吧，我知道您是一个能保守秘密的人。"

医生脸上露出了怒容。他从来都不喜欢别人评价他自己。

"先生，"拉夫继续道，"您会得到您应得的报酬。如果把我这样一个可怜的家伙带回到这个世界，带回他的家庭可以被称作是一种服务的话，上天知道这是你应得的。告诉我老婆要付多少钱，先生。她会心甘情愿地如数奉上的。"

"得了，得了！"医生和蔼地说道，"别提钱了。我上哪儿挣不到这么些钱呀！不过真心的感谢倒不嫌多。那个孩子的一声谢谢，"他下巴冲着床上的汉斯一扬，"对我来说就是足够的酬劳了。"

"您好像也有个儿子。"布林克尔太太看到这位大人物居然变得如此健谈，不由得十分高兴，便多说了一句。

博克曼先生的好脾气马上便消失得无影无踪了。他气冲冲地瞪大了眼睛（至少在格蕾泰尔看来是如此），但并没有作出真正的回答。

"您别觉得我老婆爱管闲事，先生，"拉夫说，"她最近在为一个家人都已远去的小伙子感到伤心——没有人知道他们去了哪儿——那个年轻人还托我给他们带个口信呢。"

"那家人姓波姆霍芬，"布林克尔太太急切地说道，"您知道这么一家人吗，先生？"

医生的回答简短而又冷漠。

"知道。令人讨厌的一家人。他们很久前就去了美国。"

布林克尔太太紧张兮兮地坚持道："拉夫，说不定大夫在那个国家有认识的人，虽说我听说他们大多数都是野蛮人。要是他能把这块表连同可怜小伙子的口信一起带到波姆霍芬家，那该是多好的一件事啊。"

"算了吧，老婆，为什么要麻烦好心的大夫呢？到处都有生命垂危的男男女女在等着他呢。你又怎么知道你猜的名字就是对的呢？"

"我非常肯定。"她回答,"他们有个儿子叫兰伯特,L代表的就是兰伯特,B代表波姆霍芬,就写在表的背面呢,虽说还有一个奇怪的J,但大夫可以自己去弄明白。"

她一边这么说着,一边把表拿了出来。

"L.J.B.!"博克曼医生失声叫道,突然朝她扑了过来。

为什么还要费力去描述此后的景象呢?我只需要说那个小伙子的口信终于被带到了他父亲那里,带到时这位伟大的外科医生哭得就像个小孩子一样。

"劳伦斯!我的劳伦斯!"他把怀表温柔地握在掌心中,用充满渴望的眼神望着,口中连声唤着,"啊,我要是早点儿知道就好了!劳伦斯,你是个无家可归的流浪者——上天啊!这会儿他也许正在受苦,奄奄一息呢!好好想想,伙计,他在哪儿?那孩子说该把信送去哪儿?"

拉夫悲伤地摇了摇头。

"好好想想!"医生恳求道。在他的帮助下最近才刚刚被唤醒的记忆,怎么能在这种时刻拒绝为他提供服务呢。

"实在是记不得了,先生。"拉夫叹息着说道。

汉斯此刻全然忘记了地位与阶层的差别,忘记了一切,只知道自己的好朋友有了麻烦,便展开双臂抱住了医生的脖子。

"我能找到您儿子的,先生。只要他还活着,肯定会在某个地方。地球并不算是很大,我会付出生命中的每一天来寻找的。母亲现在不像过去那么依靠我了。您很有钱,先生。送我去任何您要我去的地方。"

格蕾泰尔开始哭了起来。汉斯去帮医生找儿子,这没有错,可这个家里要是没了他又该怎么办呢？

博克曼医生没有回答，也没有把汉斯推开。他热切地盯着拉夫·布林克尔。突然他拿起怀表，手因为急切而颤抖着，想要把表打开。它那僵硬的弹簧最终放弃了抵抗，表盒弹开了，露出后部的一张包装纸，上面画着一丛蓝色的勿忘我。拉夫看到一股浓浓的失望之情掠过医生的脸庞，便赶紧跟他说："那里面有过别的东西，先生，可那位年轻的绅士在把表交给我之前把它抽走了。我看见他亲吻了一下那东西，然后收了起来。"

"那是他母亲的画像。"医生满含痛楚地说，"她在孩子一岁的时候死了。感谢上帝！那孩子并没有忘记！母子两个都死了？这不可能！"他叫了一声，惊觉道，"我的孩子还活着。你们应该听听他的故事。劳伦斯一直担任我的助手。他不小心把错的药发给了我的一个病人——一种致命的毒药——但药并没有给到病人手里，因为我及时发现了错误。那人当天死了。我被其他的危重病人给绊住了，直到第二天晚上才得空。等我回到家的时候，我的孩子已经不在了。可怜的劳伦斯啊！"医生说到这里哭得稀里哗啦，完全崩溃了，"这些年里他一直没有收到我的丝毫音讯。他的口信也没能送达。哦，他一定遭了大罪了！"

布林克尔太太鼓起勇气准备开口说话，反正医生当她的面痛哭让她再也看不下去了。

"能得知这位年轻的先生没有过错真是幸运。啊，他当时是多么紧张啊！我跟你说过，拉夫，他说他的罪过就像谋杀一样，原来是指送错了药。这真的是犯罪啊！我们家的格蕾泰尔说不定也会做出这样

的事来！那位可怜的年轻人很可能听说那个男人死了——这就是他逃跑的原因，先生。拉夫，你知道的，他说过他不会再回荷兰了，除非，"她犹豫了一下，"啊，先生，这十年可真是漫长又煎熬啊，一直等着消息——"

"别说了，老婆！"拉夫厉声喝止道。

"一直等着消息，"医生痛苦地哼了一声，"而我，像个傻瓜一样，只知道坐在家里，以为是他抛弃了我。我做梦也没想到过，布林克尔，这孩子发现他犯了错。我一直以为他只是出于年轻人的愚蠢、不知好歹、想要冒险，才会离家出走。我那可怜的、可怜的劳伦斯啊！"

"可您现在已经知道一切了，先生。"汉斯低声说，"您知道他是无辜的，您知道他爱您，爱他死去的母亲。我们会找到他的。您会再见到他的，亲爱的大夫。"

"愿上天保佑你！"博克曼医生激动地抓住汉斯的手，"愿事情如你所言。我会努力的——我会努力的——还有，布林克尔，如果你脑子里回忆起了哪怕一点点关于他的事，能请你马上就告诉我吗？"

"我们肯定会的！"所有人齐声说道，只有汉斯除外。即便其他人都没有说话，他那沉默的保证也足以令医生感到满意了。

"不知怎么回事，"他转过去对布林克尔太太说，"你儿子的眼睛跟我儿子的很像，我第一次遇见他的时候就觉得好像是劳伦斯在看着我。"

"对，先生，"母亲很自豪地说道，"我注意到了，您对我们家这孩子挺上心。"

有那么一会儿，大夫好像陷入了沉思，然后他突然意识到了什么，换了一种声音说道："请原谅，拉夫·布林克尔，给你添乱了。

千万别为了我的事而增加你的烦恼。我今天离开你们家的时候，将会比过去好多年都要开心。我可以把表带走吗？"

"当然，必须让您带走，这是您儿子的愿望。"

"即便如此，也需要得到你的许可。"医生盯着自己的宝贝看的时候会很奇怪地皱着眉，这个坏习惯一时半会很难改掉，"现在我得走了。我的病人已经不需要吃药了，只需要平和与快乐，而这两样东西这里有的是。老天保佑你们，我的好朋友们！我永远都会对你们心存感激的。"

"愿上帝也保佑您，先生，祝您早日找到那位年轻人。"在用围裙角急急地擦了擦眼角后，布林克尔太太由衷地说道。

拉夫发自内心地祈祷了一句，格蕾泰尔则向医生投去渴望的一瞥，于是医生在离开小屋前也在她的脑袋上轻轻地拍了两下。

汉斯陪着走了出去。

"我准备好了，随时可以为您服务，先生。"

"很好，孩子。"博克曼医生的话中带着一缕别样的温柔，"告诉屋里边的人，刚才发生的事情不要对任何人说。还有，汉斯，跟你父亲在一起的时候，留神观察他的状态。你很机灵的。任何时候他都有可能会突然再想起点儿什么来的。"

"相信我吧，我会办好的，先生。"

"再见，孩子！"医生说着，跨进了他那辆气派的马车。

"啊哈！"汉斯在马车渐行渐远的时候想道，"原来大夫比我想的要更有活力啊。"

第 44 章
比赛

伴随着最完美的冬日,12 月 20 日终于到来了。一层温暖的阳光铺在地平线的风景上。它在湖泊、运河和河流上试了试自己的力量,但冰蔑视地闪着光,没有丝毫要融化的迹

象。公鸡风向标一动不动,饶有兴致地望着眼前的景象。这给了风车一天假期。在刚刚过去的一个礼拜里,它们几乎每天都转得很欢实。现在,它们似乎有点儿接不上气儿来了,只是在明净、无风的空气中懒洋洋地左右晃动着。要是公鸡风向标自己都无所事事,那风车会干活儿才怪呢!

那天,所有研磨、碾压和锯切的工作都暂停了。这对于住在布鲁克附近的磨坊主们来说是件好事。还不到中午他们便决定收起风帆去看比赛。所有人都会去那里——结了冻的艾尔河北侧已经站满了热心的观众。要举办盛大的滑冰比赛的消息早就传得远近皆知了。穿着节日盛装的男女老少正朝比赛地蜂拥而来。有些人穿着毛皮大衣、冬季的斗篷或是披肩，但许多人是根据体感而不是日历穿衣服，故而穿着 10 月里才会穿的衣服。

被挑选用来比赛的场地在阿姆斯特丹附近，这片洁净无瑕的冰面位于须德海的一条大支流上，荷兰人当然会称其为艾尔河。城里人来了不少。平时很少进城的人觉得这是一个看热闹的好机会。许多从北边来的农民很聪明地选了二十号这天作为进城赶集购物的日子。所有人——不论是年轻的还是上了年纪的，但凡有车的、有溜冰鞋的或者是有脚的，都在急匆匆地往比赛现场赶去。

这其中有坐在马车里的绅士们，穿得跟刚从巴黎街头走来的一样；有穿着慈善军制服的阿姆斯特丹孩子；有来自孤儿院、穿着深黑色长袍的女孩子们；有来自市民孤儿收容所、穿着黑色紧身衣和短裙般小丑外套的男孩子们[1]。有老派的绅士，戴着三角帽，穿着及膝的天鹅绒短裤；也有老派的女士，穿着呆板的绗（háng）缝裙和让人眼花的锦缎紧身上衣。这些人身边都有拿着脚炉和斗篷的仆人陪着。有穿着各种你能想象到的荷兰服饰的乡巴佬儿，穿着黄铜搭扣衣服的害羞的质朴农夫；有单纯的乡村少女，金色头带下露出亚麻色的头发；有长长窄窄的围裙上绣着呆板图案的妇人；有在前额上悬着短短的螺旋形发卷的妇人；有剃了头戴着紧贴头皮的帽子的妇人；有穿着条纹裙，戴着风车形帽子的妇人。有穿皮革的男人，穿家纺布的男人，穿天鹅绒的男人，穿呢子的男人；有典型欧洲打扮的市民；有穿短外套、宽裤，戴

---

[1] 来自这两个机构的男孩子和女孩子，其着衣限定在红黑两色，轮流排列组合。之所以让他们的衣着如此显眼，是为了让他们在城中走动时能在一定程度上免遭恶意对待。

高尖帽的市民。

有来自弗里斯兰省的美丽少女，她们脚踏木屐，身穿质地粗糙的衬裙，头上戴着硬邦邦的金色新月形头箍，两边太阳穴处各有一个蔷薇花饰，其花边图案还是一百年前的款式。有些人戴着用最纯的黄金制的项链、坠子和耳环，有些人戴的只是镀金的或黄铜的首饰却也心满意足。但对于来自弗里斯兰省的女人来说，把家中所有的财宝都堆在头饰上是屡见不鲜的。那天便有不止一位乡下少女在自己的脑袋上展示了价值两千荷兰盾的首饰。

在人群中还有零零散散的来自海岛地区或马肯[1]的农民，他们穿着木底鞋、黑色长袜和宽大的短裤；还有来自马肯的女人们，她们穿着短短的蓝色衬裙、白色围裙和黑色外套，手臂上戴着红色袖套，满头的金发上还戴着主教法官般的帽子，从正面看上去个个都是那么喜气洋洋。

孩子们往往也跟自家大人们一样穿得古色古香、古怪有趣。简言之，人群中有三分之一的人活脱脱像是从荷兰的油画里走出来的。

无论走到哪里都可以看到高个子的女人、身材粗短的男人、面容活泼的女孩和从日出到日落表情从不发生变化的年轻人。

在人群中似乎能找到荷兰每一个有点儿名气的城镇的居民样本。来自乌得勒支的送水人，来自高达的做奶酪的工人，来自代尔夫特的制陶工，来自斯希丹的蒸酒师，来自阿姆斯特丹的钻石切割师，来

---

[1] 马肯：位于荷兰沃特兰市的一个村庄，坐落于马肯湖的一个半岛上，通过一条堤道与荷兰大陆相连。

自鹿特丹的商人和给干鲱鱼打包的工人，还有来自特塞尔的两个睡眼惺忪的牧羊人。[1] 这些人里只要是个男的就会有自己的烟斗和烟草袋。有些人还带着可以称得上是抽烟者的全副装备——一只烟斗、烟草、一根用来通烟管的通条，一副用来保护烟斗的银网和一盒火力强劲的硫黄火柴。

你们可不能忘了，一个真正的荷兰人是很少会在任何场合不带烟斗的。他或许会有片刻忘了呼吸，但要是把烟斗给忘了，那可真会要了他的命。所幸这里并没有出现此种悲惨的情形。任何地方都有烟圈在袅袅升腾。烟圈的形状越是美妙，便说明抽烟的人越是平静和投入。

看那些踩着高跷来的男孩女孩啊！这可真是个好主意。就算前面站着个子最高的人，他们也能从人家头顶望过去。看着这些小小的身体高高地立在空中，用不可思议的长脚走来走去，真是让人有一种奇怪的感觉。他们那圆圆的脸蛋上洋溢着坚定的表情，也难怪当这些长腿小怪物们大步经过时，那些紧张的老先生们会一抖他们柔软的双脚，赶紧避开。

你们可能会在某些书里读到过，说荷兰人都是很安静的——一般而言，他们也的确如此。但是听啊！你们可曾听见过如此的喧闹？全都由人声构成——不，马儿们也帮了点儿忙，还有几把小提琴也在可怜地吱吱呀呀地响着（小提琴在调音时必定痛苦不堪！），但大部分

---

[1] 前文提及的乌得勒支、高达、代尔夫特、斯希丹、阿姆斯特丹、鹿特丹和特塞尔均为荷兰主要城市。

声音还是来自人群中的"人形发声器"。

那个拎着一只沉重的篮子在人群中钻进钻出、样子古怪的小侏儒对喧闹的贡献可不只是一点点。你可以听到他那尖厉的吆喝从其他声音中脱颖而出："烟斗烟草嘞！烟斗烟草！"

他的大哥看上去比他还要年轻几岁，正在卖炸面圈和小糖果。他叫着让周围漂亮的小孩赶紧过来，不然他的那些糕点就要卖完了。

围观的人里有几位是大家早就熟识的。在远处冰面边缘矗立着的看台上有几位大家最近刚见过的人。位于正中间的是范·格莱克太太。大家应该还记得这天是她的生日，所以她坐在了最中间的主座上。旁边有范·格莱克先生，他的海泡石烟斗并没有真的叼在他的嘴唇上——只是看着像而已。还有格莱克小姐和祖母，大家在圣尼古拉斯节的时候见过她们。所有的孩子都来了，天气暖和，他们把小宝宝也给带来了。可怜的小东西像埃及的木乃伊那样被裹了一层又一层，但他开心地叫着，等到乐队奏乐的时候，小手套还会跟着音乐的节拍活泼地一张一合，时间上拿捏得分毫不差。

祖父吃着烟斗，戴着眼镜和皮帽，把小宝宝放在自己的膝盖上，构成了一幅相当动人的图画。他们高高地待在有顶棚的看台上，可以把下面的一切都尽收眼底。也难怪这些夫人小姐们望着如镜的冰面时那样开心自在，只要脚边有一只小火炉，就算是坐在北极也照样舒服惬意。

有一位先生和他们在一起，此人长得颇像12月5日时出现在范·格莱克家孩子们面前的那位圣人。不过圣人长着一把漂亮的大胡子，而这张脸却光滑得像个苹果一样。圣人的气场是发散在身体周围

的（这话也就我们之间说说），嘴里还有两只顶针箍，而这位先生当然是没有的。如此说来，他到底还不是圣人啊？

在他们旁边的有棚看台上坐着范·霍普夫妇和他们的儿子，以及从海牙赶回来的范·根德夫妇。彼得的姐姐不是一个会忘记承诺的人。她带来了用温室花朵做成的精美花束，那是要献给获胜者的。

这些连同附近的一些带顶棚看台都是天亮以后才搭起来的。柯比斯一家待的那个半圆形看台非常漂亮，这证明荷兰人相当擅长搭顶棚。不过我最喜欢的还是范·格莱克家的看台——位于正中的那个——棚子有红白相间的条纹，上面还挂了常青树树枝。

插着蓝色旗帜的棚子是乐师们的。那边那个像宝塔般的台子是给裁判们站的，每一层上都装饰着贝壳和彩色纸带，五颜六色，鲜艳无比，冰面上那些圆柱和旗杆标示出了赛道。两根白色的圆柱，柱身上盘绕着绿色带子，柱子的顶端由长长的、在风中飘动的布帷相连，那是本次比赛的起点。那些旗杆，在离起点有半英里远的地方，立在赛场边界的每一端上。冰面上凿出来的边界线深浅恰到好处，既能让溜冰者们放眼就能看到，又能让他们转身折返，向着起点跑回来时不被绊倒。

空气如此清澈，以至于起点的柱子和折返点的旗杆之间看上去似乎不可能有半英里之远。当然，两头的裁判看台之间的距离是不多不少的半英里。

在这样的气氛烘托下，说到底冰面上的半英里只是一段很短的距离，尤其是赛道边还挡上了一道由观众构成的篱笆。

音乐开始了。那旋律仿佛在露天场地之中恣意地飞扬着！小提琴已经忘却了它们的痛苦，一切都是那么和谐。如果不把目光投向那座蓝色的顶棚，你会觉得那音乐仿佛是从阳光中流泻出来的，那样了无拘束，那样欢欣畅快。只有在看到那些面容古板的乐手们时，你才能意识到事情的真相。

参赛选手在哪里呢？大家全都聚集在了靠近白色圆柱的地方。这真是一道美丽的风景。四十位少男少女身着美丽的服饰，如闪电般迅捷地往来穿梭，又或者三三两两地相互致意、闲聊、低语，浑身洋溢着那股属于年轻人的快活劲儿。

几位行事谨慎的选手正在冷静地系紧冰鞋上的带子；另一些人则单腿站在那里，脸涨得红红的，充满对比赛的热情。他们突然把似乎有问题的冰鞋架到膝盖上，晃动着进行检查，然后重新冲了出去。所有的人都被运动的热情占据了心智，他们无法站定下来。他们的溜冰鞋是他们的一部分，每一条冰刀似乎都被施了魔法。

荷兰确实是个溜冰者的国度。还有什么地方差不多每个男孩女孩都能在冰上露一两手绝活呢？这点儿绝活要是在纽约的中央公园里被人瞧见了，那还不得吸引人群围观？看看本杰明吧。他的水平在英国绝对能把英国人给镇住，但到了这儿，要想镇住荷兰人，那可不容易。算了，省省力气吧，本，你马上会用得上它们了。其他的男孩子也来一试身手了！本已经被比下去了。这样棒的跳跃、保持平衡、旋转，这样棒得如橡胶般有弹性的动作！那个戴着红帽子的男孩现在成了这里的王者，他的背像手表中的发条般有弹性，他的身体像软木塞般柔韧——哦不，应该是铁打的，不然做出这样的动作来肯定会折断的！在旋转的瞬间，他是小鸟，是陀螺，是兔子，是螺丝锥，是小精灵，是小肉球。你觉得他是立着的时候，他倒下了；你觉得他要倒下的时候，他又是立着的。他把手套扔到冰面上，随后翻了一个跟斗就把手套给捡了起来。红帽子男孩脚下没有丝毫停顿就从雅各布·普特的脑袋上抢走了帽子，只留下一脸惊愕的他，随后又一个后空翻，重新把帽子放回到了他的脑袋上。旁边看的人为他欢呼，被他惹得大笑。真是个愚蠢的孩子！此刻他的脚下是北极般的寒冷，而脑袋上已经比温带还要热了。大颗的汗珠开始从他的脑门上滑落，像是在说：虽说你溜冰技术的确了不起，但你这样会输掉比赛的。

　　一位来自法国的旅行者手拿一个笔记本站在一边，他看到我们的英国朋友本从小侏儒的哥哥那里买了个炸面圈吃了下去。于是他在自己的笔记本中写道：荷兰人吃东西喜欢塞得满嘴都是，而且他们全都喜欢吃在蜜糖里煮过的土豆。

　　白色圆柱附近有几张熟悉的面孔。兰伯特、路德维希、彼得和卡尔都在那儿，十分冷静，保持着良好的滑冰状态。汉斯离他们不是很远。很明显，他是准备要参加比赛的，因为他已经换上了溜冰鞋——就是他卖了七个荷兰盾的那双！他很快就怀疑他的仙女教母是那位买了他冰鞋的"神秘朋友"。打定主意后，他便勇敢地当面问起她这件事。她很清楚自己那点儿积蓄全都花在了买这双鞋上，便也不好意思再否认了。正是拜他这位仙女教母所赐，汉斯如今有钱了，便把这双溜冰鞋又买了回来。因此汉斯将要穿着它参加比赛。卡尔对此感到了前所未有的气愤，但由于另有三个农民家的男孩也参加了比赛，汉斯并不是唯一的农家孩子，他也没话好说。

　　总共有二十名男孩和二十名女孩参赛。那二十名女孩这会儿正站在前排，蹬紧地面，稳住身形，准备出发，因为她们要"跑"第一场。希尔达、里奇和卡特琳卡也在其中——有两三个人还在弯腰匆匆忙忙地最后扯紧溜冰鞋上的带子。看着她们在冰面上跺几下脚，确保自己站稳蹬实的样子实在是赏心悦目。希尔达正在很愉快地跟自己身边一个优雅的小孩说话，只见那个小姑娘穿着红色外套和一条新的棕色衬裙。咦？那不是格蕾泰尔吗！换上了漂亮的鞋子、裙子和新帽子后，她简直像是换了一个人。安妮·博曼也在。甚至扬松·科尔普的姐姐也被允许参赛了，但扬松自己的参赛权却被赛事举办者们给投票否决了，因为他杀死了那只鹳，而且就在去年夏天，他还在劫掠一个鸟巢时被当场抓获，这样的行为在荷兰是违法的。

知道吗，这个扬松·科尔普是——算了，我就先不在这里透露剧情了。比赛就要开始了。

二十个女孩排成了一条横向的直线。音乐声停了下来。

一个我们应当称其为通报员的男人站在了白色圆柱和第一个裁判看台之间。他大声地朗读比赛规则："女孩和男孩的比赛交替进行，直到出现有一位女孩子和一位男孩子获胜两次为止。参赛选手排成一排从两根柱子这里出发，滑到旗杆所标示出的线，折返，再回到起点线，正好完成一英里的滑行。"

裁判看台上有人挥动了小旗。范·格莱克太太在自己的看台上站起了身来。她手里拿了块白色的手帕，身体微微前倾。待她手中的帕子落下时，一个号手会发出让参赛选手出发的信号。

手帕飘飘扬扬地落到了地面上！听啊！号声响起！

选手们起跑了！

不，大家又退了回来。有人抢跑了。

重新发信号。

重新起跑。这次没有人犯规。哦！她们滑得多快啊！

人群安静了一小会儿，人们看得很是着急，都屏住了呼吸。

随后在选手们的所到之处响起了加油声。加油！五个女孩子处于领先地位。那个从折返标志处转身向我们飞速跑来的人是谁？看不清。就只能看到一点红。有一个蓝点正在向其靠近，接着一个黄点比它挨得还要近了。站在终点线这边的观众全都用力瞪大了眼睛，都希望自己的位置能离旗杆那头更近一点。

加油的声浪又回来了。现在我们能看清了，领先的是卡特琳卡！

她经过了范·霍普家的看台，接着是范·格莱克太太的看台。那个前倾着张望的身影就像是一块磁铁吸引着选手们的注意。希尔达从卡特琳卡身边超了过去，在经过的时候向自己的母亲挥了挥手。又有两个人逼近了，像箭一般呼啸而过。那道红色和灰色的闪电是谁？哦，那是格蕾泰尔！她也挥了挥手，却不是朝着任何一个漂亮的有棚看台。整个人群都在欢呼加油，可她却只听到父亲的声音："干得好，小格蕾泰尔！"没过多久，卡特琳卡带着一串急促而又快活的笑声从希尔达身边反超了过去。穿黄色外套的女孩也渐渐逼近。她超过了所有的人，除了格蕾泰尔。裁判们身体前倾，却没有把眼睛从手中的秒表上移开。空气中充斥着一浪接着一浪的加油声。终点处的那两根柱子似乎都被声浪震得摇晃起来了。格蕾泰尔冲线了。她赢了。

"格蕾泰尔·布林克尔，完成一英里！"通报员高声喊道。

裁判们点了点头。他们在每个人手中拿着的一张表格中写着什么。

女孩们休息的时候，有些人兴奋地围在我们惊惶无措的小格蕾泰尔身边，有些人则极为不屑地站得远远的。男孩子们则兴奋地站好了一排。

这次轮到范·格莱克先生来扔手帕了。号手有力地吹出响亮的一声！男孩子们出发了！

转眼就跑完了一半！你们看过这样景象吗？

像是有三百条腿一瞬间飞快地跑过，实际上只有二十个男孩。不去管它了，反正有好几百条腿，这我可以肯定！他们现在到哪儿了？大家只听到一片喧嚣，把人们都给弄糊涂了。大家在笑什么？哦，在笑那个落在队伍最后面的胖男孩。看他滑的那个样子！看哪！他好像马上就要倒下了。哦，不，他不会倒下。我不清楚他知不知道自己已经落了单。其他孩子们都快要到折返点了。对，他知道。他停了下来！他抹了抹自己那张热气腾腾的脸，摘下帽子往四下里看了看。还是体面地退出更好。那些发自内心的、感到震惊的笑声表明他至少交到了一百个朋友，善良而又可爱的雅各布·普特啊！

这个可爱的家伙已经和观众们站到了一起，跟其他人一样专注地看着比赛。

选手们来到折返点的旗杆前骤然停下、掉头，从他们的脚跟处激起了一团羽毛般的冰雾。

一个黑颜色的东西——那些男孩中的一个朝我们滑来了——是我们都认识的人。他的到来触碰到了人群声浪的音栓，此时那声浪已近乎山呼海啸了。现在他们靠得更近了——我们可以看到红色帽子了。那是本——还有彼得——还有汉斯！

汉斯领先了！年轻的范·根德夫人几乎要把手里的花给揉碎了。她一直相信彼得会是第一，卡尔·舒美尔排第二，然后是本，再然后是那个戴红帽子的年轻人。现在只见一个高个子身影从他们之中蹿了出来。他超过了红帽子，他超过了本，他又超过了卡尔。现在，比赛成了彼得和汉斯之间势均力敌的较量。范·根德太太不由得屏住了呼吸。

是彼得！他领先了！汉斯又从他身边超了过去，希尔达的眼睛里满含着泪水，彼得必须要获胜。安妮的眼睛里闪着骄傲的光芒。格蕾泰尔一边目不转睛地望着，一边拍着手——再滑上四下，她的哥哥就要到达白色圆柱了。

他到终点了！是的，但年轻的舒美尔比他快了一秒。在最后时刻，卡尔汇集了自己全部的力量，从彼得和汉斯中间呼啸而过，冲过了终点。

"卡尔·舒美尔，完成一英里！"通报员高声喊道。

没多久范·格莱克太太又站了起来。手帕落下激发了号声，号声如同弓弦，把二十个女孩子像箭一样射了出去。

这真是一个美丽的景象，但大家都看不了多久。不等大家能认出谁是谁，她们便已经滑到了远处。这次她们相互之间咬得很紧，在她们绕过折返点的旗杆加速后，观众们还是很难看出谁会先到终点。最前面的几个人中出现了新面孔——专注的、放着光的脸，之前没引起大家的注意。其中有卡特琳卡，有希尔达，但格蕾泰尔和里奇落在了后面。格蕾泰尔正在犹豫，但当里奇超过了她后，她便又抖擞精神向前滑去。现在她们已经接近卡特琳卡了。希尔达依然领先，她已经快要"到家"了。自从号声令她起飞后,她的步伐便没有摇晃过,现在依然像一支箭那般向着终点冲去。一阵阵的欢呼和加油声在空中升起。彼得没有作声,但他的眼睛像星辰般闪耀着。"加油!加油!"

通报员的声音又传来了。

"希尔达·范·格莱克,完成一英里!"

人群中响起了一大片称赞声,这声音盖过了响起的音乐,和它渐渐汇合成了一种声响,在其深处蕴含了一种欢快的、有节奏的律动。待到小旗挥动时全场才归于平静。

号角再次发出了一声巨响,把男孩们如同被风吹起的糠一般——我必须承认这是些黑糠,而且每片都挺大的——送了出去。

没多久,这把糠便从旗杆那里被吹得回转过来,又被一路的加油和喊叫声驱赶得更快了。我们开始能看到谁来了。这次领先的是三个男孩子,三个人齐头并进,分别是汉斯、彼得和兰伯特。不久卡尔便打破了这样的格局,从三人中间冲了上来!飞啊,汉斯;飞啊,彼得;别再让卡尔给打败了。那是爱挖苦人的卡尔,那是傲慢无礼的卡尔。范·摩恩已经露出了疲态,但他们俩依然实力强劲。汉斯和彼得,彼得和汉斯,究竟谁跑在了最前面?这两个小伙子我们都爱,谁更加快一点我们并不是很在乎。

坐在深红色长凳上的希尔达、安妮和格蕾泰尔再也无法保持平静了。她们从凳子上弹了起来——姿势虽各不相同,关切之情却是一样的。希尔达马上又坐了下来,不能让任何人知道她有多关心,不能让任何人知道她心里有多焦急,怀揣着怎样的一份希望。那就闭上眼睛吧,希尔达——把荡漾着喜悦的脸藏起来吧。彼得获胜了。

"彼得·范·霍普，完成一英里！"通报员喊道。

与之前一样，人群中立刻响起一阵兴奋的嗡嗡声，裁判们记录着成绩，音乐的律动从喧闹中隐隐透出——但也有些不同了。一小群人朝着什么东西围了过去，就在靠近终点圆柱的地方。卡尔跌倒了。虽然也有点蒙，却并没有受伤。要是平时他不会那样总阴沉着脸，他本可以在这些年轻而又温暖的心灵中找到更多同情。而现在的情形是，人们一看到他重新站起来，便很快把他给忘记了。

女孩子们接下来要比第三个一英里了。

当这些小姑娘站到起跑线上时，脸上带着的是多么坚毅的表情啊！有些面孔因为责任感而显得严肃，有些面孔则带着半是羞怯半是受了激励的笑容，但所有人脸上都有一种下定决心的神情。

第三个一英里有可能决定比赛的最终结果。不过如果胜出的人既不是格蕾泰尔也不是希尔达的话，其他人就还有机会获得银色溜冰鞋。

每个女孩都信心满满，觉得自己只要用之前一半的时间便能滑完这段距离。啊，她们用冰刀跺冰面的样子多帅啊！她们在检查每条鞋带的时候又是那么紧张！她们最终都笔直地站着，每只眼睛都一眨不眨地望着范·格莱克夫人！

号声再次令她们浑身一凛。带着微微颤抖的热切，她们向前弹射出去，弯着身子，却保持着完美的平衡。每次飞速的蹬腿似乎都比前一次滑出更长的距离。

转瞬间她们便已经滑到了很远的地方。

再一次，人们定睛用力张望；再一次，人群中爆发出震耳欲聋的

呼喊和加油声；再一次，人群变得兴奋起来，因为片刻之后，四五个人领先于大部队，已经踏上了回程，正在向着终点飞驰而来，越来越近。

谁排在第一？不是里奇、卡特琳卡、安妮，也不是希尔达，也不是穿黄衣服的小姑娘，而是格蕾泰尔——格蕾泰尔，所有滑冰者中最迅捷的那个小精灵。在之前的比赛中她只是在玩耍，而现在她非常认真，她身上的某样东西让她下定了决心要赢。那小小的、灵动的身形似乎并没怎么用力，却无法停止动作——直到掠过终点！

通报员提高了声音，却也只是徒劳。根本听不见他的声音。他没有新闻可以公布——因为他要说的东西早就响彻在人群中了。格蕾泰

尔赢得了银色溜冰鞋!

她像一只小鸟一样掠过冰面,像一只小鸟带着点儿紧张、带着点儿惊讶地看向周围。她很想飞奔去那个角落里的棚子,她的父亲和母亲正站在那里。但汉斯在她身边,姑娘们也围在她的身边。希尔达那和蔼而又欢愉的声音随着呼吸送入她的耳中。从那一刻起,没有人会再瞧不起她了。无论她是不是放鹅的女孩,从今往后大家只认她是溜冰者中的女王了!

带着油然而生的自豪,汉斯转过头去,想看看彼得·范·霍普有没有看到自己妹妹的胜利。但彼得根本没有在看他们。他跪倒在地,一脸遇到麻烦的样子,正在低头忙乱地弄着溜冰鞋上的带子。汉斯马上来到了他的身边。

"遇到麻烦了吗,先生?"

"啊,汉斯,是你吗?对,我的乐趣到头了。我想要把带子给紧一紧——再弄出一个新的洞来——而这把讨厌的刀却几乎把它给弄断了。"

"先生,您用我的带子吧!"说着,汉斯就动手从溜冰鞋上解开了带子。

"这可不行,真的,汉斯·布林克尔,"彼得抬起头来大声说道,"尽管我要对此深表感谢。回到你的位子上去吧,朋友,再过一分钟号声就要响了。"

"先生,"汉斯用略微有些喑哑的声音说道,"您把我当成是您的朋友。拿着这根带子——快!别浪费时间了。我这次不滑了。真的,我平时没怎么练习。先生,您必须要拿着。"说罢,汉斯一边对彼得的抗议视而不见、充耳不闻,一边把自己的带子穿进了彼得的溜冰鞋,请求他把带子系紧。

"来啊,彼得!"兰伯特从起跑线那里喊道,"大伙儿都在等你呢。"

"看在格莱克太太的分上,快点吧。"汉斯恳求道,"她在示意您站到参赛者队伍里去。呐,冰鞋就快穿好了。快点,先生,系上吧。我是没希望赢的,冠军应该就在舒美尔少爷和您之间产生。"

"你是一个高尚的人,汉斯!"彼得最终顺从了。他一回到自己的位置上,白色的手帕便落下了。号声倏然响起——响亮、清澈、余音袅袅。

男孩子们冲了出去!

"我的上帝啊,"一个来自代尔夫特的外表粗鲁的老家伙叹道,"他们可真是比什么都厉害,这些阿姆斯特丹的年轻人。看看他们!"

看看他们,真的!他们一个个都是长了翅膀的墨丘利。他们这是在跑什么要命的差事呢？啊，我知道了，他们是在追捕彼得·范·霍普，他是一个脚程飞快的、从奥林匹斯山落跑的人。墨丘利和他这队长着翅膀的同族兄弟正在对他展开全力的追捕。他们会抓住他的！现在卡尔成了落跑者。追逐变得越来越激烈了——本跑到了最前头！

经过一团迷雾后，他们转了方向，向着这边来了。现在是谁在遭到追捕呢？是墨丘利自己。是彼得，彼得·范·霍普。飞奔吧，彼得——汉斯正在看着你呢。他正在把他所有的迅捷和力量送入你的双脚。你的母亲和妹妹因为关切而脸色煞白。希尔达正在浑身发抖，不敢抬眼看。飞奔吧，彼得！围观的人群并没有发狂，他们只是在加油喝彩。追逐者们已经向你逼近了！碰到白色圆柱了！它有所表示了——它正在你跟前摇晃——它——

"哦！哦！彼得赢得了银色溜冰鞋！"

"彼得·范·霍普！"通报员高声叫道。可又有谁能听见他呢？"彼得·范·霍普！"一百个声音高声叫道，因为他是当地最受欢迎的孩子。"真棒！真棒！"

现在，音乐下定决心要被人听到。一首活泼的曲子被奏响，随后是一首雄壮的进行曲。观众们觉得有什么新的事情要发生，便决定稍稍安静下来，姑且听上一听，看上一看。

所有的参赛选手排成了一路纵队。彼得个子最高，站在第一个。格蕾泰尔个子最小，便排在了队尾。汉斯从卖蛋糕的孩子那里借了一根带子，排在了队伍靠前的地方。

在冰面上搭起了三座相隔一定距离的拱门，门上缠了喜气洋洋的彩带，三座拱门正对着范·格莱克家的有棚看台。

参赛的男孩女孩们由彼得率领着，完美地和着音乐的节拍，慢慢地滑冰向前。

看着这色彩明艳的队伍像一个活物般滑行前进，实在是让人觉得很养眼。队伍时而弯曲，时而对折，优雅地在拱门间穿来绕去——无论领头的彼得走向哪里，后面的身子都会跟着他走向哪里。有时候它直直地向着中间的那个拱门行去，然后，好像又有了新的冲动，掉头绕开，跑到第一个拱门那里围了个圈，然后慢慢地舒展开，弯低身子，像蛇一样迅速地蜿蜒行进着，穿过河面，一路来到最后一个拱门，从中穿过。

等音乐慢下来的时候，行进的队伍像心存畏惧的那样慢慢爬行。俄顷，这活物又变得活泼起来，倏地一下向前蹿出，迅捷地在拱门间滑行，穿进绕出、弯曲、扭转、变向，但一直没有弄乱队形。直到尖厉的号声在音乐上升起，这活物才突然变回了少男少女，站成一个双层的半圆形，正对着范·格莱克太太的看台。

彼得和格蕾泰尔站在中间位置，站在其他人的身前。范·格莱克太太仪态雍容地站起身来。格蕾泰尔在发抖，但她觉得自己必须要看着这位美丽的夫人。她听不见格莱克太太说的话，周围嗡嗡的声响那么吵。她在想自己应该要试着行个礼，就像母亲对大夫行的礼那样。突然间某样光彩耀眼的东西放到了她手中，她忍不住叫出了声来。

然后她大着胆子朝身边看了看。彼得的手里也有东西。"哦！哦！太棒了！"她叫道，随后她重复着，"哦！太棒了！"

与此同时，银色溜冰鞋在阳光下闪闪发光，把阳光投射到了那两张幸福的脸上。

范·恨德太太派了一个小使者送来了她的花束。一束给希尔达，一束给卡尔，其余的都给了彼得和格蕾泰尔。

看到鲜花后，这位滑冰女王有点儿无法控制自己了。她充满感激地看着这两样东西好一会儿，便用围裙把溜冰鞋和花束兜起来，捧在胸前，快步跑向正在渐渐散去的人群，去寻找自己的父亲和母亲。

第 45 章
小屋中的欢乐

也许你在知道拉夫和他妻子来到了滑冰比赛现场后会感到吃惊。那你要是在那个欢乐的 12 月 20 日晚上跟他们在一起的话，准会更加吃惊。看到布林克尔家的小屋一副闷闷不乐的样子，孤零零立在结了冰的湿地上，四面墙像得了风湿病似的向外凸起着，屋顶像一顶被用力下扯、盖住了眼睛的耷拉着的帽子，没有人敢猜里面会有什么热闹的事儿正在发生。

而在屋外，已经只剩下了地平线上低低的最后一抹晚霞。几朵胆大的云燃烧了起来，而其他的云朵在边缘烧起来后，消失在了越来越浓的烟雾中。

一缕走偏了的落日余晖从柳树桩子上滑过后便偷偷趴在了小屋下面。它似乎觉得，只要它有办法能接近屋子里的人，他们便会欢迎它进去。它所藏身的那个房间简直干净到了无以复加的地步。就连椽（chuán）子上的裂缝都被擦拭干净了。空气中弥漫着食物美妙的气味。

炉膛里燃着一大团火,照亮了昏暗的墙壁。它宛如游戏般轮流把光投向那本巨大的皮面书,投向格蕾泰尔那张收起在壁橱里的床,投向那些立在桩子上的家居用品,还有桌子上那双美丽的银色溜冰鞋和那捧花束。布林克尔太太那张诚实的脸庞在明灭的火光中闪耀。格蕾泰尔和汉斯正抱着胳膊斜靠在壁炉上开心地笑着,而拉夫·布林克尔居然正在跳舞!

我不是说他正在跳芭蕾舞那种旋转的舞蹈或是跳鸽翼式舞步,无论哪一种对于一位父亲来说都有点不太体面。我敢肯定的只是,在大家都在开开心心地聊着天的时候,拉夫突然从座位上站了起来,打了几下响指,表演了几个夸张的动作——很像苏格兰高地舞的精彩部分。接下来他用双臂抓住了自己的妻子,高兴得差点儿把她给抱离了地面。

"哟!"他高声叫道,"我想起来了!我想起来了!是托马斯·希格斯。就是这个名字!它像一道闪电般划过我的脑海。写下来,孩子,快写下来!"

正在此时有人敲门了。

"是大夫。"布林克尔太太欣喜地叫道,"瞧!事情怎么就会这么巧!"

母亲和两个孩子都急急跑去开门,还开开心心地撞到了一起。

不过门打开后外面的人并不是医生,而是三个男孩,彼得·范·霍普、兰伯特和本。

"晚上好,年轻的绅士们。"布林克尔太太招呼道。她这会儿这么高兴,这么骄傲,哪怕来访的是国王本人她都不怎么会感到意外。

"晚上好,小姐。"三个人齐声说道,一边优雅地向她鞠躬行礼。

天哪！布林克尔太太一边像搅奶油的棍子一样点头哈腰，一边在心中忖道："幸亏我在海德堡学过怎么行礼。"

拉夫见到孩子们向他行礼，很是满足，他满含尊敬地点头回了礼。

"请坐吧，少爷们。"布林克尔太太招呼道，格蕾泰尔则羞红着脸把一张凳子朝他们推过去。"我们家凳子有点少，这你们也看到了，不过火达这把可以坐，如果不怕硬的话，这个橡木箱子也可以坐。对，汉斯，把它拉过来。"

待到孩子们都坐到令布林克尔太太满意的位置，彼得像是发言人一样出言解释道，他们这是要去阿姆斯特丹听一个讲座，路过这里顺便来归还汉斯的鞋带。

"哦，先生，"汉斯诚挚地说道，"这可真是太麻烦你们了。实在让我过意不去。"

"一点儿都不麻烦，汉斯。我原本可以等你明天来工作时再还的，其实是我想要登门拜访。对了，汉斯，说到你的工作，我父亲对此感到很开心。就算是专业的雕工也不能做得比这更好了。他还想把南边那个凉亭也装饰一下，可我跟他说你就要回学校念书了。"

"对！"拉夫·布林克尔用强调的语气插进来说道，"汉斯必须马上回学校去——格蕾泰尔也是——说得没错。"

"我很高兴能听到你们这么说，"彼得转向汉斯的父亲说道，"也很高兴看到您已经恢复了健康。"

"是的，少爷，完全康复了，能跟过去一样好好工作了，感谢上天！"

此时汉斯在烟囱旁边挂着的一本旧年历的边沿匆匆写了点儿什

么。"对,做得对,孩子,赶紧写下来。费格斯!维格斯!哎呀!哎呀!"拉夫极其失望地说,"又不记得了!"

"对,父亲,"汉斯说,"那个名字已经白纸黑字写下来了。这儿呢,看,父亲,也许你会想起来其他东西的。只要有了地方来装,回忆会变得完整的!"然后他转头对彼得压低了声音说道,"我有一件重要的事要到城里跑一趟,先生,不知道——"

"别!"布林克尔太太抬起手来劝阻道,"今晚别去阿姆斯特丹了,你自己也说了你两条腿都变酸痛了。不,不——等明天天亮了再去也不迟。"

"天亮!真是的!"拉夫说,"那可不行。不,梅吉,他必须这会儿就走。"

有一刹那,布林克尔太太的表情似乎在说,真不知道拉夫的恢复还能不能完全算是一件好事,她的话在家里已经不再是说一不二的法律了。幸运的是,"谦卑的妻子是丈夫的老板"这句俗语已经在她头脑中根深蒂固了,即便在她仔细思考别的事情的时候,它还是钻了出来,占了上风。

"很好，拉夫，"布林克尔太太微笑着说，"反正他不光是我儿子，也是你儿子。啊！少爷们，你们看看，这个家不好当啊！"

这时，彼得从口袋里掏出了一根长长的带子。

在将其递给汉斯的时候他用饱含情感的低沉语调说道："我无须再为你借我鞋带的事向你道谢了，汉斯·布林克尔。像你这样的人并不会向人索要酬谢，但我必须要说你为我做了一件充满善意的事情，而我也为自己能认识到它的价值而自豪。直到比赛进行了一阵后，"说到这里他笑了起来，"我才知道自己对赢得比赛有多上心。"

汉斯高兴地加入到了彼得的笑声中，笑声遮掩了他的尴尬，让他的脸有机会稍稍变得不那么燥热。像汉斯这种诚实而又慷慨的男孩，常常会在你绝对意想不到的时候自己傻傻地闹一个大红脸。

"这没什么，先生，"布林克尔太太也赶紧过来缓解儿子的尴尬道，"这孩子一门心思都想着让你赢呢，我知道是这么回事儿！"

这话帮了汉斯很大的忙。

"啊，先生，"汉斯连忙顺势说道，"从第一次起跑开始我就觉得脚上有点儿僵，有种奇怪的感觉。我已经好久没练了，根本没机会赢的。"

彼得的表情很是伤感。

"我们对此可能有不同的看法。正是这一点让我感到很不安。现在可能已经于事无补了，但你可以帮我一个大忙，如果——"

彼得接下来的话说得很隐秘，我无法将其记录下来。我只想说的是，汉斯不久又恢复到了失望的状态，而彼得看上去一脸的羞愧，结结巴巴地说了些什么，大意是说他会留着那双溜冰鞋，因为他赢了比赛，但这样其实是"根本不对的"。

此时范·摩恩咳嗽了一声，仿佛是在提醒彼得讲座的时间就快到了。与此同时，本把某样东西放到了桌子上。

"啊，"彼得说，"我忘了来办的另一件事了。今天你妹妹走得那么快，范·格莱克太太都没机会把装溜冰鞋的盒子给她。"

"哦！"布林克尔太太冲着格蕾泰尔摇了摇头，带着责备的意味，"她真是挺没规矩的。"可她心里想的其实是，没几个女人能象自己这样有如此可爱的女儿。

"不，没有的事，"彼得笑了，"她做的正是她该做的事——带着自己赢得的丰厚财宝回家。换了谁不是这样呢？我们就不耽搁你了，汉斯。"说到这里他转过身来看向汉斯，但汉斯正热切地望着父亲，似乎已经忘记了他们的存在。

拉夫陷入沉思，口中低声地重复着："托马斯·希格斯，托马斯·希格斯，对，就是这个名字。唉！我要是能记住地点就好了。"

装溜冰鞋的盒子是用摩洛哥小羊皮精心缝制而成的，上面缀着银饰。精灵们替自家窗子设计的窗饰，也不会比这更精致、更美丽了。盒盖子上用闪闪发光的字母写着"献给健步如飞的人"。盒子的内里衬着天鹅绒，在其中一个角上盖着印章，写有制作者的名字和地址。

格蕾泰尔用她简单的方式谢过了彼得，她有点儿高兴，又有点儿迷糊，不知道该做点儿什么，只得抱起盒子仔仔细细地看了起来。"这盒子是伯明翰先生制作的。"她过了一会儿说道，脸红红的，依然抱着盒子在端详。

"伯明翰！"兰伯特·范·摩恩听到之后喊了起来，"那是英国的一个地名，让我看看。"

"哈！哈！"他把敞开着的盒子举向火光后笑了起来，"难怪你会这么想，不过这是个小小的错误。这个盒子是在伯明翰制作的，但制作者的名字是小写的。哼！写得这么小，我看都看不清。"

"让我看看，"彼得说着趴到了他的肩上，"伙计，这不是写得挺清楚吗。是T——H——是T——"

"哈！要是你这么容易就能看出来，那你倒是说啊，T——H，什么？"

"T.H.——T.H.。哦！知道了，是托马斯·希格斯，肯定的。"彼得答道，为自己最终能破译这个"密码"而感到高兴。但他又感觉到他们几个的行为有点唐突，便转过身来看向汉斯。

这一下，彼得的脸顿时变得煞白！这几个人到底怎么啦？拉夫和汉斯全都惊住了，正瞪大了眼睛又惊又喜地望着他。格蕾泰尔一副欣喜若狂的样子。布林克尔太太手里拿着根没有点的蜡烛，在房间里跑来跑去地叫着："汉斯！汉斯！你的帽子在哪儿？哦，大夫！哦，大夫！"

"伯明翰！希格斯！"汉斯叫道，"你是说希格斯？我们找到他了！我必须得走了。"

"你们知道吗，少爷，"布林克尔太太大口喘着气，同时从床上抓起汉斯的帽子，"你们知道吗——我们认识他。他是我们的——不，他不是。我是说——哦，汉斯，你必须立刻就去阿姆斯特丹！"

"晚安，先生们。"汉斯喘着粗气，被从天而降的快乐弄得满脸放光，"晚安。你们得原谅我，我必须得走了。伯明翰——希格斯——希格斯——伯明翰。"他从母亲那儿抓过帽子，从格蕾泰尔那儿接过溜冰鞋，从小屋里冲了出去。

男孩子们还能怎么想呢，只能觉得布林克尔一家子突然间都发疯了！

他们很尴尬地道了声"晚安"，转身要走，但拉夫把他们给拦住了。

"这位托马斯·希格斯，少爷们，他是一个……一个人。"

"啊！"彼得叫了一声，他相当肯定拉夫是这一家人里面疯得最厉害的一个。

"对，一个人。一个……啊……一个朋友。我们以为他死了。我希望这是同一个人。你刚才说他是在英国？"

"对，在伯明翰。"彼得答道，"肯定是英国的伯明翰。"

"我认识这个人，"本对着兰伯特说，"他的工厂离我们那儿不到四英里。他是一个古怪的家伙……跟牡蛎一样不爱动……一点儿都不像个英国人。我常常能见到他……一个外表很严肃的家伙，一双眼睛炯炯有神，让人过目不忘。他有一次帮我做了一个漂亮的文具盒，送给我妹妹詹妮当生日礼物。他还做皮夹、望远镜盒子和各种各样的皮具。"

因为这些话是用英语说的，所以范·摩恩想当然地把它翻译了过来，让所有人都能听懂，同时他还注意到，无论是拉夫还是他妻子，他们的脸上已经没有了悲伤的样子，尽管拉夫身体在发抖，而他妻子的双眼中噙着眼泪。

你可以相信的是，医生在当天深夜和汉斯一起坐马车回来时，已经听说了这个故事的全部。"三位年轻的绅士已经走了有一会儿了，"布林克尔太太说，"但很有可能，只要快点赶过去，很容易就能在他们从讲座散场回来的路上找到他们，无论讲座是在哪里举行的。"

"对，"拉夫点头说道，"我老婆总是能一语中的。最好还是见一见那位年轻的英国绅士，先生，趁他还没忘记所有关于托马斯·希格斯的那些事儿。这实在是个让人很难记住的名字，您看见没？想踏踏实实地记住一分钟都不可能。它那会儿突然就钻进我脑子里来了，像打桩机一样挡都挡不住，我儿子把它给写了下来。对，我要尽快跟那个英国孩子聊一聊。他见过您儿子许多次——啊，想想就让人激动！"

布林克尔太太接过了话头。

"您肯定很快就能找到那孩子，先生，因为他跟彼得·范·霍普在一起，他前额上盖着卷卷的刘海，就是外国人的那种。如果您听他说话，他说得可快了，只不过说的是英语，但我想那对于先生您来说可根本不是问题。"

医生已经拿起帽子要走了。此刻他的脸上放着光，嘴里嘟哝了些什么，大致是说那小混蛋说不定也给自己起了个流里流气的英国名字。他管汉斯叫了声"我的孩子"，让小伙子听得心花怒放，说完他就离开了小屋。考虑到他是那么了不起的一个大夫，这个告别可真是太没有仪式感了。

爱抱怨的马车夫在赶车回阿姆斯特丹的路上一直在咕哝，想到什么就说什么，聊以自慰。因为医生这会儿正舒舒服服地坐在车厢里，根本什么都听不到，所以他正可以借此机会说说他们这种人的不是，这些人从来就不会替别人着想，总是一晚上让马儿跑上十来趟。

第 46 章
神秘失踪的外国人

对于伯明翰的八卦圈子来说，希格斯的工厂可是一座趣闻的富矿。那儿虽然只是一栋小小的房子，却大到足够装下很多个谜。谁是这座工厂的主人，或者他是从哪儿来的，谁都说不上来。他看着像是个绅士，这是可以肯定的，不过谁都知道，他是从学徒一路打拼上来的，而且识文断字，写起字来就跟个读书人一样。

好些年前他突然出现在此地，当时只是个十八岁的小伙子。他踏踏实实地学手艺，逐渐得到老板威莱特先生的信任，后来水到渠成地成为老板的合伙人。最后，等老威莱特死后，他就接过了生意。对于希格斯先生，人们知道的就只有这些了。

有好些人众口一词地说他从不跟信教的人搭话，而另一些人则说，尽管他可以把话说得很流利，口音却有点儿问题。大家也说他是个爱整洁的人，除了他的厂子边上有一个臭气熏天的发绿的池塘，那个池塘就其深度而言连鳝鱼都养不了，简直成了热病的老巢，千真万确。

他的国籍是一个很大的谜。他的英文名字说明他的家族至少有一边来自英美,但他母亲那边又是哪一国的呢?如果她是美国人,那他当然就该有高颧骨和红皮肤;如果是德国人,那他就该会说德国话,而乡绅史密斯老爷说了他肯定不会;如果是法国人(他拥有的那个青蛙池塘倒让这看着像那么回事儿[1]),那从他说话的腔调里总该听出些端倪来。不,他只可能是荷兰人。不过最奇怪的是,尽管在有人说到荷兰的时候他总是会竖起耳朵来细听,可你若真的问到他跟前,他却连关于这个国家的一点儿皮毛似乎都说不上来。

不管怎么说,因为他母亲家所在的荷兰那边从来没有过来信,也没有哪个依然健在的人见过老希格斯,所以这个家庭不可能是什么名门望族。也许托马斯·希格斯根本就没有什么来头,尽管他成天摆出一副很正经的样子。爱八卦的人们声称他们对希格斯并无兴趣。其结果却是,托马斯·希格斯和他的事情是人们乐此不疲的谈资。

所以,当"某位当时在场故而应该知道的人"宣布,邮递员小哥当天早上递给了希格斯一封像是从外国寄来的信,那人"看信后脸色变得跟刚刷的墙一样白,随即冲到自己的厂子里,跟手下的一个工头聊了几句,没有跟任何人道别,没有带任何包袱行李,还不等您眨眼,夫人,就消失不见了",大家大可想象一下这在当地的善良正义人士中引发了怎样的惊愕之感。他的房东斯科拉布斯小姐如今正大感痛苦。这位可爱的人一说起他来便会变得有点儿上气不接下气:"离

---

[1] 青蛙佬是对法国人的一种蔑称。

开住处的时候是那样突然,就连哪怕只提前一天的通知都没有,每个女人都不想被踩在脚下,这可不是我的风格,我完全有权利得到提前的告知。对,既然你提到了,就该是提前一周通知,居然连一声'非常感谢,斯科拉布斯小姐,感谢您过往对我的照顾'也不说,我对他的照顾可是不少,尽管这话不该由我自己来说。至少我不是那种每时每刻都巴不得别人感谢我的人。这事儿做得实在是不地道,尽管希格斯先生的确该付的钱一分都没有少付。我看到他那双很珍爱的靴子空空地倒在房间角落里就忍不住要掉眼泪,单凭这就说明他碰上烦心事儿了。因为要搁在平时,他都把它们给竖得笔直,像一对士兵一样,尽管这鞋已经补过两次鞋底了,根本不会有人想要拿走。"

于是房东最要好的朋友斯库伦普金小姐就跑回家去跟人说了这事儿。而斯库伦普金小姐这人大家都是知道的,于是这个消息便如同一根亮闪闪的蛛丝,不久便从整条街的一头给织到了另一头。

那天晚上,一个调查委员会聚集在了斯涅格厄姆夫人的家里——一边用她最好的瓷器喝着茶,一边召开秘密会议。虽说大家只是受邀来"随便喝喝茶",但当晚要处理的事项却极其重大。等到委员会有空能吃点儿东西的时候,饼干已经完全凉透了。有那么多的东西要讨论,而且要讨论的事情又重要到大家必须树立牢固的共识,即委员会的每一个成员一直都"非常肯定,某些不同寻常的事情将会发生在那个人的身上",以至于快要到晚上八点的时候,斯涅格厄姆夫人才刚刚给大家续上了第二杯茶。

第 47 章
阳光普照

1月的一个下雪天,劳伦斯·博克曼和他父亲正往布林克尔家的小屋走去,去向他们道谢。

拉夫在经历了一天劳作后正休息着;格蕾泰尔帮他装好烟斗点上火后,正在认真地擦拭着壁炉上的每一点灰垢;布林克尔太太正在纺纱;而汉斯则坐在窗边的一张小凳子上,正在勤奋地钻研着功课。这真是一个欢乐祥和的家庭啊!这家人在过去一个礼拜最期待的事情便是这场托马斯·希格斯可能的到访。

激动人心的见面仪式结束后,布林克尔太太坚持要请客人们喝点热茶。"在这种狂风大作的天气里一路走来,"她说,"是个人都会冻僵。"客人们跟她丈夫说话的时候,她轻声对格蕾泰尔说,那位年轻绅士的眼睛和汉斯的眼睛就像四颗一模一样的豆子,更不用说还有他们那种看人时特别的眼神,看着有点傻乎乎,但其实懂得的跟老爷爷一样多。

格蕾泰尔有些失望。她之前期盼的是一幕悲剧的场景，就像安妮·博曼从故事书里看来后经常描述给她听的那样。而她眼前的这位绅士明明差点儿就成了杀人凶手，又有整整十年在世界各地四处游荡，还确信自己遭到了父亲的抛弃和鄙视——就是这位惹下如此惊天大麻烦的年轻绅士，此时却愉快而又平静地坐在火炉前，像个没事人似的！

诚然，他跟她的爸爸妈妈讲话时声音带着些颤抖，在迎上自己父亲的目光时脸上却带着明媚的笑容，这笑容放到为国王斩杀恶龙、取来青春不老水的勇士脸上也还算合适，但不管怎么说，他一点儿都不像安妮在书中看到的那些战胜了重重困难的英雄。他没有对着天堂举起手臂说："我谨在此发誓，永远忠于我的家乡，忠于我的国家！"而在当前的情境中，这似乎是他该做的唯一正确而又恰当的事。

考虑到这一切，格蕾泰尔很是失望。不过拉夫倒是很满意。托他带的口信终于带到了。博克曼医生见到了自己儿子平安归来，可怜的小伙子并没有犯罪，只是以为自己父亲为了一桩事故而与自己断绝了关系。当然，无可否认的是，当年的翩翩少年如今已经成了胖子。拉夫在潜意识中很想能再次握住那只孩子的手，但对这件事来说，一切都改变了。于是，当他看到那对父子并排坐在壁炉边时，他压下了所有的情感，只替他们感到高兴。与此同时，汉斯则满脑子想的都是托马斯·希格斯又能成为大夫的助手该有多幸福，布林克尔太太则自顾自地发出轻叹，希望那孩子的母亲能活着见到他——他是个多好的年轻人啊——她还有点儿纳闷，博克曼医生怎么能眼看着那块银怀表变得如此黯淡。很显然，在拉夫把表还给他后，他一直都把表带在身

边。他把以前带在身上的那块金表处理了？

博克曼医生满脸放光，他的样子多么满足啊，和以前相比真是年轻了不少，有神采了许多。原先脸上那坚硬的线条似乎融化了。只见他脸上堆满了笑容，对拉夫说："我难道不是一个幸福的人吗，拉夫·布林克尔？我儿子这个月会把他的厂子卖掉，在阿姆斯特丹开一家仓库。我现在换眼镜盒都不用花钱了。"

汉斯从他的白日梦中惊醒过来。"仓库，先生！那托马斯·希格斯——我是说您的儿子不继续担任您的助手吗？"

大夫的脸上掠过一丝阴云，但他努力让脸色重新开朗起来，然后回答道："哦，不，劳伦斯干这个干够了，他想成为一个商人。"

汉斯露出了惊讶和失望的表情，于是他的朋友好心地问他："怎么不说话啊，孩子？难道做商人很丢人吗？"

"不——不丢人，先生。"汉斯结结巴巴地说道，"可是——"

"可是什么？"

"嗯，做医生更好啊，"汉斯回答，"更加崇高。我觉得吧，先生，"他兴冲冲地说了下去，"做个外科医生，治愈有病痛和残疾的人，拯救人们的生命，做您为我父亲做的，是世界上最了不起的事情。"

医生一脸严肃地盯着他看。汉斯感觉医生对自己的话不以为然。他的脸颊涨得通红，滚烫的泪水已经在眼眶里打转了。

"这是一个痛苦的行业，孩子，做外科手术这事儿，"医生说话时依然对汉斯皱着眉头，"它需要极大的耐心，自我牺牲的精神和坚忍不拔的毅力。"

"那是肯定的。"汉斯说，"还需要有智慧，和对上天造物的敬畏之心。啊，先生，这个行业或许有它要面对的考验和不利之处，但您刚才说的话应该不是真心的吧。它是伟大而又高贵的，决不是痛苦的！请原谅，先生，也许我不该这么当面反驳您。"

博克曼医生显然有点儿生气了。他转过身去把后背对着汉斯，跟劳伦斯商量了几句。布林克尔太太趁此机会皱起眉头，瞪了汉斯一眼以示警告。她很清楚，这些大人物从来都不喜欢听穷人厌冒失无礼的态度跟他们说话。

大夫转过身来。

"你多大了，汉斯·布林克尔？"

"十五岁了，先生。"汉斯吃惊地答道。

"你愿意当医生吗？"

"愿意，先生。"汉斯激动得微微颤抖着。

"你是否愿意，在得到你父母同意的情况下，投身于学习，去上大学，将来进我的办公室做我的学生？"

"愿意，先生。"

"你该不会在我下定决心培养你做我的接班人之后又耐不住寂寞，改变主意吧？"

"不会的，先生，我不会改变主意的。"

"这一点您可以相信他，"布林克尔太太叫了起来，她已经再也憋不住了，"汉斯决定了什么后，就跟岩石一样坚定。说到学习，先生，他那些课本最近都已经快不够学了。那如一团乱麻的拉丁语他都已经能整明白了，跟那些个牧师一样厉害！"

医生露出了笑容。"那么，汉斯，我看就没有什么东西能阻止我

们执行这个计划了,如果你父亲也同意的话。"

"啊,"拉夫清了清嗓子,为儿子感到的骄傲让他说话时都挺直了腰板,"事实是,先生,是我自己想要过有活力的、待在室外的生活。但如果这孩子想要学习,将来当大夫,能在您身边得到您的教导,在这世界上混出点儿样子来,这对我来说都是一回事儿。唯一缺的就是钱,不过也要不了多久,我有这副强健的臂膀可以挣钱,等到——"

"嗤,蛋!"医生打断道,"如果我把你家中的左膀右臂给带走了,是我该付钱给你才对,而且这钱我付得心里高兴。就像我有了两个儿子一样,对吧,劳伦斯?一个是商人,另一个是外科医生。我该是全荷兰最幸福的人了!明天早上来找我,汉斯,我们马上就来安排所有的事情。"

汉斯欠了欠身表示同意。这会儿他都不敢说话了,怕激动之下不知会说出什么来。

"还有,布林克尔,"医生继续说道,"我儿子需要一个像你这样值得信任的、聪明的人,等他在阿姆斯特丹的仓库开张后,帮他打理各种事务,监督那里那些懒惰的人尽到他们的本分。有个人来——你为什么不自己来告诉他呢,你个小混蛋!"

最后这句是对他儿子说的,写下来好像有点儿严厉,但听在耳朵里却满满的都是亲热。"小混蛋"和拉夫马上就越聊越热络了起来。

"我真是不想离开堤坝,"拉夫在两个人聊了一会儿后说道,"但这个职位真是太诱人了,先生,要是我放过这样的机会,那简直跟偷了家里的钱没什么两样。"

汉斯坐在那里,用感激的目光凝望着大夫。且让我们再好好看看他吧，因为我们接下来将有好几年要见不到他了。

还有格蕾泰尔——啊，突然在她面前打开的是一幅多么令她感到困惑的前景图啊！对，为了亲爱的汉斯，她现在要开始学习了。如果他将来真的要成为一名大夫，那他的妹妹可不能令他的赫赫声名蒙尘。

这双闪耀的眼睛在未来的岁月中将会怎样孜孜不倦地寻找，寻找那埋藏在岩石般坚硬的学校课本中的珍宝！这双眼睛又将怎样随着一个人的到来而变亮，而垂下！这个人她现在还不认识，只知道在那个美妙的日子，也就是她在自己的围裙里发现银色溜冰鞋那天，那个男孩子戴着一顶红色的帽子。

但医生和劳伦斯要走了。布林克尔太太正在以最佳的仪态向他们行礼告别。拉夫站在她身边，正握着大夫的手，那样子真是个十足的男子汉。透过小屋开着的门向外望去，可以看到一马平川的荷兰风景，配着飘飘洒洒的飞雪，显得那样活力充盈。

第48章
尾声

我们的故事就快要讲完了。在荷兰,日子就像我们这里一样,一天天踏实而又安稳地过着。在这一点上,没有哪个国家会有例外。

对于布林克尔一家来说,时间的流逝给他们带来了巨大的改变。汉斯一年年按部就班地过着日子,并获益良多,他克服种种困难,以他天性中全部的能量追求着唯一的目标。如果说一路走来常常遭遇坎坷的话,那他的决心可是一直未变。有时候他会对自己那位好朋友重复他许久前在靠近布鲁克的那座小屋里说过的话:"外科是一个痛苦的行业。"但在他心灵的最深处时刻回响着的却是那更加真实的话语:"外科医生是伟大而又崇高的!他唤醒人们对自然造物的敬畏之心!"

如今,你若是到阿姆斯特丹来,有可能会看到著名的布林克尔医生坐着他那辆气派的马车去探访病人,又或许,你能看到他和自己的儿女在结了冰的运河上滑冰。你要是跟人打听安妮·博曼,那位美丽的、心地坦诚的农家女孩,可能问上半天也没人知道;但如果你问起

安妮·布林克尔，那位了不起的医生的妻子，那倒是跟她很像——只不过，照着汉斯的说法，自己的妻子更加可爱，更加聪明，比以前更像一个仙女教母。

彼得·范·霍普如今也已经结了婚。我本来早就可以告诉你们的，他和希尔达会手挽手在生活的道路上同行，一如许多年前他们曾手挽手在洒满阳光的冰河之上共同滑行一样。

之前曾有一处，我隐约暗示过卡特琳卡和卡尔会牵手。所幸的是并没有传出这样的流言来，因为卡特琳卡改变了心意，至今依然单身。这位女士如之前那样不是很高兴，而且，这样说让我很难过，那些构成她性格的铃铛中有些已经跑调了。不过在她自己的社交圈子里，她依然显得很活泼。我希望她的活泼是真的，哪怕只有短短的一会儿也好，可这并不是她的本性。她的关切与伤悲最多也只是能扰乱一下那些丁零当啷的铃铛，却从来无法唤醒更为深刻的音乐。

在这段漫长的年月里，里奇的灵魂得到了深深的触动。她的经历告诉我们，漫不经心间播下的种子有时收割到的是痛苦，而充满痛苦的耕耘之后又会有金色的收获随之而来。如果我没搞错的话，大家不久就能读到关于这一切的书了，如果大家熟悉荷兰语的话。迄今为止作者的文字在数以千计的荷兰家庭中深受欢迎。在这位语言风趣、态度真诚的作者身上，已经没有多少人能认出这是当年对小格蕾泰尔出言讥讽的那个傲慢自大、轻浮无礼的里奇了。

大家一眼就能看出来的是兰伯特·范·摩恩和路德维希·范·霍普都成了事业兴旺的公民。两位都是阿姆斯特丹的居民，但一个坚持住在叫这个名字的老城，而另一个则移民到了纽约的新阿姆斯特丹。范·摩恩现在的家离中央公园不远，他说如果纽约人能尽到他们的责任，那么假以时日，这个公园就能跟他祖国那位于海牙附近的美丽的博施公园相媲美了。他还时常会想起自己少年时期认识的那个卡特琳卡，但他现在很为卡特琳卡高兴，那个变成成熟女人的卡特琳卡，让他离开了荷兰，尽管当时那似乎是他的至暗时刻。现在，本的妹妹詹妮让他变得非常幸福，比跟世界上任何一个人在一起都要幸福。

卡尔·舒美尔的日子过得很不顺。他父亲遭遇了生意上的失败，而由于卡尔并没有许多知心朋友，主要是这些朋友也没有几个有崇高的原则，他便在命运的板羽球游戏中被推来打去，直到身上最光鲜的羽毛被打得几乎落尽。他如今在阿姆斯特丹生意兴隆的博克曼商行里当会计。老板的低级合伙人福斯腾沃尔巴特·施米尔潘尼克对他很友善，而他也非常尊重这位"用长长的名字做尾巴的小猴子"。

在我们这群荷兰朋友之中，只有雅各布·普特已经去世了。他性情和善、待人真诚，凡事都为别人着想，到死都是这样，因此就如他在世时为人爱戴、总是给人带来笑声那般，死后也受到了人们由衷的悼念和缅怀。他临死前已经变得很瘦了，比本杰明·多右斯还瘦，而后者如今在一众胖子中也已经是佼佼者了。

拉夫·布林克尔和他妻子在阿姆斯特丹舒舒服服地生活了很多年——这是对彼此忠诚的、幸福的一对，在面对好运的时候他们为彼此着想、开诚布公，就如同他们在面对厄运时相互信任、相濡以沫一样。他们在离原来小屋不远的地方有一座避暑别墅，在气候怡人的夏日午后，睡莲在池塘中亭亭玉立，昂起高贵的头颅之时，他们便经常和自己的儿女与孙辈一起去那里，共享天伦之乐。

不过如果我们不放下汉斯来说上两句站在他身边的格蕾泰尔，那么这个关于汉斯·布林克尔的故事便只能算是讲了一半。啊！可爱、敏捷而又有耐性的小格蕾泰尔啊！她现在怎样了呢？如果你去问老博克曼医生，他会信誓旦旦地跟你说她是全阿姆斯特丹最棒的歌手，最可爱的女人。如果你去问汉斯和安妮，他们会非常肯定地告诉你，她是世上最可爱的妹妹。如果你去问她的丈夫，他会告诉你，她是全荷兰最聪明、最甜美的太太。如果你去问布林克尔太太和拉夫，他们的眼中会泛起晶莹而又充满喜悦的泪花。如果你去问周围的穷人，耳畔立刻会响起一片赞美与祝福之声。

但是，倘若你们忘了那个曾在布林克尔家小屋门前的土堆上颤抖、啜泣的小小身影，那不妨去问问范·格莱克一家吧。他们会乐此不疲地一遍遍向人们讲述，讲述关于那个赢得了银色溜冰鞋的可爱小姑娘的故事。

玛丽·梅普斯·道奇大事记

1831年，出生

1月26日生于美国纽约市，父亲詹姆斯·杰·梅普斯是一位科学家。梅普斯家的女孩们没有上过学，而是在家中通过家庭教师接受了良好的教育。玛丽从小在绘画、模型制作、作曲和写作等方面展现了天赋。

1847年，16岁

全家搬至新泽西州居住。

1851 年， 20 岁

与律师威廉·道奇结婚，婚后育有两个儿子，詹姆斯和哈灵顿。

玛丽·梅普斯·道奇肖像照

1858 年， 27 岁

丈夫威廉·道奇溺水身亡。

玛丽在昂特奥拉家中

1859 年， 28 岁

和孩子们搬回娘家生活，为了孩子的教育费用而投身写作，与其父共同出版《工作的农夫》。

《哈泼斯月刊》封面

1863年，32岁

开始为《哈泼斯月刊》撰写文章和诗歌。

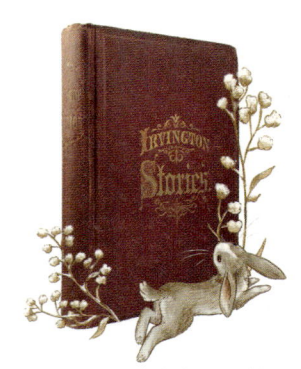

《欧文顿故事集》初版封面

1864年，33岁

出版人生中的第一本书《欧文顿故事集》。这是一本儿童短篇故事集，出版后大受欢迎，出版社立即邀请她为此书撰写续集。

1865年，34岁

《银色溜冰鞋》出版。出版商原来更想得到《欧文顿故事集》的续集好趁热打铁，一番犹豫后才勉强收下这部作品。谁料它一经出版便大为畅销，随后被翻译成法语、德语、荷兰语、俄语和意大利语等文字在各国出版。

《银色溜冰鞋》初版封面

1866年，35岁

父亲詹姆斯去世。

1870年，39岁

担任《炉边与家庭》周报副主编，负责家庭版与少儿版，不久后把自己负责的栏目办得有声有色，大受读者欢迎。

1871年，40岁

开始以"玛丽·梅普斯·道奇"为名发表作品。

哈丽叶特·比切·斯托

美国作家、编辑，曾担任《炉边与家庭》周刊的编辑，主要作品有《汤姆叔叔的小屋》

1873年，42岁

在知名的世纪出版公司的支持下创办《圣尼古拉斯》杂志，该杂志成为19世纪下半叶最负盛名的青少年杂志，马克·吐温、丁尼生、朗费罗等知名作家都曾为该杂志供过稿。吉卜林的名作《丛林历险记》曾在该杂志连载。

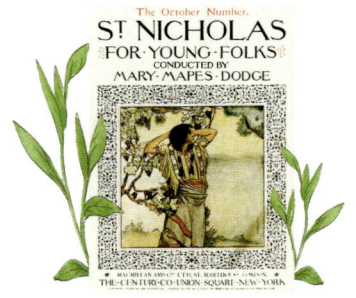

《圣尼古拉斯》1900年第十期封面

1874年，43岁

搬回纽约。发表第一版《韵文与歌谣》，从开始连载的第一期起便获得了巨大成功。

《韵文与歌谣》封面

1875年，44岁

《银色溜冰鞋》法语版由法国知名编辑皮埃尔-儒勒·斯塔尔出版。

1876年，45岁

出版散文和短篇小说集《西奥菲勒斯及其他故事》。《银色溜冰鞋》法语版获得法兰西学院颁发的蒙蒂恩文学奖。

1877年，46岁

出版儿童文学作品集《宝宝的日子》。当时的一位批评家评论此书时说："对于我们之中没有走过这些路径的人来说，能得她如此向我们展示沿途的风景，实在是一件幸事。"

1878年，47岁

拜访居住在旧金山市的妹妹凯特，并结识了《太阳溪农场的丽贝卡》的作者凯特·道格拉斯·威金。

1881年，50岁

小儿子哈灵顿去世。

1883 年， 52 岁

出版《唐纳德和多萝西》。同年，将《韵文与歌谣》修订后结集出版，这部作品充分展示了诚挚的诗情、丰富的想象和对大自然纯真的爱。

1884 年， 53 岁

母亲索菲亚去世。
出版儿童文学作品集《宝宝的世界》。

《唐纳德和多萝西》内页插图

1894年，63岁

出版了小品文《勇气之地》和短篇故事集《当生命正年轻》。

1905年，74岁

染上重病，缠绵病榻达数月之久，直至8月21日去世，享年74岁。

《勇气之地》初版封面

译者 | 吴 刚

上海外国语大学高级翻译学院教授,英美文学与翻译专业硕士生导师。
从事文学翻译的实践、研究和教学近30年。
2016年,获得上海翻译家协会颁发"翻译新人奖"。
2024年3月,获得中国翻译协会"优秀中青年翻译工作者"荣誉称号。
2024年12月,当选上海翻译家协会第八届会长。
翻译了美国纽伯瑞儿童文学奖获奖作品《动物家庭》、诺奖得主贝娄代表作《更多的人死于心碎》等经典之作,备受各界读者喜爱。
全新译作《银色溜冰鞋》,成功入选"作家榜经典名著"。

插画师 | Polina Klimenko

大家好！我是Polina。我来自俄罗斯南部的一个小镇。希望读者朋友们可以享受我为这本书创作的插画，绘制它们的过程是一次奇妙的学习经历。我带着满满的爱意将这些插画送给大家。

作家榜经典名著

读经典名著，认准作家榜

作家榜是中国国民文化品牌，自 2006 年创立至今始终致力于"推广全球经典，促进全民阅读"，连续 13 年发布作家富豪榜系列榜单，成功将不同领域的写作者推向公众视野，引发海内外媒体对华语文学的空前关注。

旗下知名图书品牌"作家榜经典名著"，精选经典中的经典，由优秀诗人、作家、学者参与翻译，世界各地艺术家、插画师参与插图创作，策划发行了数百部有口皆碑、畅销全网的中外名著，帮助无数人爱上阅读。如今，"集齐作家榜经典名著"已成为越来越多阅读爱好者的共同心愿。

作家榜除了让经典名著图书在新一代读者中流行起来，2023 年还推出了备受青睐的"作家榜文创"系列产品，一举让经典名著 IP 融入人们的日常生活中。作家榜品牌母公司大星文化，总部位于中国上海市。

名著就读作家榜
抖音扫码关注我

名著就读作家榜
京东官方旗舰店

名著就读作家榜
天猫官方旗舰店

名著就读作家榜
当当官方旗舰店

| 策　划 | 作家榜 |
| 出　品 | |

出 品 人	吴怀尧
产品经理	彭韻禧
特约校对	方其乐
美术编辑	李柳燕
技术编辑	杨启一　赵梦婷
内文插图	［俄］Polina Klimenko
封面设计	张于吉　李梦瑶

| 版权所有 | 大星文化 |
| 官方电话 | 021-60839180 |

图书在版编目（CIP）数据

银色溜冰鞋 /（美）玛丽·梅普斯·道奇著；吴刚译. -- 成都：四川少年儿童出版社, 2024.8. -- ISBN 978-7-5728-1521-8（2025.2重印）

Ⅰ. I712.84

中国国家版本馆CIP数据核字第20241EX144号

作家榜经典名著

读经典名著，认准作家榜

YINSE LIUBINGXIE
银 色 溜 冰 鞋

作　　者：[美]玛丽·梅普斯·道奇
译　　者：吴刚

出 版 人：余　兰
责任编辑：王三炯
责任校对：王默志
责任印制：李　欣

出　　版：四川少年儿童出版社	开　　本：16开
地　　址：成都市锦江区三色路238号	印　　张：29
网　　址：http://www.sccph.com.cn	字　　数：323千
网　　店：http://scsnetcbs.tmall.com	版　　次：2025年1月第1版
经　　销：新华书店	印　　次：2025年2月第2次印刷
印　　刷：浙江新华数码印务有限公司	印　　量：12001－18000册
成品尺寸：245mm×185mm	书　　号：ISBN 978-7-5728-1521-8
	定　　价：159.00元

版权所有　翻印必究

若发现印装质量问题，请联系021-60839180调换。